АЗБУКА
БЕСТСЕЛЛЕР

Дин Николсон

МИР НАЛЫ

АЗБУКА

Санкт-Петербург

УДК 821.111
ББК 84(4Вел)-44
Н 63

Перевод с английского Андрея Третьякова

Серийное оформление Вадима Пожидаева

Оформление обложки Виктории Манацковой

Иллюстрации Келли Олрич

ISBN 978-5-389-19470-0

Иногда, чтобы найти, надо прекратить искать.

Аноним

Нет любви благословенней, чем любовь кошки.

Чарльз Диккенс

Болгария

ЧАСТЬ ПЕРВАЯ

Из Требине, Босния,
в Афины, Греция

Часть первая

В ПОИСКАХ МАРШРУТА

Босния — Черногория — Албания — Греция

1

Судьбоносная встреча

У нас, шотландцев, есть мудрая поговорка: чему быть, того не миновать. И от судьбы, похоже, и в самом деле не уйдешь.

Ни минуты я не сомневался, что наша встреча с Налой была предопределена. Это судьба, ни больше ни меньше. Иначе и не объяснишь. Ну не могли мы одновременно оказаться в таком месте случайно! А как Нала изменила меня! Знакомство с ней привнесло в мою жизнь ясность. Я снова знал, куда и зачем двигаюсь. Мне кажется, хотя наверняка утверждать не возьмусь, эта встреча в равной степени повлияла и на жизнь Налы. Чем дольше я размышляю над этим, тем больше верю. Нам суждено было встретиться, подружиться и вместе отправиться исследовать мир.

С Налой я познакомился в сентябре 2018 года, три месяца спустя после начала кругосветного путешествия. В марте мне стукнуло тридцать, и я вдруг осознал, как устал от однообразия жизни. Я загорелся желанием попробовать что-то новое, необычное и решил сбежать из городка Данбар, что на восточном побережье Шотландии. Признаюсь, определенного плана у меня не было. Я взял в компаньоны закадычного друга Рики, и мы, оседлав велосипеды, отправились в путь. Началось путешествие не так гладко, как мне хотелось. Нас преследовали неудачи, и мы постоянно отклонялись от маршрута — в основном, конечно же, по неопытности. Кое-как, с горем пополам, мы пересекли Северную Европу. Вскоре после этого Рики сдался и повернул домой. Если честно, я даже обрадовался: мы плохо влияли друг на друга.

В первых числах декабря, продвигаясь по дорогам Южной Боснии, я держал курс на Черногорию, Албанию и Грецию. Поймал себя на мысли, что наконец-то втянулся в походную жизнь, набрал нужный темп и готов получить тот бесценный опыт, о котором мечтал в Данбаре. Я уже представлял, как еду через Малую и Юго-Восточную Азию по Великому шелковому пути. «Доберусь до Австралии, а затем, переправившись через Тихий океан, отправлюсь покорять Америку», — думал я, и перед глазами у меня возникали рисовые поля Вьетнама, пустыни Калифорнии, хребты Уральских гор и пляжи Бразилии. Мир лежал у моих ног. Я никуда не спешил, не ставил сроков, ни перед кем не отчитывался и собирался насладиться этим миром сполна!

В то судьбоносное утро я проснулся с восходом солнца, около половины восьмого, в деревушке неподалеку от Требине, сложил палатку и отправился в путь. На сверкающих чистотой улочках Требине не было ни души: мне встретился лишь мусоровоз, за которым с заливистым лаем гнались два пса. Мощенные булыжником мостовые мгновенно согнали с меня остатки сна: трясло в седле будь здоров! Вскоре я оказался на трассе. До границы с Черногорией оставался последний рывок.

Прогноз погоды не сулил ничего хорошего. Несмотря на ясное небо и плюсовую температуру, завтра ожидался дождь со снегом. А ведь у меня только наладились дела! Только поймал темп! Я уверенно продвигался вперед, преодолевая километр за километром. Здорово было снова крутить педали! Дело в том, что последние две недели оказались сплошным разочарованием. Почти семь дней я провел в гипсе, восстанавливаясь после неудачного прыжка со знаменитого Старого моста в Мостаре. В жизни не совершал поступка глупее! Даже местные отговаривали меня, уверяя, что Неретва зимой очень коварна. Но дуракам закон не писан: прыгнув раз, прыгаю и сейчас.

В ходе размышлений, как бы так получше сигануть с моста, самую большую ошибку я совершил, последовав советам путеводителя. В воду я вошел совсем не так, как привык, — с утесов в Данбаре я прыгал иначе. В ледяную Неретву я погрузился со слегка подогнутыми ногами. Свой промах я осознал, лишь когда выбрался на берег. Врач поставил диагноз «разрыв внешних крестообразных связок правого колена» и наложил гипс со словами: «Не снимать три недели». Мостар мне надоел, поэтому уже через неделю я избавился от гипса. Вместо того чтобы идти на прием к врачу, я вернулся на трассу. Забираясь в горы навстречу восходящему солнцу, я крутил педали с великой осторожностью — не хватало еще снова ногу повредить!

Первое время я сосредоточенно следил, чтобы ноги равномерно поднимались и опускались в одной плоскости, дабы избежать осложнений на колене. Вскоре я попривык, набрал темп, и все пошло как по маслу. Я даже уверовал, что к вечеру одолею не сто, а все двести километров пути!

К полудню я достиг высокогорий на юго-востоке Боснии. Места были безлюдные: последний городок остался в двадцати километрах позади, а по пути мне попалась лишь заброшенная каменоломня. Извилистая дорога поднималась в гору постепенно, и это не могло не радовать. Особенно я ценил спуски, следовавшие за долгими, медленными подъемами. Я прекращал крутить педали и летел вниз, со щенячьим восторгом любуясь горными хребтами и снежными вершинами, подпиравшими небо.

Пребывая в превосходном настроении, я включил новую песню Эми Макдональд «Come Home». Уже тридцать секунд спустя из динамиков колонки, прикрепленной к багажнику, вовсю заливалась Эми, а я мчался вперед и подпевал.

В любой другой день, вслушиваясь в текст этой песни, я обязательно заскучал бы по дому. Но мысли о родных, оставшихся в Шотландии, я старательно гнал прочь. Нет, не подумайте, семья у нас дружная, но день был так хорош, что зацикливаться на грустных мыслях совсем не хотелось.

«Домашние подождут!» — думал я, никак не подозревая, что кто-то дожидается меня не в Шотландии.

Продолжая подпевать, я преодолевал очередной долгий подъем извилистой дороги, когда за спиной у меня раздался тонкий, едва уловимый писк. «В следующий привал сделаю небольшой техосмотр, — подумал я и не придал звуку никакого значения. — Может, это вообще скрипят сумки!» Но затем я замолк, и писк повторился. Ошибки быть не могло: скрипел не велосипед и не сумки. Я не мог поверить своим ушам. Протяжное «мяу» — вот что я услышал.

Оглянувшись, я краем глаза увидел тощего, серого в белых пятнах котенка, отчаянно пытавшегося меня догнать.

В полнейшем недоумении я притормозил на обочине.

— Откуда ты взялся? — спросил я котенка, будто он мог мне ответить.

За все время подъема мне встретилось лишь несколько автомобилей. Домов тут не было и подавно. Фермы виднелись только внизу, у подножия горы. Я не мог и вообразить, откуда взялся этот котенок и почему он бежал вверх, за мной, тогда как все люди остались далеко внизу.

Стоило мне спешиться, как котенок тут же юркнул за дорожное ограждение и скрылся за валуном. На вид этому маленькому существу с острыми ушами, вытянутым телом, тонкими лапами и пушистым хвостом было всего несколько недель от роду, никак не больше. Серая шерстка везде, кроме хвоста, торчала клочьями и местами отливала рыжиной. Огромные зеленые глаза пристально всматривались в меня и оценивали: друг или враг?

Я не решался и шагу ступить, опасаясь, что котенок задаст стрекача. Но, к моему удивлению, он даже позволил погладить себя. Довольный моим вниманием, он как мог ластился и тихонько урчал.

— А ты, похоже, домашний. Потерялся? — спросил я. — Или тебя бросили?

При мысли, что беззащитное животное покинули на произвол судьбы, во мне закипел праведный гнев.

— Бедняжка! — воскликнул я, вернулся к велосипеду, открыл багажную сумку и порылся в поисках чего-нибудь съестного.

Но запасов у меня оказалось кот наплакал! Я скептически воззрился на прихваченную для обеда баночку соуса песто. Зачерпнув красную маслянистую массу ложкой, я положил ее на камень и отошел, чтобы не мешать.

Похоже, бедное животное голодало не первую неделю. Учуяв аромат песто, котенок сорвался с места и с волчьим аппетитом принялся поглощать соус.

Лучшие моменты путешествия я выкладывал в «Инстаграме» — для семьи и друзей. Этот раз не стал исключением. Не растерявшись, я включил камеру и снял встречу с котенком на видео. «Обязательно поделюсь с родными, как только появится возможность, — думал я, любуясь этим на редкость фотогеничным котенком. — Он будто бы специально играет на камеру, бегая вокруг придорожных валунов!»

Видеоролики — это, конечно, замечательно, но только что делать с котенком? Такое маленькое существо со всех сторон подстерегают опасности: холод, голод, фуры дальнобойщиков и хищные птицы. Ястребу или грифу ничего не стоит спикировать и поживиться беззащитным малышом! Думая об этом, я с опаской поглядывал на парящих в горной вышине птиц.

Животных я любил с детства и постоянно приносил кого-нибудь домой. Были и песчанки, и цыплята, и змеи, и рыбки, и даже палочники. Однажды по пути из школы я подобрал раненую чайку и семь недель ее выхаживал. Птица стала почти ручной. У родителей в фотоальбомах был даже снимок, где я разгуливаю с чайкой на плече. В конце концов, за день до начала школьных занятий, чайка, прогостив у меня семь недель и поправившись, улетела.

Но животные, как бы хорошо ты к ним ни относился, все равно остаются животными. Одно время я подрабатывал на ферме. Сжалившись над двумя осиротевшими поросятами, я взял их домой. Разместив поросят в своей спальне под яркими светильниками, чтобы не замерзали, я не думал и не гадал, что они разгромят мне всю комнату. Поросята носились, визжали как резаные, разбрасывали одежду и закапывались в нее.

Собак я всегда любил больше, чем кошек, которые представлялись мне существами дикими и непредсказуемыми. Но этот котенок выглядел таким невинным и уязвимым! Пока сердце подсказывало взять котенка с собой, разум твердил мне обратное. Путешествие и так затянулось: если я собираюсь добраться к вечеру до Черногории, медлить нельзя. Толкая велосипед, я пошел вдоль дороги в надежде, что бегущий рядом котенок вскоре выбьется из сил, отвлечется на что-нибудь и отстанет. Но спустя пять минут стало ясно: уходить котенок никуда не собирается. Да и выбора у него, похоже, не было. Пейзаж выглядел безжизненным. Вокруг одни сплошные скалы, да и те, если верить прогнозам, вскоре покроются снегом. Я все-таки решил последовать советам сердца и подхватил котенка с земли. Он оказался легче воздуха и умещался на одной ладони. Под пальцами я чувствовал, как с каждым вздохом раздвигаются тонкие ребрышки. Я переложил дрон в багажную сумку, а на его место, в нагрудный карман, затолкал футболку и устроил котенку уютное гнездышко. Он уместился там полностью — виднелась лишь мордочка, на которой читалось: «Мне неудобно!»

— Но куда же я спрячу тебя? — воскликнул я.

Рассудив, что котенок скоро обвыкнется, менять я ничего не стал. Но оказалось, у комочка шерсти на этот счет были свои соображения. Не проехал я и ста метров, как котенок, к моему изумлению, выбрался из кармана, взбежал по руке на шею и устроился там со всеми удобствами, тихонько посапывая мне в затылок. Такое соседство меня совсем не отвлекало, а скорее, наоборот, успокаивало. Котенок уснул, а я принялся активно работать ногами, наверстывая упущенное время. «Что же делать? — мучился я, раздираемый внутренними противоречиями. — С одной стороны, я люблю быть сам по себе, но с другой, глупо отказываться от хорошей компании! Тем более котенок не такая уж тяжелая ноша, а посмотреть на него всегда приятно». И тем не менее я отвлекался от главного — от путешествия. Сколько раз я уже распекал себя за то, что размениваюсь по мелочам! И вот я снова наступал на те же грабли!

Приближался полдень: солнце, время от времени скрываясь за серыми облаками, медленно взбиралось по небосклону. На навигаторе высветились пограничные посты Черногории. Передо мной встал непростой выбор. Решать нужно было здесь и сейчас.

Хотя в глубине души я чувствовал: выбор уже сделан. Чему быть, того не миновать. От судьбы и в самом деле не уйдешь.

2

Контрабанда кошачьих

Через полтора часа я добрался до границы. Пригревшегося на загривке пассажира мои заботы совершенно не трогали: он мирно посапывал. Вот бы и мне так! Весь путь по извилистой дороге в горы мой мозг без остановки работал, осмысливая сделанный выбор. В итоге я заключил, что поступил правильно. Не мог же я оставить это беззащитное существо на произвол судьбы! Несмотря на убедительные доводы разума, сомнения по-прежнему меня грызли. Что я скажу пограничникам? Не буду же я втирать им очки, будто котенок — мой штурман! Нужно честно и открыто заявить, что котенка я нашел на обочине и везу его к ветеринару. Наверняка они умилятся и пропустят меня: ведь это всего лишь котенок, а не контрабанда! Чем дольше я обдумывал этот вариант, тем больше сомневался в его успехе. Правила по ввозу животных придумали не просто так. Я где-то слышал, что на кошачьих смотрят с особым подозрением. Кошки и коты издревле пользуются дурной славой переносчиков великого множества болезней. В лучшем случае моего штурмана посадят в карантин, в худшем — усыпят. Ни то ни другое меня не устраивало. Может, заявить, что котенок — мой питомец? Но от этого варианта я тоже отказался: наверняка меня попросят предъявить бумаги и медицинские справки. Прокручивая в голове все возможные и невозможные варианты, я надумал отыскать лазейку и попасть в Черногорию нелегально. Миновав знак «Пять километров до границы», я остановился на придорожной площадке и крепко задумался. Даже открыл на телефоне карту и принялся выискивать горные тропы в обход пограничных постов, но, увы, ничего не нашел. Да и задумка, признаюсь, была дурацкая. Если бы я попался и получил отметку о нелегальном проникновении в Черногорию, то вся моя кругосветка полетела бы в тартарары!

— Давай-ка, Дин, не выдумывай! — пробурчал я под нос. — Хочешь не хочешь, а в Черногорию придется попадать легально.

Но как пронести котенка? Вот в чем был вопрос!

21

В дни бурной молодости я не раз проносил на музыкальные фестивали травку и алкоголь. Где только я не прятал это добро! В ход шло все: начиная с кроссовок и заканчивая банданой на голове. Не всегда, правда, удача мне сопутствовала. Пару раз я даже попался, но отделался легким испугом да ссадинами от наручников на запястьях. На этот раз все было куда серьезнее. Пограничники носили оружие. Сев на придорожный камень, я уставился на велосипед в надежде найти выход из сложившейся ситуации. Я мог бы спрятать котенка в сумках со снаряжением, но там все под завязку. А что, если завернуть котенка в теплую куртку и убрать в сумку? От этой идеи пришлось отказаться: котенок наверняка занервничает. Вряд ли он будет тихо и мирно сидеть, обязательно полезет здороваться с пограничниками, мяукая изо всех сил! Ничего не оставалось, как спрятать котенка в сумке на руле и надеяться на удачу. Хотя на многое я не рассчитывал: до этого котенок мяукал при каждом удобном случае. Что ж, кто не рискует, тот не пьет шампанского!

Я сорвал на обочине несколько маргариток и принялся играть с котенком: пусть этот комочек шерсти утомится и заснет, тогда пограничный пост мы минуем без приключений. Высоко подпрыгивая от переполнявшей его энергии, котенок, как заведенный, гонялся за маргариткой по кругу, так что зайчик Дюрасел должен был нервно курить в сторонке. Я уже было оставил надежду, что это существо когда-нибудь угомонится, как вдруг, словно по волшебству, его вечный двигатель заглох. Котенок улегся на камень и зажмурил глаза.

— Так, — сказал я, собираясь с духом, — пора действовать!

Мимо проехало несколько автомобилей. Глядя на них, я воодушевился: быть может, мне повезет и пограничники не станут тратить время на какого-то велосипедиста!

Как бы не так! Добравшись через десять минут до границы, я не обнаружил ни одной машины. Перед пограничным постом был только я. Точнее, я и котенок-нелегал.

Пограничный пост выглядел по-современному. Под жестяным навесом располагались будки со шлагбаумами и кирпичное здание с офисными пристройками. Я подъехал к будке и поставил велосипед под окошком так, чтобы не мозолить глаза пограничнику. Мой штурман мирно посапывал в сумке, но мне все казалось, что он вот-вот проснется. Чтобы успокоить расшалившиеся нервы, я включил негромко музыку, лихорадочно подумав, что если котенок проснется, то музыка хоть как-то приглушит его писк.

Пограничник оказался совсем юным. Он стоял за толстым стеклом и дожидался, когда я наконец подам паспорт. Это было мне на руку: если котенок вдруг мяукнет, то пограничник вряд ли что услышит через толстенное стекло!

Равнодушно глянув в паспорт, пограничник даже не потрудился сравнить фото. Ничего не спросив, он пролистал паспорт и нашел чистую страницу для штампа. На случай если он все-таки взглянет на меня, я держался спокойно и улыбался как идиот.

«Почти прорвались», — подумал я и вдруг заметил, как сумка зашевелилась. Молния была застегнута не до конца, и оттуда уже проклюнулась лапа штурмана. Котенок мяукнул. Громко.

У меня чуть сердце не оборвалось, и я едва не чертыхнулся вслух. Решив не сдаваться, я невозмутимо смотрел пограничнику в глаза. В ушах колокольным звоном стояло мяуканье. Кажется, приехали! Конечная остановка для Дина и котенка-нелегала!

Не то чтобы я верил в высшие силы, но в ту минуту за мной наверняка приглядывал ангел-хранитель. Заглушая все и вся, не говоря уже о мяуканье моего штурмана, к посту с тарахтением подкатил видавший виды грузовик.

Пограничник поставил отметку, коротко глянул на меня и вернул паспорт. Я провел

24

у будки всего минуту, но она показалась мне целым часом. Я покатил велосипед прочь, даже не осмеливаясь обернуться. Радоваться было рано: я покинул Боснию, но еще не пересек границу с Черногорией. Выехать из страны всегда проще, чем въехать.

Как и следовало ожидать, пограничный пост Черногории просто кишмя кишел военными. Двое солдат с автоматами досматривали огромную фуру.

Прибавив звук на колонке, я взобрался в седло и уверенно покатил навстречу судьбе. Велосипед на этот раз я поставил так, чтобы сумка с котенком оказалась подальше от окошка. В то время как пограничник изучал мой паспорт, я отдал свой палец на растерзание котенку — лишь бы только не подавал голос. Пару раз он цапнул меня не шутя: острые как иглы зубки жалили нещадно! Но, к моей чести, я и глазом не моргнул.

Черногорские пограничники оказались дотошнее боснийских. Внимательно изучив фото в паспорте, пограничник пристально посмотрел мне в лицо. Затем он почесал подбородок, показывая, что борода у меня стала гуще, — английского, похоже, он не знал. Я улыбнулся и разыграл пантомиму: дескать, я так утепляюсь. В ответ он лишь холодно кивнул и проштамповал паспорт.

«Прекраснее звука я еще не слышал! — подумал я и забрал паспорт. — Фух! Гора с плеч!» Я взобрался в седло, миновал шлагбаум и покатил прочь. На радостях я готов уже был притормозить и достать котенка из сумки, как вдруг за поворотом возник еще один пост. Он выглядел не так страшно, как два предыдущих, но угрожал моей кругосветке не меньше. Призвав на помощь всю удачу, я медленно поехал к шлагбауму. «Дин, ради бога, без глупостей!» — заклинал я себя.

Я приготовился было затормозить, как вдруг из будки выскочил пограничник. Он что-то кричал в телефон и одновременно махал мне рукой — проезжай, мол. Я кивнул, показал ему большой палец, но тот уже отвернулся.

На радостях я чуть не побежал вприпрыжку, но вовремя взял себя в руки. Не хотелось бы, чтобы за мной устроили погоню, решив, что я преступник. Хотя, ведь если разобраться, я и был самым что ни на есть настоящим преступником, перевозящим кошек контрабандой.

3

Второй шанс

Отъехав от границы на безопасное расстояние, я очутился где-то в сельской местности. Велись дорожные работы. У строителей, вероятно, был выходной: кругом ни души, а тракторы и экскаваторы в ряд стоят вдоль дороги. Я притормозил. Долгий подъем бесследно не прошел: колено ныло и требовало передышки. Да и нервы не мешало бы успокоить, после таких-то утренних потрясений!

Я выпустил котенка исследовать мир, а сам уселся на гусеницы экскаватора. На радостях штурман забегал взад-вперед, интересуясь одновременно всем и ничем: и клочковатой травой, и бордюрным камнем. Котенка забавляло все без исключения. Сделав пару фотографий резвящегося крохи, я углубился в телефон и принялся искать ветеринарную клинику. Ближайшая находилась в паре часов пути в прибрежном городе Будва. Шансы успеть до закрытия были невелики, но счастья попытать все-таки стоило.

Я перекусил, поделился с котенком соусом песто и некоторое время размышлял об утренних событиях, греясь в лучах зимнего солнца. «Да, встряска была что надо!» — наконец заключил я, собираясь седлать велосипед.

Обернувшись на звук приближающегося двигателя, я увидел старенький серебристый «фольксваген-гольф». Автомобиль выруливал с узкой проселочной дороги, прорезавшей поле по левую руку. Управлял «гольфом» парень лет восемнадцати. На пару с приятелем они смеялись, махали и что-то кричали мне сквозь гремящую из открытого окна музыку. Когда машина скрылась за поворотом, я усмехнулся, припомнив эпизод из прошлого. У отца был точно такой же «гольф», и мое путешествие вполне могло начаться именно на нем — если бы не одна богатая на события ночь четыре года тому назад.

Дурацкими выходками я козырял с незапамятных времен. Накануне той роковой ночи мы с Рики зависали в том самом «гольфе». Когда я чувствовал себя полным ничтожеством, Рики всегда приходил мне на выручку. Мы называли себя «милыми грешниками» и кутили сообща уже лет десять, начиная с тех самых пор, как нам стукнуло по двадцать. Мы тусовались, курили травку и бедокурили. На постоянной основе. Все усугублялось нашими общими музыкальными вкусами и взглядами на жизнь. «Никто и ничто нам не указ», — говорили мы и всегда поступали так, как заблагорассудится.

Тот вечер не стал исключением. Я без спросу взял отцовский «гольф», и мы отправились под Кинросс, что в полутора часах пути от Данбара. Мы ехали в поле. Но поле это было непростое. На нем проводили «Tea in the Park» — ежегодный музыкальный фестиваль, традиционно нами посещаемый. Фестиваль был главным праздником лета — его кульминацией. Под выступления любимых групп мы пили, курили и куражились, сколько душе угодно.

До очередного фестиваля оставалась всего неделя, когда нам в голову пришла умопомрачительная идея: сделать в поле закладку. А после старта фестиваля отрыть ее и — опля! — заторчать на все три дня. Постановление о нашей гениальности было принято единогласно. Вот только оно не соответствовало действительности.

Чтобы не привлекать лишнего внимания, ехать решили глубокой ночью. Подготовка к фестивалю еще не началась, но мы, как корифеи тусовок, знали, где примерно возведут сцену и заграждения. Поблуждав по полю с фонариком, мы таки закопали травку в укромном месте и пошли к машине. На обратном пути сидеть за рулем тоже пришлось мне: у Рики кончилась страховка. В тот день я вкалывал как проклятый и под вечер просто валился с ног. Когда до Данбара оставалось не больше получаса езды, мои глаза начали слипаться.

Помню, прикрыл один глаз на мгновение, а в следующий миг уже потерял управление. Наш «гольф» влетел в полицейскую платформу для наблюдения за движением транспорта, а потом нас отбросило к заградительному барьеру. Выстрелили подушки безопасности, и мы, кувыркаясь, как в центрифуге, вместе с автомобилем в режиме замедленной съемки полетели с десятиметрового холма вниз. Когда «гольф» наконец замер на фермерском поле, мы с Рики оказались вверх тормашками. Промятая крыша машины едва нас не расплющила. Выбравшись наружу, мы, ошарашенные и перепачканные кровью, плюхнулись на землю и обнялись. Нас била жуткая дрожь, но мы были целехоньки — а это не могло не радовать.

Выжить в автокатастрофе — опыт бесценный. Однажды обманув смерть, я до сих пор чувствую себя счастливчиком, получившим второй шанс. Тот случай изменил в моей жизни многое. Взгляд на происходящее поменялся кардинально. Я поклялся себе не тратить больше ни минуты зря. Поэтому, когда в начале 2018 года Рики загорелся идеей посмотреть мир, я, не колеблясь, поддержал его.

Как это обычно и бывало в те дни, мы сидели и курили травку. Вдруг Рики ни с того ни с сего заговорил про Южную Америку. Идея путешествия пришлась мне по душе, но она требовала доработки. Я не хотел путешествовать как обыкновенный турист. Этого мне хватило еще пару лет назад, когда мы с подругой ездили в Таиланд. Спору нет, поездка в Тай принесла массу положительных эмоций, но была и ложка дегтя: настоящую таиландскую жизнь я видел только из окон автобусов и такси. Я так ничего и не узнал про культуру этой страны, хотя очень этого желал. Я жаждал знать, как и чем живут таиландцы. Вернувшись в Данбар, я зарекся путешествовать как турист.

Была и другая, более личная причина. Признаюсь, жизнь в Данбаре мне осточертела. Я чувствовал, как решимость бросить все дела росла и крепла в моей душе годами. После аварии эти процессы брожения только ускорились.

Многие скажут, что покатушки на велосипеде по белу свету — попытка убежать от чего-то. И отчасти они будут правы. Но я бежал не от семьи. Конечно, у нас бывали разногласия, но в общем и целом мы были дружны и жили все вместе под одной крышей: мама, папа, сестра, бабуля и я. Мыслей построить дом на краю света, подальше от Шотландии, у меня тоже не возникало. Я любил Данбар и его жителей: прекрасное место, замечательные люди. Если я и пытался убежать, то только от себя. Бессмысленность, тщетность всего происходящего угнетали меня не на шутку.

В душе я человек хороший, в этом мне даже убеждать себя не надо, но идти по праведной стезе у меня никогда не получалось: попробовав раз, бедокурю и сейчас. Бывало, конечно, что я попадал в серьезные передряги, особенно когда перепью. До выпивки в те годы я был большой охотник. Пару раз меня даже приводили в отделение полиции. Случались и драки. Так-то я не буйный, но, выпив лишнего, могу и вспылить. В общем, иногда алкоголь — настоящее зло. К тридцатому дню рождения уверенность в том, что в жизни надо что-то менять, окрепла во мне окончательно. Я не то чтобы двигался не в том направлении — я просто ходил по замкнутому кругу.

Чайка, которую я спас, когда учился в школе. Данбар, Шотландия

Вместе с семьей. Слева направо: я, Нил (отец), Аврил (мать), Холли (сестра)

Мы с Рики готовимся к путешествию. Осень 2018 года

Первые игрища с Налой. Вскоре после знакомства в горах Боснии

На стенах Будвы.
Черногория,
декабрь 2018 года

Нала едет в Тирану, Албания

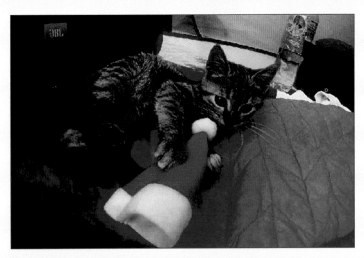

Первое Рождество Налы.
Химара, Албания, декабрь 2018 года

Нала играет с игрушечной мышью, полученной на Рождество 2018 года.
Пляж Химары

Балу отдали ветеринару Шему.
Саранда, Албания, январь 2019 года

Балу. Через несколько месяцев после спасения.
Тирана

Первая ночь Налы
в Греции.
Январь 2019 года

Привал в Фивах, Греция

Вместе с Ником, Илианой и Лидией в Афинах

Тони и я на каякерской
базе на Санторини

Медсестра Нала помогает мне
встать на ноги

«Для твоего же блага,
Нала!» Конус каякерской
панамы

Всеми силами помогаю Нале восстановиться
после стерилизации

Нала привыкает к воде

Каякерский дом Налы

Избалованная Нала в любимом ресторане на Санторини

Встреча с собаками из приюта «САВА» неподалеку от Фира

Миски для благотворительной лотереи

Следующая остановка — Азия. Ждем паром с острова Хиос в Чешме.
Турция, июль 2019 года

Устраиваемся на ночлег в заброшенном бассейне по дороге на Измир

Мои родители, сестра — все нашли свое место в жизни. Мама работала старшей медсестрой в Национальной службе здравоохранения, сестра — при ней. Папа присматривал за душевнобольными. Мне же все это было не по нутру. Я мысленно бунтовал. Меня не привлекал такой образ жизни. Когда я учился в школе, дед, прослуживший всю жизнь в армии, подговорил меня пойти на курсы молодого бойца в Королевские инженерные войска. Начал я за здравие, а кончил за упокой. Эту затею я бросил спустя несколько месяцев. Вскоре я стал браться за подработки — то тут, то там. Устроился разнорабочим на ферму, а затем перебрался на рыбный завод — сварщиком. У меня всегда получалось что-нибудь чинить и строить, но вот выстроить достойную жизнь не получалось никак. Мои сверстники боролись за место под солнцем, покупали дома и рожали детей. А я чувствовал, что должен добраться до другого конца земного шара и прежде всего отыскать самого себя. Или, по крайней мере, найти путь к познанию себя. Кто-то однажды сказал мне: «Ты отправился в путь, чтобы найти путь» — и в этой фразе действительно что-то было!

После того разговора с Рики идея отправиться в путешествие с каждым днем все сильнее овладевала мной. Мы были заядлыми велосипедистами, и в голову мне пришла замечательная мысль, что в Южную Америку отправляться надо непременно кружным путем. И конечно же на велосипедах. По моему замыслу мы должны были пересечь Европу, Азию и только затем оказаться в Южной Америке. «Сейчас или никогда, — думал я. — Такая возможность представляется раз в жизни. Да и в старости будет о чем вспомнить!»

— Ты только представь, как однажды расскажешь внукам, что объехал на велике весь земной шар! — вещал я Рики на ухо однажды вечером в пабе.

Убеждать Рики не пришлось.

Больше всего я боялся рассказать об этом замысле родителям, но, к моему удивлению, они даже обрадовались тому, что я наконец-то решился хоть на какой-то серьезный шаг в своей жизни. Судя по всему, их больше беспокоил тот сомнительный жизненный путь, которого я придерживался до сих пор. Родители верили, что приключение пойдет мне на пользу. Отец прибавил, что путешествие непременно закалит меня. Их одобрение очень воодушевило меня: в то мгновение я понял, как важна поддержка родных.

Отправляться в такое путешествие без денег было бы самоубийством, поэтому мы с Рики решили подкопить. Работы никто из нас не боялся: в то время как Рики вкалывал на бетонном заводе, я строил «американские горки» в парке развлечений в Глазго. Вечерами мы подрабатывали в барах. В какое-то время у нас было аж пять работ на двоих. Не покладая рук мы трудились по восемьдесят два часа в неделю. К осени 2018 года и у меня, и у Рики накопилось по несколько тысяч фунтов. Мы принялись активно изучать карты, продумывать маршрут и потихоньку собираться в дорогу. Мы запланировали добраться до континента, а там пересечь Францию, Швейцарию, Италию, проехать через балканские страны и оказаться в Греции.

Я намеревался купить себе самый лучший велосипед. Мой выбор пал на белоснежный туристический «Трек-920» с гоночным рулем и горными колесами. Обошелся он мне ни много ни мало в две тысячи фунтов. Но в тот миг, когда я извлек велосипед из коробки, все встало на свои места. Он стоил каждого потраченного пенни. Особенно меня впечатлил вес. Без снаряжения трек весил всего каких-то тринадцать килограммов.

После пары тестовых заездов я сделал несколько улучшений: установил большие педали и другое седло. В конце концов, путь предстоял неблизкий!

В скором времени я влюбился в этот велосипед. После работы я ставил трек во дворике родительского дома и восхищенно разглядывал эту чудо-машину. Я был настолько поражен, что дал этой чудо-машине имя Эйли — уменьшительное от Хелен. В переводе с гэльского — «сияющая».

Чтобы уместить все снаряжение, пришлось приобрести одноколесную тележку.

Рики же, не мудрствуя лукаво, принял в дар мой старый трек, который за последние годы я заездил, как мне казалось, до смерти. Сказать что-то плохое про свой старый трек у меня язык не поворачивался, но тем не менее я в один голос со всеми уверял Рика купить модель поновее.

— Если этот велик проехал два километра, то проедет и двадцать тысяч, — упрямо возражал всем нам Рики.

Рики обновил резину на колесах, установил крутое сиденье от «Брукс» и навесил на велосипед всякой мишуры. На тренировочных заездах мой старый трек показал себя хорошо и без проблем справился с часовым подъемом на Норт-Берик-Ло. На вершине этой двухсотметровой отвесной горы мы провели всю ночь, пытаясь представить, что нас поджидает в ближайшие месяцы, а то и годы жизни в диких условиях.

Наконец в сентябре 2018 года, набросав на коленке план, мы отправились в кругосветное путешествие.

Стоит ли говорить, что план немедленно затрещал по швам.

Более ужасного старта для путешествия выдумать, кажется, было невозможно. И причиной всех зол оказались мы сами: даже обезьяны справились бы лучше. Мы хотели доехать до Ньюкасла, что на северо-восточном побережье Англии, а затем переправиться в Амстердам. Но случилось так, что накануне мы затусили. Да так серьезно, что из Данбара выехали только к пяти вечера. Да, и чтоб вы понимали, на старте мы были все еще пьяны. Наше путешествие началось с паб-джампинга: мы не пропускали ни одного питейного заведения на своем пути. Вскоре выяснилось, что на корабль в Амстердам нам ни за что не поспеть и наши заранее купленные билеты — тю-тю!

Награда всегда находит своего героя: пока мы зажигали в городке Алник, что в тридцати минутах езды от Ньюкасла, Рики умудрился лишиться зуба. Нам пришлось срочно разыскивать дантиста. Дожидаясь Рики в приемной, я на всякий случай решил перепроверить наши документы. Каково же было мое удивление, когда я обнаружил, что отплывать мы должны через час с небольшим! Все это время я пребывал в полной уверенности, что у нас в запасе есть еще целый день, но не тут-то было! Часы показывали пять вечера, а корабль отчаливал в шесть тридцать. Наше путешествие, так и не успев начаться, подходило к концу. «Одному черту известно, — думал я, — на сколько мы встряли в этом Ньюкасле!»

К тому времени, когда подвернулся подходящий рейс до Амстердама, до Ньюкасла уже успели добраться даже мои родители, чтобы попрощаться. Слез было немного: все понимали, что путешествие пойдет мне только на пользу. Отец, большой фанат футбольного клуба «Ньюкасл юнайтед», на удачу подарил мне значок местной команды: на фоне щита в черно-белую полоску красовались два морских конька. Я прицепил значок к рюкзаку, попрощался и взошел на корабль.

Отправляясь в Амстердам, мы с Рики поклялись друг другу держать себя в руках, но вскоре снова ступили на скользкую дорожку. Достигнув берегов Голландии, мы пошли вразнос и очнулись только в понедельник.

Время от времени прорезался голос здравого смысла, и мы задвигали друг другу пламенные речи:

— Так продолжаться не может!

— С этим надо что-то делать!

Но остановиться мы не могли. Мы очень плохо влияли друг на друга.

Чем дальше мы забирались вглубь Европы, тем яснее мне становилось, что нам с Рики не по пути. Мы проехали Бельгию, пересекли границу с Францией и направились в Париж, куда я, честно говоря, не собирался.

Большие города я не люблю. Трасса, сельская местность, жизнь в палатке, интересное общение с новыми людьми — вот что меня привлекает! А кулинарные изыски за баснословные деньги и толкотня с туристами, чтобы преодолеть какие-то сто метров известного бульвара, — все это не про меня. Вскоре выяснилось, что Рики заскучал по своей девушке в Шотландии. Оглядываясь назад, я понимаю: идея нашего совместного путешествия с Рики была обречена на провал с самого начала.

Но на Рики грех было жаловаться: с ним не соскучишься. Так, отправляясь в Швейцарию, он предложил маршрут через перевал Фурка мимо гостиницы «Бельведер», где снимали один из фильмов про Джеймса Бонда — «Голдфингер». Все входы и выходы здания оказались заколочены, но для «милых грешников» закрытых дверей не существовало. Мы отыскали выбитое окно, пробрались внутрь и разместились каждый в своем роскошном номере.

Вскоре я узнал, что значит путешествовать в одиночку: Рики свалил, но обещал вернуться. Он затосковал по девушке и сорвался в Шотландию. По дорогам Франции я ехал в гордом одиночестве. В каком бы расположении духа я ни пребывал — дурном или приподнятом, — крутить педали и ночевать под открытым небом доставляло мне несказанное удовольствие.

С Рики мы воссоединились в Италии, и сразу же начались трудности. Сперва украли мой паспорт. Чтобы оформить новый, пришлось лететь на родину, в Глазго. Затем пропал велосипед Рики. Каким-то чудом его трек нашелся, но вернуть снаряжение, как и настроение Рики, так и не удалось. Ситуация усугубилась еще и тем, что у Рики закончились деньги. До предела страсти накалились после Хорватии.

Когда мы добрались до Боснии, Рики позвали на мальчишник в Будапеште. Рики принял волевое решение затусить, а потом еще и взять денек отдыха. Он зазывал меня с собой, но делать крюк, чтобы затем в одиночку возвращаться на прежний маршрут, мне совсем не улыбалось. Прогноз погоды ничего хорошего не сулил, а впереди меня еще ждали Черногория, Албания и Греция. В общем, я отказал Рики.

Не сказав друг другу больше ни слова, мы решили ехать в разных направлениях. Добравшись к вечеру до Мостара, мы расстались. Я разместился в хостеле, а Рики отправился в Будапешт. Вот так наши дорожки и разбежались: ни тебе объятий, ни рукопожатий, ни прощальных слов!

Все это время я тяжело переживал наш разрыв и крушение совместных планов. Мне даже начало казаться, будто моя единственная попытка обрести себя провалилась. Но затем до меня дошло, что в такое путешествие нужно отправляться исключительно в одиночку.

И теперь, взвешивая все «за» и «против» на обочине черногорской трассы, я окончательно убедил себя, что поступил правильно. Сегодняшнее утро было отличным тому доказательством. Останься я с Рики, заметили бы мы котенка? Предположим, что заметили! Но взяли бы мы котенка с собой? Пускай бы и взяли! Но разве удалось бы нам вдвоем незаметно протащить котенка через границу? На этот вопрос я ответить уже затруднялся, хотя и чувствовал, что, скорее всего, не удалось бы.

Дело даже не в Рики. Сама идея совместного кругосветного путешествия была изначально обречена на провал! «Рики надо еще спасибо сказать! — думал я. — Благодаря ему я теперь четко знаю, каким должно быть мое идеальное путешествие».

От глубоких дум меня отвлек котенок. Забравшись мне на колени, он свернулся калачиком и застыл. В тишине раздавалось лишь прерывистое дыхание. «Видимо, вымотался, пока блуждал в горах», — подумал я и погладил его. Котенок прижался ко мне сильнее. От мысли, что теперь ему ничего не угрожает, на душе у меня становилось спокойнее. Мне даже нравилось его опекать!

Я искренне радовался, что дал котенку второй шанс. За поворотом нас ждала неизвестность, но теперь она пугала меньше. Быть может, этот тощий штурман появился в моей жизни неспроста?

Может, это он *мой* второй шанс?

4

Соседи

К полудню погода испортилась.

Ясное зимнее небо затянуло свинцовыми тучами, которые, казалось, вот-вот разразятся ливнем. На открытых участках дороги дул сильный ветер, затрудняя продвижение вперёд. Мне постоянно приходилось нагибаться к рулю. В клинику я уже не успевал, но попасть в Будву до сумерек — запросто! «Может, обгоню и непогоду!» — надеялся я.

Обвившись плотным кольцом вокруг моей шеи, штурман чувствовал себя, похоже, лучше всех. Он не спал. Я это знал, потому что котёнок, посматривая по сторонам, непрестанно щекотал меня усами. Несмотря на мрачные тучи, пейзаж притягивал взгляд: скалистые побережья озёр, древние церкви и аккуратные домики с красными черепичными крышами выглядели потрясающе.

Подумать только — я безнаказанно провез котенка контрабандой! До сих пор не мог поверить в это и избавиться от мысли, что меня вот-вот остановит полицейский патруль и с первого взгляда распознает во мне международного кошачьего контрабандиста.

Часам к трем перед нами открылся прекрасный вид на город Котор, лежавший на берегу озера. Заняв очередь на паром, я с тревогой наблюдал за билетером в униформе, который подходил ко всем автомобилям подряд. В тревоге я машинально снял котенка с шеи и спрятал его в сумку на руле. Штурман протестовал и мяукал, но, на мое счастье, двигатель парома гудел так громко, что ничего не было слышно. Билетер даже не взглянул на меня: молча взял деньги и выдал билетик.

Когда паром добрался до середины озера, меня точно громом поразило: какого черта я переживаю? Какое вообще может быть дело билетеру до котенка!

Только я позволил штурману забраться на плечо, как тут же в машине рядом забесновался малыш, тыкая пальцем в нашу сторону. Водители и пассажиры других автомобилей принялись кивать и улыбаться. Поначалу всеобщее внимание меня смутило, но потом я рассудил, что ничего такого в этом нет. Бородатый татуированный тип на велосипеде и котенок на плече, точно попугай Джона Сильвера, — в общем, та еще парочка! Беспокоиться было не о чем: люди видели во мне странного парня с котенком, но никак не кошачьего контрабандиста. «Лучше выглядеть психом, — думал я, — чем оправдываться потом, почему я прячу котенка в сумке!»

Когда на горизонте показались берега Будвы, солнце уже скрылось за горами. День быстро шел на убыль. Преодолев за семь часов почти сто километров, я испытал огромное облегчение, когда наконец-то увидел впереди город. Радовалось и мое колено, которое уже давно молило о пощаде. В парке рядом с городским пляжем Будвы мне сразу посчастливилось найти место для палатки. Штурман тут же отправился исследовать окрестности, но отбегать далеко не решался. Если котенок вдруг слышал резкий звук или видел что-то необычное, он тут же бросался ко мне. «Доверяет! — думал я, умиляясь. — Так, глядишь, и подружимся!»

В местном магазинчике я купил еды: пасту для себя и песто для штурмана — кошачьего корма на полках практически не было, а соус котенку, кажется, пришелся по душе. Приготовив пасту на походной плитке, мы ужинали, любуясь видом на море. Но это не тот вид с красочных картинок, к которому мы привыкли. Все выглядело серо и уныло, а порывы ветра горстями бросали в лицо капли дождя. Я уже хотел было подхватить котенка и забраться в палатку, как вдруг он мяукнул — громче, чем обычно. Он смотрел на меня так, будто пытался что-то сказать. «Накормлен. Напоен, — думал я. — Что еще? Туалет?» Я поднял и отнес котенка к парапету, отделявшему парк от пляжа. Тот спрыгнул на песок и скрылся, желая, судя по всему, уединиться.

Некоторое время я стоял и наслаждался видом. На пляже, длиной, наверное, в километр, не было ни души, если не считать мужчину, выгуливающего собаку.

«Где же ты? — забеспокоился я, поглядывая на приближающихся мужчину и пса. — Неужели сбежал и даже спасибо не сказал? Надеюсь, что нет...»

Я уже хотел спрыгнуть вниз, как в следующее мгновение штурман одним махом взлетел на парапет. Может, учуял собаку, а может, соскучился. Как бы там ни было, я обрадовался его возвращению. Если бы он не вернулся, то меня ждала бы та еще бессонная ночь!

Быстро смеркалось. Надвигалась гроза. Мы спрятались в палатку, и вскоре капли дождя застучали по тенту. Вечер я проводил как обычно: смотрел видеоролики и обновлял «Инстаграм».

Перед тем как отправиться в путешествие, мы с Рики завели страничку в «Инстаграме»: отчасти чтобы родственники не беспокоились, отчасти чтобы задокументировать наш подвиг. Чем дальше мы продвигались вглубь Северной Европы, тем больше людей следило за нами. И сейчас я не без удовольствия отмечал про себя, что за моими приключениями уже наблюдают почти две тысячи человек. Встреча с котенком определенно заслуживала их внимания. Я выложил видео нашего неожиданного знакомства, а также фотографию, где котенок выглядывает из велосипедной сумки на руле. Подписчики по достоинству оценили и то и другое.

Я очень любил предаваться одиночеству в палатке, но с той ночи все изменилось.

К своему соседу я привык не сразу: какое-то время мы притирались друг к другу. Набегавшись по парку, котенок похрипывал, егозил и все никак не мог устроиться. Улегся в ногах — не понравилось. Забрался под шею, посуетился-посуетился — тоже не понравилось. Вытянулся у меня на бедрах — передумал. И, только вскарабкавшись вверх и свернувшись тугим, точно узел, калачиком на груди, он вроде бы угомонился. Дышал котенок прерывисто. Прислушавшись, я решил, что опасаться нечего. Вскоре он крепко уснул.

День выдался тяжелый, а звуки дождя и ветра сделали свое дело. Следом за штурманом я отправился в царство сна. Часа в два или три ночи я заворочался. В полудреме я почувствовал, будто что-то не так. Котенок перебрался в ноги, но проснулся я не от этого. В палатке стоял отвратительный запах. Через мгновение до меня дошло, что вонь идет со дна спального мешка. Посветив фонариком внутрь, я обнаружил желтую маслянистую жижу. И все мои ноги были тоже перепачканы в ней! Догадаться, что это, даже спросонья труда не составило. Песто!

— Замечательный способ отблагодарить нового соседа! — воскликнул я, не зная то ли плакать, то ли смеяться. — Хотя грех жаловаться на бедное животное, когда сам кормил его весь день этим треклятым соусом!

Тем временем гроза разгулялась не на шутку: ветер завывал, а дождь лил как из ведра. Кое-как почистив спальник, я снова улегся, но запах никуда не делся и отравлял мне жизнь до самого рассвета. С утра, благо дождь и ветер стихли, первым делом я отправился на колонку и хорошенько промыл спальник. Котенок, высунув из палатки мордочку, наблюдал за моими действиями. Заметив его виноватый взгляд, я захохотал.

«Да-а! — подумал я. — И это наверняка только цветочки! А ягодки еще впереди!»

— Никакого больше песто, дружище! — сказал я, вешая спальник на ветку дерева, чтобы тот как следует просушился на легком утреннем ветерке.

Закончив стирать, я позвонил в клинику и записался на прием. Мы позавтракали, я усадил котенка на плечо, и мы отправились в город. По пути мы осмотрели старый район Будвы, и я даже немного пофотографировал. Люди с любопытством оглядывались на нас и улыбались. Откуда ни возьмись возникли детишки и взмолились дать им погладить зверька. Их внимание котенку пришлось по душе, и я с радостью уступил.

Клиника располагалась в современном здании на одном из холмов Старого города. Все оборудование было новым, а бородатый врач в очках выглядел, да и говорил — причем на хорошем английском — очень убедительно. У меня гора с плеч свалилась, потому что я ни слова не знал по-черногорски. Врач тщательно осмотрел котенка: проверил зубы, глаза и прощупал ребра. «Отличные получатся фото», — подумал я и схватился было за телефон, как вдруг поймал укоризненный взгляд врача и услышал строгое предупреждение:

— Не советую вам это делать, иначе ждать придется снаружи.

Телефон, от греха подальше, я убрал. Не хватало еще из-за каких-то фотографий ссориться с врачом!

— Худенькая, — спустя минуту произнес врач. — Кормите ее хорошенько!

— Ее? — переспросил я.

— Да, это девочка. Семи недель от роду. Ну или около того.

Я рассказал про странную одышку, и врач, вооружившись стетоскопом, послушал легкие.

— Где вы ее нашли?

— В горах. На трассе.

Врач цокнул языком, покачал головой и сказал:

— К сожалению, такое происходит часто. Порой котят выбрасывают из машины прямо на ходу. А ваша, видимо, простудилась, пока скиталась в горах. Легкие слабоваты, но, чуть повзрослев, она обязательно окрепнет. Ну а вы следите за ней как следует.

К моей радости, кошечка была не чипирована. Я все равно бы ее не отдал: тот, кто ее бросил, вообще не заслуживал иметь питомцев.

— Что вы собираетесь делать с ней? — спросил врач, капая на холку средство от глистов.

Хотя никто еще не задавал мне этого вопроса, ответил я мгновенно. Я все решил уже тогда, в боснийских горах.

— Она поедет со мной в кругосветку.

Врач как будто даже испугался, но затем открыл ящик стола и выдал мне бланк.

— Тогда вам обязательно понадобится паспорт. Пограничники не любят питомцев без документов.

Заниматься контрабандой мне и самому больше не хотелось, поэтому я охотно взял бланк и спросил:

— Так, и какой мой следующий шаг для получения паспорта?

— Мы чипируем и привьем ее. Одну прививку сделаем сегодня, вторую — через неделю. Тогда же и чипируем, а затем оформим паспорт.

— Супер! — отозвался я.

Я ничего не имел против Будвы, правда, прогноз погоды не радовал: до конца недели обещали проливные дожди. Что ж, зато будет время поладить с кошечкой да купить ей все необходимое. Привыкнем друг к другу и станем жить душа в душу!

Врач сделал первую прививку: почувствовав иглу, кошечка вздрогнула, но я придержал ее за лапки.

— Кстати, подумайте над кличкой, — сказал врач, протягивая мне счет и терминал. — Для паспорта.

И как это я сам-то не догадался! Я застыл в растерянности.

— А к следующей неделе можно? — спросил я, прикладывая карту к терминалу и набирая ПИН-код.

— Конечно. Время есть.

По пути в клинику я приметил зоомагазин, и после приема мы сразу направились туда. Я купил две пластиковые мисочки для питья и еды, мышку на веревочке и поводок. Моя спутница пару раз чуть не свалилась с велосипеда. Я все переживал, как бы по неопытности и наивности она не выпала или не выпрыгнула из сумки — ведь так недолго и под колеса попасть!

Еще я наконец-то приобрел переноску. На выбор было всего две: одна — черная, наглухо закрывающаяся; другая — цветастая, с узором из кошечек и оконцем на боковой стенке. Первая мне показалась слишком мрачной, а вторая — в самый раз.

Вернувшись в лагерь, я закрепил переноску на заднем багажнике тугими жгутами — села как влитая. А вот с поводком повезло меньше. Я купил самый маленький, но даже он оказался велик для моей миниатюрной спутницы: ее голова без труда выскальзывала. Я уже хотел забросить эту идею, как вдруг меня осенило.

В магазине неподалеку я купил суперклей, а затем склеил поводок так, чтобы он пришелся кошечке впору.

— Ну вот! — сказал я, любуясь проделанной работой.

Немного погодя мы отправились на прогулку. Спутница бежала по парапету, но постоянно мяукала, вертелась и пыталась ухватить зубками воздух. Только вернувшись в лагерь, я понял, в чем дело: ошейник приклеился к шерстке.

— Какой же у тебя неуклюжий папочка, — приговаривал я, пытаясь удержать свою спутницу, чтобы выстричь клей.

Ушло на это ни много ни мало полчаса. К полудню ненадолго показалось солнце. Желая загладить свою вину, я повез кошечку прокатиться по побережью. Вскоре мы наткнулись на бухту. На берегу стояло заброшенное здание. Его окна смотрели на потрясающий маленький пляж. Я слез с велосипеда, и мы отправились на разведку.

Весь пляж принадлежал только нам. Моя спутница бежала впереди, то и дело останавливаясь и принюхиваясь к выброшенным на берег обломкам. Я чувствовал невероятное единение с природой, а моя кошечка и подавно! Солнце вскоре скрылось за горами. Я присел на камень, а спутница, прыгая тут и там, все резвилась. Смелости ей было не занимать: перепрыгнуть с одного трехметрового валуна на другой — раз плюнуть! Усевшись на глыбу, вдававшуюся в море, кошечка всматривалась в даль и выглядела точно маленькая львица.

И вдруг меня озарило! Мы с сестрой в детстве просто обожали «Короля Льва». Сестра всегда восхищалась Налой, подружкой и будущей супругой Симбы. Та была смелой и непоседливой, точь-в-точь моя кошечка!

На мое счастье, телефон ловил хорошо, и я тут же посмотрел значение имени: на языке суахили — «подарок». Идеально! Пускай мы и прожили вместе всего день, но я всерьез прикипел к спутнице и считал ее подарком судьбы. Возможно, даже незаслуженным.

— Ну все! Решено! — воскликнул я и потрепал ее по загривку. — Теперь буду звать тебя Нала!

5

Верхом на молнии

К утру Черногорию заволокло серым туманом. Все это до боли напоминало мне промозглые декабрьские деньки в родной Шотландии. Дождь лил как из ведра. Если не считать коротких прогулок по пляжу, вылазок в магазин и туалет, то практически все время мы проводили в крошечной палатке.

Скучать не приходилось. Нала могла играть часами напролет: возиться со мной или гоняться за мышью на нитке. Стоило мне вечером включить фонарик, как Нала принималась энергично подпрыгивать, пытаясь схватить на тенте палатки кружок света. И хотя поймать его никак не удавалось, попыток Нала не оставляла и без устали делала выпады. Мне никогда не надоедало следить за ее забавами.

А как ласкова Нала была со мной! Пока я смотрел «Нетфликс» или обновлял «Инстаграм», она прижималась ко мне мордочкой и терлась носом о лоб. Идеальная спутница!

Уже через неделю приглядывать за Налой стало значительно проще.

Нормальная кошачья еда в Будве все-таки нашлась, поэтому ночных инцидентов с песто больше не повторялось. Мы частенько ели вместе: я хрустел чипсами, а Нала — кормом. Я облизывал пальцы, испачканные в песто, а Нала тем временем вылизывала миску до блеска. Ничего особенного Нала не требовала: покормить да выпустить в туалет — вот и все. В моей компании она чувствовала себя в безопасности, и этого, похоже, ей было более чем достаточно. В отличие от человека ее не волновало, куда мы отправимся и когда. В этих вопросах Нала целиком и полностью полагалась на меня. Я же все больше убеждался, что для моего кругосветного путешествия компаньона лучше не найти.

Конечно же, с выводами спешить не стоило. Вот окажемся на большой дороге, тогда и посмотрим! Мне так не терпелось отправиться в путь, что в клинику мы вернулись уже через шесть дней. Нале сделали вторую прививку, надрезали кожу на загривке и вживили чип. Врач проверил еще раз легкие. К счастью, их состояние за эту неделю ничуть не ухудшилось, хотя дожди поливали будь здоров! Затем врач заполнил документы на чип и выдал паспорт. Голубая книжечка, называвшаяся «Международное свидетельство о вакцинации», содержала информацию о прививках Налы на английском и черногорском языках.

Моя фамилия и домашний адрес напротив клички Налы в паспорте подействовали на меня успокаивающе. Теперь она официально принадлежала мне, по крайней мере с точки зрения закона. Хотя глупо полагать, будто животное, особенно недавно появившийся на свет котенок, может вообще кому-либо принадлежать. Мне больше нравилось думать, что мы с Налой родились свободными как ветер.

Врач, как и в прошлый раз, протянул мне счет в черногорской валюте, терминал, и я ввел ПИН-код.

— Значит, путь в Албанию наконец-то открыт? — спросил я, дожидаясь окончания транзакции.

— А как же прививка от бешенства? — с удивлением возразил врач. — Без нее через границу вас не пустят.

Предполагая, что сейчас он назначит очередной прием, я согласно закивал и прибавил:

— Нам бы хотелось поскорее отправиться в путь. Может, сделаем прививку от бешенства на днях?

Врач посмотрел на меня как на идиота.

— Нет, так нельзя. Только когда ей будет три месяца, — он заглянул в документы. — По моим расчетам, она родилась во второй половине октября, так я указал и в паспорте. Поэтому прививку сделаем в конце января или начале февраля.

У меня упало сердце. По моему замыслу к Новому году, если не раньше, я предполагал быть уже в Греции. Отмечать праздники в Черногории в мои планы не входило.

— Неужели нельзя как-нибудь ускориться?

— Нельзя, — покачал он головой. — В любом случае вам придется ждать.

Остаток дня и ночи я провел в палатке, разрываясь от противоречивых чувств. Я заглянул в карту: до границы с Албанией оставалось пара-тройка дней пути. От Албании до Греции предстояло добираться неделю, а может, даже две.

«Так, Рождество через неделю, — прикидывал я. — То есть к Новому году я вполне могу оказаться в Греции».

А почему бы и не рвануть? Но тут же я засомневался. Кто сказал, что в Греции надо быть непременно к январю? Почему бы не остаться в Черногории?

С одной стороны, я был благодарен этому врачу, но с другой — он далеко не единственный ветеринар на планете!

Почему бы и не рвануть? А через три месяца покажу Налу ветеринару, скажем, в Греции. Пускай прививают и дальше заполняют паспорт.

Чаще всего засыпаю я хорошо, но в ту ночь мне не спалось: ворочался с боку на бок дольше обычного. Перед тем как задремать, я кое-что все-таки для себя решил.

Разбудил меня шершавый язык Налы. Она вылизывала мне лоб и нежно дышала на обслюнявленные места. Увидев, что я открыл глаза, Нала для верности пару раз жалобно мяукнула. Этот урок от Налы я уже выучил назубок.

Голодная Нала не остановится ни перед чем!

«Ну-ка, компаньон, где мой завтрак?» — словно спрашивала она.

Я выбрался из спального мешка и положил ей еды.

Затем я высунулся из палатки и, к своей радости, увидел, что погода наладилась. Не жаркие тропики, конечно, но без дождя было значительно лучше. Впервые за все это время я разглядел побережье, на многие километры протянувшееся к югу. Погода шептала: надо ехать в Албанию. К полудню я собрал палатку, снаряжение, усадил Налу в новехонькую переноску, и мы отправились в путь.

Только мы отъехали от лагеря, как Нала устроила концерт, мяукая громче полицейской сирены.

«Наверное, жалуется с непривычки. Скоро успокоится!» — подумал я, но с каждой минутой она верещала все сильнее. Обернувшись, я увидел, что Нала уже вовсю таранит сетчатую дверцу переноски, неистово пытаясь выбраться наружу.

Только я открыл дверцу, как Нала пулей выскочила и вскарабкалась на плечо. Прогонять ее я не стал. Пускай успокоится. Когда представилась возможность, я пересадил Налу в сумку на руле, где она свернулась калачиком и больше не высовывалась. Но спустя некоторое время Нала выглянула и проверила, как идут дела. Довольный вид Налы обрадовал меня и вдохновил на серьезный километраж. Если верить прогнозу, то на пути нас поджидали суровые ветра и грозы, хотя пасмурное небо и легкий морской бриз беды пока не предвещали. Я наивно полагал, что обгоню грозу, но не тут-то было!

Скоростной участок, по которому я двигался на юг, протянулся, как говорил мой навигатор, на многие километры. Сделав ставку на хорошую погоду, я хотел ускориться, но не вышло.

Поднялся сильный ветер. Эх, если бы он дул в спину или в бок! Но нет! Ветер дул прямо в лицо, и крутить педали, несмотря на весь мой богатый опыт, полученный во время поездок по Северной Европе, становилось все тяжелее. Я попереключал передачи, но делу это не помогло. Я по-прежнему двигался с черепашьей скоростью. Все усугубляли резкие порывы ветра, едва не вышибавшие меня из седла. В одно мгновение нас даже чуть не бросило под колеса огромной фуры. Фух! Пронесло! Еще бы чуть-чуть, и мокрого места от нас не осталось бы!

Мы ехали уже полтора часа, когда я заметил, что небо угрожающе потемнело. Еще совсем недавно затянутое серыми облаками, теперь оно бугрилось плотными, черными как уголь тучами. Вдалеке гулко пророкотал гром, сверкнула молния. Собиралась гроза, и мы ехали прямо в ее эпицентр. Зарядил дождь. Я остановился и проверил Налу.

Еще когда ветер только поднялся, я закутал Налу в полотенце, так что снаружи осталась лишь ее голова. Но в конце концов она свернулась клубком и спряталась в сумке. «От такого уютного гнездышка я и сам не отказался бы! — подумал я и застегнул сумку, чтобы Нала не промокла. — Не хватало еще простыть! И так хрипит!»

Едва я спрятал Налу, как бог грома и молнии тут же продемонстрировал всю свою мощь и величие. Ветер взвыл, а дождь превратился в ливень: струи воды так сильно и больно хлестали меня, что мои икры — я ехал в шортах — вмиг стали пунцовыми. «Это никуда не годится! — в отчаянии подумал я. — Ни черта не видно!»

Осознав, что начался очередной бесконечный подъем в гору, я чуть не разрыдался. Ветер, не сдаваясь, дул в лицо, но теперь его порывы были по-настоящему штормовыми. Снова и снова ветер пытался выбить меня из седла, и в одно мгновение я действительно чуть не свалился. От греха подальше я спешился, но подъем в гору от этого легче не стал. Пригнув голову, я изо всех сил толкал велосипед вперед, стараясь следить, чтобы его не мотало из стороны в сторону. Ну все, с меня хватит! Я попробовал поймать попутку, но через пару минут осознал, что все мои попытки будут тщетны. Скорее всего, меня просто не заметят. А если и заметят, то на таком опасном участке дороги вряд ли остановятся.

От затеи с попуткой я отказался. Делать нечего, ползем дальше. Ближайший город, Бар, находился километрах в десяти, не меньше. Аппетиты мне пришлось поумерить: с такой погодой албанской границы не видать как своих ушей! Дело принимало серьезный оборот. На затишье рассчитывать не приходилось. Нала в своем уютном гнездышке спала, как младенец, и это не могло не радовать.

С трассы пришлось съехать. Продолжил я только после полудня. На расстояние, которое я планировал преодолеть за два часа, ушло целых пять. К тому времени, когда я достиг города, сил во мне не осталось совсем. Я промок и продрог до костей. Решив, что страданий с меня достаточно, я снял номер в гостинице. Никогда я еще не испытывал такого блаженства, какое испытал, очутившись в теплой и сухой комнате. Я высушил Налу полотенцем, снял мокрые вещи и залез под горячий душ. Просто бесподобно!

Постирав одежду, я развесил ее на батарее и забрался под одеяло. Эту ночь, оставив ревущий ветер и хлеставший дождь за окном, мы провели в тепле, крепко прижимаясь друг к другу. Нала вызывала у меня беспокойство: она вела себя как-то тревожно и покашливала. «И зачем я повез ее в такую непогоду?» — сокрушался я, чувствуя себя подлецом.

Дождь к утру не прекратился, но, по крайней мере, это был уже не ливень. Пообещав себе наверстать километраж после обеда, рисковать я не стал. Понадеялся, что ко второй половине дня мы оклемаемся и в дорогу отправимся в совершенно другом настроении.

Конечно же, в очередной раз я выдавал желаемое за действительное.

Больше всего на свете Нала любила устроить возню. Обычно я дразнил ее рукой, а она прыгала, пытаясь меня тяпнуть. Убрать руку успевал я не всегда, и тогда Нала намертво впивалась мне в какой-нибудь палец. Отцепить ее было нелегко, как, впрочем, и заживить потом глубокие ранки. Иногда возня перерастала в шутливую потасовку. Бывало, она распустится до невозможности, а я как подхвачу да как брошу ее на кровать — разумеется, со всеми предосторожностями!

Из-за той авантюры с грозой я чувствовал себя кругом виноватым. Чтобы приглушить голос совести, я позволил Нале всласть порезвиться. Вскоре, устроив в постели возню, мы вовсю веселились. Раздухарившись, Нала вдруг скакнула на прикроватный столик.

Все бы ничего, пускай себе прыгает! — но там заряжался телефон. Страшно представить мое лицо в тот миг, когда я осознал свою ошибку! Если бы это было сценой из фильма, то кадры, на которых я, протягивая руки, с отчаянным криком лечу к телефону, обязательно засняли бы в режиме замедленной съемки. А телефон, качающийся на краю столика, непременно сняли бы крупным планом. Вот кончики моих пальцев показались в кадре, и телефон полетел вниз. И он действительно упал. Прямо на каменный пол. И разбился. Громкий хруст не оставлял никакой надежды.

Я поднял телефон. Экран вдребезги. Зажал кнопку питания — не включается.

— Черт возьми! — воскликнул я. — Какой же я все-таки идиот!

«Нала тут ни при чем. Целиком и полностью моя ошибка! — распекал я себя. — Кто же оставляет телефон без присмотра, когда в доме ребенок!»

Я вышел к стойке регистрации, и хозяин сразу насторожился: наверное, на мне лица не было.

— Все в порядке?

В ответ я показал телефон и прибавил:

— Вдребезги.

Он поднял руку с таким видом, что сейчас все решит.

— Подождите, — сказал хозяин, набирая чей-то номер. — Быть может, я помогу.

Спустя двадцать минут я стоял в мастерской его сына.

— И стекло, и дисплей разбиты, — диагностировал он. — Оставляйте, через пару часов заменю.

К вечеру, заплатив двести фунтов, я получил телефон обратно — хотя запросто мог лишиться и большей суммы! Я прикинул в уме свои последние траты: на счету оставалось шесть или семь сотен фунтов.

— Похоже, я усвоил еще один урок, — вернувшись в номер, сообщил я Нале. — Рядом с телефоном лучше не куролесить.

Наутро мы отправились к албанской границе.

Накануне я много думал, как же мы будем ее пересекать. Боялся я до чертиков! Переживал еще сильнее, чем в Боснии. Хотя Албания, до недавнего времени поддерживавшая коммунистический строй, к европейским туристам стала относиться дружелюбней, чудес на границе я не ждал.

Я решил действовать по тому же принципу, что и прежде. В нескольких километрах от пограничного поста я остановился и приласкал Налу. Я чувствовал, что в последние деньки ей пришлось несладко — столько всего мы пережили!

Через десять минут Нала послушно залезла в сумку. Когда я закрыл молнию, она не издала ни звука.

Албанская граница оказалась именно такой, какой я себе и представлял ее в своих самых страшных фантазиях. Моему взору открылась маленькая военная база.

За шлагбаумами и будками виднелись казармы и даже некое подобие штаба. К шлагбаумам тянулись ряды автомобилей, вдоль которых ходили вооруженные пограничники. Они тщательно досматривали машины, проверяя днища при помощи маленьких зеркал.

Мы заняли очередь. Тут я заметил пару пограничников, сильно меня встревоживших: впереди них на длинных поводках бежали ищейки. Воображение мгновенно нарисовало всевозможные сценарии моего персонального конца света. Хотя собаки наверняка искали наркотики или взрывчатку, я ни капли не сомневался, что, учуяв котенка, они поднимут всех на уши. Ищейки сразу прибегут сюда! А что же Нала? Запах и лай собак точно сведут ее с ума! И тогда одному Богу известно, чем все кончится!

Я постарался успокоиться. В конце концов, у меня в кармане паспорт Налы! Они не вправе конфисковать мою кошечку!

На мое счастье, ангел-хранитель опять оказался где-то неподалеку. Рядом образовалась новая очередь, и меня тут же пригласили к окошку. Кинологи же, на мое счастье, надолго застряли у двух огромных фур.

Не желая испытывать судьбу, я подскочил к будке и передал паспорт пограничнику. Тот задал мне всего пару вопросов. Я поведал ему, что еду в Грецию и намереваюсь объехать таким образом весь мир. Он глянул на меня как на умалишенного, проштамповал паспорт и отпустил с Богом. На все про все ушло меньше тридцати секунд. Миновав казармы, я облегченно выдохнул, хотя такой радости, как в Боснии, разумеется, уже не испытал.

Что ж, похоже, мне в очередной раз улыбнулась удача. Но как долго будет так везти?

Добравшись до Шкодры — первого на пути крупного города Албании, — я решил дальше не ехать: устал, да и настроение было уже ни к черту. Сразу направился в хостел, который забронировал заранее. Оказалось, что хозяйка содержит двух собак-спасателей: слава богу, они обитали на заднем дворе! Прознав про котенка, она засуетилась и подселила нас в замечательную комнату к не менее замечательному Богдану — молодому общительному сербу, путешествовавшему по Албании на своих двоих.

После обеда мы пошли гулять по старым причудливым улочкам Шкодры. Несмотря на многочисленные кафе, здесь царила полная тишина — похоже, мы были единственными туристами. Хотя, если учитывать время года, то ничего удивительного! Я немного пофотографировал, а затем, запустив дрон, снял старый замок и город с высоты птичьего полета.

Вернувшись в хостел, мы расположились перед камином в общей гостиной. Я прислушался к дыханию Налы — хрипит. Может, я и вел себя как параноик, закутывая Налу в одеяло, но так мне было гораздо спокойнее. Вскоре она уснула.

Пока Нала смотрела сны, я разговорился с Богданом. Мой новый сосед хорошо говорил по-английски, и я почерпнул много ценных сведений об Албании: какие места посетить стоит, а какие нет. Затем я всерьез взялся за страничку в «Инстаграме». Фотографий накопилось много, и для удобства я добавил закладки по странам. С учетом Англии Албания оказалась десятой по счету страной. Просматривая ранние фотографии и комментарии к ним, я обнаружил, как сильно изменилась моя жизнь за последние две недели.

После разлада с Рики я переименовал страничку в «1bike1world». «Запоминающееся название, — подумал я тогда, — и очень подходит велосипедисту, который пытается в одиночку объехать весь земной шар!» И суток не прошло, как я снова был не один!

С тех пор как в моей жизни появилась Нала, времени прошло немного, но тем не менее мой «Инстаграм» уже просто ломился от фотографий и видеороликов. Подписчикам, которых к тому моменту набралось почти две с половиной тысячи — многие из них, кстати, мои земляки, — новые фото и видео с Налой в главной роли пришлись по вкусу. Особенно им понравились фотографии Налы на древних стенах Будвы. Писали много хорошего и обо мне: больше всего лестных комментариев набрало наше с Налой первое видео, снятое в горах Боснии. Взахлеб читая хвалебные отзывы, я никак не мог отделаться от мысли, что ищу в этих добрых словах некую поддержку. «Неужели я до сих пор сомневаюсь в своем выборе? — недоумевал я. — Неужели мне нужно чье-то одобрение?» Размышления натолкнули меня на мысли, которые до этого мне и в голову не приходили. Стоило выложить фотографии Налы в «Инстаграме», как количество подписчиков выросло на несколько сотен. За нашими приключениями уже следили с Американского континента — подумать только! В основном всю любовь и заботу проявляли к Нале, но немного перепало и мне. «Но разве я заслужил? Не уверен. Взять хотя бы недавнюю грозу. Я подвергал Налу огромному риску! — думал я и качал головой. — А ведь у Налы такие слабые легкие! На моей совести еще и побег из Черногории без прививки от бешенства! Нет, все-таки я вел себя безрассудно и испытывал судьбу. Что, если бы нас поймали?» Чем больше я думал, тем больше понимал, что поступал в корне неправильно. «Впредь ко всему буду относиться серьезнее!» — заключил я, и тут же на мою решимость упала тень сомнения. Если не рисковать совсем, то мы так и будем топтаться на месте. У нас тут круиз или кругосветное путешествие, в конце-то концов? Разумеется, я должен сделать все возможное, чтобы оградить Налу от страданий. Но от непогоды, бюрократии и досадных ошибок не застрахован никто — такова жизнь. Я наконец-то осознал, что теперь несу двойную ответственность: как за себя, так и за Налу. И чем скорее я привыкну к новой действительности, тем будет лучше для всех.

6

Новогодние клятвы

Следующее утро я провел, обдумывая путешествие с учетом интересов не только своих собственных, но и Налы. С каждым днем становилось все холоднее: двигаться на север было самоубийством. «Теплый мягкий климат Средиземноморского моря пойдет нашему путешествию и слабым легким Налы только на пользу», — подумал я и решил двигаться на юг Греции.

Нервотрепка с границами мне уже порядком осточертела. Продумывая маршрут по Албании, я прикидывал, где можно будет привить Налу, держа в голове ценные рекомендации Богдана.

Я разложил все по полочкам, и жить стало легче. Впервые за долгое время мой разум освободился. Продумав план до мелочей, я четко представлял себе, что за чем буду делать дальше.

Все это, конечно, было замечательно, но, разрабатывая новый план, я забыл старую поговорку: «Если хочешь рассмешить Бога, расскажи Ему о своих планах».

А если хочешь, чтобы Он смеялся громче, скажи, что берешь с собой в дорогу кошку.

К обеду, хорошенько все обдумав, я отправился в путь. Погода разгулялась. Пока мы ехали по трассе, несколько раз даже проглядывало солнце. Теплый ветерок, обдувавший лицо, поднимал настроение. Нала тоже выглядела бодрой. Все мои опасения, что путешествовать ей не по нутру, развеялись. Высунув голову из сумочки на руле, она увлеченно поглядывала по сторонам — смотреть на нее было одно удовольствие. Когда ей хотелось спать, Нала прятала голову и сворачивалась клубком на дне.

Албания — красивая страна. Живописные места притягивали взор, как магнит.

Несмотря на всю прелесть пейзажей, невооруженный глаз тут и там подмечал следы недавних потрясений. Многие деревни, попадавшиеся по пути, выглядели заброшенными, а дорога, которой мы ехали, была будто после бомбежки. Объезжать эти ямы было не так-то и просто, да и движение по трассе оказалось очень уж оживленным. Задумав ехать проселочными дорогами, я сдался через несколько километров. Эти пребывали в еще более плачевном состоянии. Я то и дело налетал на ямы, подпрыгивал в седле и лязгал от неожиданности зубами. Нале повезло больше: поролоновая сумочка резкие удары благополучно смягчала.

Затем я проколол колесо. Рано или поздно это должно было случиться. Пока я заклеивал камеру, нас обступили бородатые козлы недружелюбного вида. Самый смелый из них стал даже принюхиваться к моему шарфу, который торчал из багажной сумки, — еле отогнал.

Хоть я и не любил большие города, предпочитая им живописные сельские пейзажи, столицу Албании я приветствовал горячо. По крайней мере, дороги в Тиране были значительно лучше.

Нала, в отличие от меня, чувствовала себя в больших городах прекрасно. Виды, звуки и запахи Тираны кружили ей голову. Нала выпрямилась, положила лапы на руль и внимательно всматривалась в проплывающий мимо город. Памятники, здания советской эпохи и разноцветные палатки с фруктами и овощами — она ничего не хотела пропустить!

У меня были еще кое-какие незаконченные дела, поэтому заночевал я в Тиране. На следующий день я собирался в Химару. Го-

74

род находился примерно в ста пятидесяти километрах на юго-запад от Тираны, на побережье Ионического моря. Богдан советовал остановиться на Албанской Ривьере. С его слов — место изумительное, а до Греции рукой подать. Все рождественские каникулы я намеревался провести в Химаре. «Под Новый год сделаю Нале прививку, — думал я, — и рвану в Грецию!»

Прежде всего мне нужно было разжиться валютой. Дело в том, что к банковским картам в Албании относились с недоверием. Хостел в Химаре принимал только леки, а местные банки, как мне подсказали, на рождественские каникулы закрывались. Отыскав банкомат, я проверил баланс и чуть не упал в обморок. Денег, даже с учетом двухсот фунтов за ремонт телефона, оказалось очень мало. Не веря своим глазам, я все смотрел на экран банкомата и качал головой.

«Неужели меня хакнули? — думал я, пытаясь упорядочить события последних дней. — А что, если клонировали карту? Нет, такого точно не могло произойти».

Взяв себя в руки, я решил позвонить в свой банк.

В каком-то глухом переулке я нашел дешевый хостел. С первого раза связаться с банком не удалось: телефон не ловил. Помыкавшись, я все-таки отыскал местечко, поймал сигнал и дозвонился. Служба поддержки проверила последние списания. Все операции, кроме двух на позапрошлой неделе, оказались мне знакомы. Я уточнил сумму и едва не поседел: четыре сотни фунтов! Таких деньжищ я точно не тратил! Название компании, проглотившей мои четыреста фунтов, мне ни о чем не говорило. Мы выяснили, что компания зарегистрирована в Сербии, но и эта информация мне ничем не помогла.

— Нет, это точно не я, — сообщил я оператору. — Да я в жизни не был в Сербии!

— Но оплата произведена через терминал с подтверждением ПИН-кода, — возразили мне на том конце провода.

И тут меня осенило! Будва! Ветеринарная клиника! Целая сеть клиник, расположенных в Боснии, Сербии и Черногории! Мои мысли так были заняты здоровьем Налы, что я даже не потрудился прикинуть, сколько, в пересчете на фунты стерлингов, будут стоить прививки. Дорого же мне обошлась моя самонадеянность!

Я попрощался с оператором, чувствуя себя последним болваном. Поначалу я злился, но затем успокоился. Ладно, не конец света, прорвемся! На счету еще есть деньги, а живу я до крайности умеренно. Ночую в палатке. Дешевой едой не гнушаюсь. Трудности делали мое путешествие только более увлекательным. Но даже с такими установками мне следовало затянуть пояс потуже. Но, как это всегда и бывает, сказать оказалось проще, чем сделать.

К тому времени мой трек отмахал, судя по одометру, уже больше трех тысяч километров, и я с трудом припоминал, каким он был только из коробки. Велосипеду требовался тщательный техосмотр: мы с ним пережили суровые испытания. Разбитые дороги Албании еще не самое страшное, что он повидал!

В первую очередь меня тревожили передние тормоза. Я подозревал, что износились колодки. В Интернете мне приглянулась одна веломастерская: ремонтами занимались какие-то молодые, но амбициозные ребята. Туда-то я и решил отдать свой трек. Дворами я добрался до гаража, записался на обслуживание и оставил велосипед. Меня заверили, что если новые детали не понадобятся, то осмотр обойдется мне недорого.

Мы с Налой отправились в парк неподалеку. Прошел час. Вернувшись в гараж и увидев лицо замявшегося мастера, я сразу заподозрил неладное. Он сообщил, что с велосипедом все тип-топ. За исключением тормозов. Он показал снятые колодки: от передних ничего не осталось, а состояние задних оставляло желать лучшего. Конечно, я и сам предполагал, что они поизносились — после швейцарских-то горок! — но не до такой же степени!

В очередной раз меня накрыла волна стыда за свое безрассудство. Пренебрегая здравым смыслом, я подвергал Налу огромному риску. Опасаясь худшего, я поинтересовался, в какую сумму встанут мне новые колодки. Но мастер оказался славным малым и предложил колодки по закупочной цене: пятьдесят фунтов вместе с работой по замене.

Перекантовавшись в кафе около часа, я наконец-то забрал велосипед из мастерской. Справились ребята на ура. Да еще, к моему стыду, отчистили ту грязищу, что я умудрился собрать за все время путешествия.

Затем мы с Налой вернулись в хостел. Кусая локти с досады за те бездумно растраченные деньги в Черногории, я решил экономить, взял дешевой еды навынос и поужинал в хостеле. Вечер я намеревался провести тихо и спокойно: поиграть немного с Налой и обновить «Инстаграм». Поздним вечером к нам подселили еще гостей: двух англичан и, к великому моему удивлению, Богдана! Из Шкодры Богдан добрался сюда на автобусе. Встретившись, они с Налой вновь, не теряя ни минуты, устроили возню. Вскоре Нала прыгала вокруг, вонзая коготки во все, до чего только могли дотянуться лапы. Я присоединился к игре. Пытаясь удрать от меня, Нала сиганула со второго яруса кровати на штору, намереваясь на ней повиснуть, но что-то пошло не так. Одна лапа сорвалась, и Нала, не удержавшись, полетела вверх тормашками на пол.

Кошки славятся своей способностью всегда приземляться на лапы, но Нала, похоже, была еще мала для такой акробатики. Она упала вниз головой. На мгновение воцарилась оглушительная тишина. Бедный Богдан побелел как полотно.

Я бухнулся на колени возле Налы.

Секунд пять, показавшихся мне целой вечностью, Нала лежала неподвижно. Сколько мыслей у меня пронеслось в голове! Только я подумал, что Нала разбилась насмерть, как она поднялась, отряхнулась и потянулась ко мне на руки. Минут через десять, к нашему с Богданом облегчению, Нала совсем пришла в себя.

Если у кошек и вправду по девять жизней, то после этого падения у Налы, надо думать, осталось восемь. Этот урок Нала усвоила надолго, потому что впредь ничего подобного повторить она не пыталась.

Наутро мы с Налой пожелали Богдану всего хорошего и выехали в Химару. Живописная дорога бежала через горные ущелья. Тут и там попадались руины времен Римской империи и бункеры из коммунистического прошлого Албании. Когда ранее Богдан заявил, что по всей стране будто бы разбросано около 750 тысяч бункеров, я, конечно же, ему не поверил. Но похоже, он не шутил.

Первый день путешествия прошел легко и весело, а второй обернулся настоящим кошмаром. Дорога постоянно шла в гору. Местами подъем становился таким крутым, что приходилось спешиваться. Я двигался ну очень медленно! У одной горной деревеньки меня даже обогнала повозка, запряженная ослами. Заслышав мерное цоканье, я обернулся и увидел ухмыляющегося беззубым ртом седовласого старика. Он вскинул руку и показал большой палец, мол, давай-давай, ты все сможешь! Ну, по крайней мере, хоть погода на этот раз не подвела.

В Химару я прибыл лишь к десяти часам вечера, на несколько часов позже, чем планировал.

Хостел располагался на узкой холмистой дороге возле залива. Добравшись до места, я обнаружил, что хостел пустует. Заправлял всем хозяйством длинноволосый парень по имени Майк. Он одновременно и гостил там, и следил за порядком.

Несмотря на неприглядный облик хостела, внутри оказалось уютно: огромная гостиная, несколько оборудованных гамаками веранд с видом на залив и просторная спальня с тремя двуспальными кроватями. Стоило только положить Налу на постель, как она тут же уснула. Оставив дверь открытой, на случай если Нала вдруг проснется и испугается, я вышел поболтать с Майком. В хостеле было тихо, а самое главное, безопасно.

Майк оказался интересным собеседником, и мы не умолкали до глубокой ночи. Родился Майк в Германии. На пару лет моложе меня. Он путешествовал и выступал с диджей-сетами в клубах. В хостеле же Майк задержался по просьбе хозяев: пара отправилась встречать Рождество на греческий остров Корфу. За проживание, приглядывая за хостелом, Майк, естественно, не платил.

— Может, и тебе интересна такая работенка? — спросил он меня.

— Конечно интересна! — ответил я, ни секунды не раздумывая.

В те дни я спал и видел, как бы сэкономить.

Майк слово сдержал и на следующее утро созвонился с хозяевами. С лучезарной улыбкой он вошел в комнату, показал мне большой палец и объявил, что обо всем договорился.

— Супер! Что нужно делать? — спросил я.

— Нарубить дров, выжать апельсиновый сок к завтраку и выгулять собак.

— Нет проблем! — Я был на седьмом небе от счастья.

В этом году Рождество наступило раньше. Весь оставшийся день — кстати, канун Рождества — я летал как на крыльях. Коммунистический строй и большой процент мусульманского населения наложили свой отпечаток на культуру и традиции Албании. Короче говоря, Рождеством здесь и не пахло. Тем не менее в некоторых окнах домов все же виднелись наряженные елки. Изредка в витринах магазинчиков на глаза попадался даже рождественский кекс. В отличие от Великобритании, на время рождественских каникул сходившей с ума, здесь все было очень и очень сдержанно. Но по мне, так было даже лучше.

Нала притягивала людей, как магнит. Местные подходили и просили разрешения погладить ее, а подростки — сфотографироваться. Пока мы сидели на стене и любовались видом, подошла старая женщина в платке. Минут пять она завороженно смотрела на нас и что-то восхищенно бормотала. Понять, что эта особа вещала, я не мог, но одно ясно было точно: Нала обладает сверхспособностью заставлять людей улыбаться вне зависимости от религии, возраста или культуры.

Тем вечером сон рано сморил Налу. Я оставил в комнате много еды и питья, а сам отправился на пару часов с Майком в бар. Дружелюбные завсегдатаи тут же предложили попробовать традиционный напиток — фруктовый бренди под названием ракия. После первого стакана мне пришла мысль, что нас угостили ацетоном, но вскоре к этому странному вкусу я привык. Хотя бар ничего особенного собой не представлял, посидели мы душевно. Была даже живая музыка в исполнении какой-то местной группы! А уже к десяти часам вечера я вернулся к Нале.

Рождественское утро выдалось тихое. Поднявшись с постели, я сразу приступил к новым обязанностям: нарубил дров, нарвал апельсинов в саду и покормил четырех собак во внутреннем дворе. Овчарка недавно ощенилась. Пока я наполнял миску едой, она свирепо рычала на меня, оберегая потомство.

В обед я поздравил родных с праздниками. Мы впервые отмечали Рождество порознь. Я растрогался, услышав, что они тоже скучают. Родные же, в свою очередь, порадовались новостям, что дела у меня пошли в гору и что Рождество я буду справлять не в дороге.

— Такой шанс выпадает раз в жизни, сынок, — подбадривал папа. — Ни в коем случае не сдавайся! Бери от жизни все!

Напутствие отца подняло мой боевой дух.

Рождественский ужин — традиция, которой в нашей семье ни разу не изменяли. Я знал, что вечером родные соберутся за праздничным столом. Стараясь от них не отставать, я приготовил пасту и потушил овощи, обнаруженные в кладовой хостела. Как по мне, получилось вкусно.

Вечером я посмотрел с телефона фильм и стал продумывать свои дальнейшие шаги. Прикидывал, что если к Новому году с прививкой никаких заминок не возникнет, то в первую неделю января мы будем в Греции. Дела шли на лад. Ну, или мне так казалось.

День рождественских подарков выдался самым солнечным на неделе. Синева Средиземного моря в бухте вдохновила меня пройтись с Налой по пляжу. К радости местных, гулявших в этот солнечный денек целыми семьями, Нала вовсю резвилась, забавляясь мышью на шнурке. Некоторые подходили, фотографировали и гладили Налу. Я не возражал, если не возражала Нала, а ей, как и прежде, внимание нравилось.

Вечером, загружая в «Инстаграм» фотографию Налы, резвящейся на пляже, я вдруг понял, что едва слышу ее дыхание. Ко всему прочему она еще и подкашливала. Все мое праздничное настроение вмиг улетучилось. Я-то наивно полагал, что ее легкие окрепли, а проблема решилась сама собой, но, похоже, я ошибался. И зачем только я потащил Налу на море?

Майк сказал, что на каникулах ветеринар обещал забегать и проверять щенков. Созвонившись с ним, он узнал, что тот сможет посмотреть Налу только через пару дней. Ветеринар посоветовал держать ее в тепле. До этого я додумался и сам: Нала теперь сидела дома, тем более температура на улице снова опустилась ниже нуля.

Ветеринар появился у нас тридцатого декабря. Он оказался веселым малым в мешковатом костюме. Ветеринар приложил стетоскоп к груди Налы, и весь окружающий мир в одно мгновение потерял для него значение — так внимательно он слушал Налу. Как это свойственно всем врачам, он качал головой и тихонько хмыкал себе под нос. Каждое такое похмыкивание пугало меня до чертиков. Но язык я прикусил и не мешал. Закончив осмотр, ветеринар залез в сумку, извлек пузырек и шприц.

— У нее легочная инфекция, — сообщил он на ломаном английском, поднимая шприц кверху. — Нужно вколоть антибиотик. Один укол сейчас, второй — через три недели.

Я лишь кивнул. Бедная Нала, скоро она будет походить на подушечку для игл и булавок! Но ничего не поделаешь — надо лечить! Проблемы с легкими были у Налы с самого начала, и этот вопрос рано или поздно все равно пришлось бы решать.

От укола Нала чуть вздрогнула, но и только. Когда речь зашла об оплате, я весь внутренне подобрался. Останется ли у меня хоть пенни на счету? Доктор наконец-то озвучил сумму. Я облегченно выдохнул: всего двадцать фунтов!

Майк передал ветеринару мои слова о том, что в январе Нале еще понадобится прививка от бешенства.

— Только если Нале станет лучше! — ответил он и погрозил мне пальцем.

Когда ветеринар ушел, какое-то время я сидел с Налой на руках и обдумывал услышанное. Хоть мой замечательный план и развалился в мгновение ока, меня это мало беспокоило. Ошибок прошлого я повторять не собирался. Я дал себе зарок следовать во всем советам ветеринара. Путешествие может подождать, пока Нала окончательно не поправится. Если понадобится, то останусь тут зимовать, но в этот раз я поступлю как должно!

Остаток дня и весь канун Нового года мы провели с Налой в хостеле. Она не возражала: вероятно, инстинкт подсказывал, что так будет лучше. Чтобы окрепнуть, Нале нужен был покой. К утру хрипы уменьшились, но я все равно не отходил от нее ни на шаг — работа подождет!

Новый год в Химаре не имел ничего общего с Новым годом в Шотландии. К полуночи главная улица бухты наводнилась семьями, но только пробили куранты, как всех точно ветром сдуло. Никаких тебе ночных гуляний! Я даже было заскучал по Шотландии, но Нала меня от этих грустных мыслей быстро отвлекла. За ней требовался уход, поэтому я кутал ее в одеяло и все переживал, как бы она не напугалась — кругом гремели фейерверки. Но длилось светопреставление совсем недолго. Все-таки Албания — это вам не Шотландия!

Албания находится в другом часовом поясе, и Новый год в Шотландии наступает на два часа позже. Поздравлять друзей и родных раньше времени я не стал. Эти два часа разницы я провел, обмениваясь с ними сообщениями в мессенджерах. «Инстаграм», кстати, просто ломился от поздравлений подписчиков со всего мира, многие из которых присоединились к нам с Налой только лишь на прошлой неделе.

Нашим путешествием заинтересовался один известный нью-йоркский веб-сайт про животных — «Додо». Журналисты «Додо» хотели взять у меня интервью. Условились на том, что обсудим все детали после Нового года. Мне почему-то не верилось, что я могу представлять для них интерес. Тем не менее все это заставило меня призадуматься. Надо попробовать, вдруг это интервью подскажет мне дальнейшее направление?

Я не раз слышал про людей, делавших карьеру в «Инстаграме», но никогда не предполагал, что смогу пополнить их ряды. Не думал до того мгновения, пока не осознал, как много может значить наше путешествие для других. Тем вечером я впервые всерьез озадачился этой новой идеей сделать свое путешествие значимым не только для себя, но и для всего остального мира.

И чем дольше я размышлял, тем больше мне нравилась эта идея. Я мог привлечь внимание людей к жестокому обращению с животными и к загрязнению окружающей среды — эти две проблемы беспокоили меня сильнее всего.

Когда мысль окончательно оформилась и улеглась в голове, я уже не сомневался, что выбрал единственно возможный и верный для себя путь.

«Отличная установка на будущий год, — подумал я. — Пора делать добро, Дин. Время пришло!»

7

Ковчег

Две недели ожидания ветеринара показались мне целой вечностью. К этому еще и похолодало. Одним январским утром вершины гор вдалеке побелели от первого снега. В Шотландии в это время года снег на холмах Ламмермур-Хилс, расположенных на юго-западе Данбара, — обычное дело. Но здесь, в часе езды от Греции, снег казался чем-то фантастическим. С другой стороны, холод не давал заскучать: чтобы поддерживать тепло в хостеле, приходилось колоть дрова. Да и Нала любила свернуться клубком возле камина. Я же не мог усидеть на месте. Моя мать даже шутила, что я страдаю от синдрома дефицита внимания и гиперактивности. Несмотря на мороз, я оставался в тонусе и приступил к исполнению своих новогодних клятв.

Начал я с проблемы, которая не давала мне покоя не только в Албании, но и в Черногории, Хорватии и даже Италии. Проблема мусора. Невозможно было пройти по пляжу и не наткнуться на какие-нибудь пластиковые отходы. Что-то, конечно, выносило на берег прибоем, но большая часть мусора — все-таки заслуга местных: жестяные банки, упаковки из-под продуктов и очень много полиэтиленовых пакетов. Такое наплевательское отношение меня невероятно злило.

Я видел немало документальных фильмов на эту тему и знал, что от мусора гибнут животные по всему миру. Рыбы и птицы, принимая кусочки пластика за еду, постоянно давились и погибали, а черепахи на побережье Южной Америки задыхались в брошенных рыболовецких сетях.

Гуляя по пляжу с Налой, я не раз отбирал у нее кусочки пластика — я все боялся, как бы она не порезалась об острые зазубренные края!

Спустя пару дней после Нового года я отправился на маленький пляж в километре от Химары, чтобы очистить его от мусора. За каких-то двадцать минут я насобирал два больших мешка пластиковых бутылок. И до полудня занимался тем, что выгребал остальной мусор: оберточная бумага для продуктов, пакеты, одежда, сломанная техника — чего тут только не было. Кто-то даже умудрился забросить на скалы клавиатуру от ноутбука. Случилось это, судя по всему, давным-давно — все клавиши покрылись водорослями. Ну надо же было додуматься! Хотя слово «думать» тут совершенно неуместно. Тот гений, который сотворил это, думать, похоже, не умел совсем.

«Люди должны знать, что происходит в мире, когда никто ни за что не отвечает. Если уж такие отдаленные пляжи завалены пластиком, то что нас ждет завтра? — задавался я вопросом. — И будет ли это завтра?»

В хостел я вернулся, полный решимости изменить все. Первым делом я загрузил новую фотографию, где чистил пляж, в «Инстаграм». Под ней я оставил краткое, но емкое сообщение. Поучать подписчиков мне не хотелось — в конце концов, я не претендовал на место Дэвида Аттенборо или Греты Тунберг и не строил из себя экологического активиста, — но и промолчать я не мог. Я призвал подписчиков сохранять пляжи в их первозданном виде и использовать только биоразлагаемый пластик.

Загружая эту фотографию в «Инстаграм», я сильно нервничал, ведь за моим путешествием следило больше двух с половиной тысяч человек по всему миру. Но страхи оказались напрасными. Совсем скоро я стал получать слова поддержки.

«Ну вот видишь, — сказал я себе, — не надо бояться! Каждый имеет право свободно выражать свое мнение, и ты не исключение».

Позаимствовав в хостеле каяк, следующие несколько дней я посвятил поискам бухточек и пляжей, требовавших уборки. Мне так хотелось оценить масштаб загрязнения, что я даже нырнул в ледяную воду с трубкой, но в итоге лишь занозил ладонь иглами морского ежа. Вынимать эти черные иглы было совсем невесело: рука болела и чесалась как проклятая.

Мои попытки обратить внимание людей на проблему мусора, конечно же, имели кое-какой успех, но он не шел ни в какое сравнение с той славой, которую снискала своими фотографиями Нала. Обманывать себя я не собирался. Я прекрасно понимал, почему люди подписываются на мою страничку. Они интересовались Налой, ее здоровьем и ждали новых фотографий и видеозаписей с ее участием. Восстанавливалась Нала быстро и к концу недели уже с прежней живостью носилась по всему хостелу, избегая только заднего двора: там хозяйничала немецкая овчарка. Впервые повстречав Налу, собака сразу показала характер: зарычала, а затем облаяла. Нала была смелой девочкой, но не безрассудной: с тех пор от овчарки она держалась на расстоянии.

Январь близился к концу, а Нале день ото дня становилось все лучше. Она чувствовала себя настолько умиротворенно, что проспала легкое землетрясение, случившееся в Химаре в первые дни нового года.

Мы с Майком как раз сидели на улице, когда произошел первый толчок. Сперва завыли и залаяли собаки. Спустя мгновение застонало здание хостела, а стены заходили ходуном, точно желе. Со всех сторон зазвенела сигнализация автомобилей и домов. Послышались крики и вопли. Толчки продолжались всего несколько секунд, но перепугаться я успел будь здоров. До того я никогда не видел землетрясения. Позже Майк рассказал мне, что землетрясения в Албании не редкость, особенно на севере, близ Тираны.

Как только задрожала земля, я вбежал в дом проведать Налу и, к своему удивлению, обнаружил ее мирно спящей на излюбленной софе.

На третьей неделе января появился ветеринар — осмотреть щенков, а заодно и Налу. На многое я не надеялся, но оказалось, что ветеринар моей просьбы не забыл. Он вколол Нале антибиотики и сделал прививку от бешенства. У меня сердце кровью обливалось, когда он колол Налу, но я успокаивал себя, что это для ее же блага. Я питал надежду, что в ближайшее время прививки ей больше не понадобятся.

Ветеринар, кажется, остался доволен здоровьем Налы. Он приложил к ее груди стетоскоп, а затем поднял большой палец. Все случилось, как и предсказывал доктор из Черногории: стоило только Нале чуть подрасти, и легкие окрепли, а хрипы сошли на нет.

— Я бы хотел отправиться с ней в Грецию, — сообщил я ветеринару. — Как думаете, это возможно?

— Почему бы и нет, — пожав плечами, отозвался он.

Безразличный ответ ветеринара меня не воодушевил, но, с другой стороны, это был и не отказ. В Химаре мы жили вот уже как месяц. Я так привык, что хостел стал казаться мне вторым домом — разумеется, сразу после Шотландии. Но я чувствовал, что загостился. Тем более со дня на день возвращались хозяева и присматривать за хостелом надобности уже не было. Через два дня после визита ветеринара я начал собирать снаряжение и готовить велосипед к путешествию. Погода радовала. Стало значительно теплее. Лучшего времени для отъезда было и не придумать.

Собраться в дорогу оказалось не так-то и просто: барахла у нас за это время накопилось будь здоров. Столько всего нужно было упомнить! Меня не покидало ощущение, словно я что-то забыл.

К полудню, обменявшись с Майком контактами и попрощавшись, мы отправились в путь. Мне не терпелось увидеть Грецию. Она всегда стояла для меня особняком среди других стран. Греция — пограничное государство между Европой и Азией. Через Грецию я планировал оказаться в Турции, а к лету, если повезет, в Таиланде.

Мы ехали уже около часа, когда Нала вдруг вскарабкалась на руль велосипеда — это означало, что она хочет в туалет. «Убью двух зайцев одним выстрелом, — подумал я, останавливаясь и намереваясь заодно и покормить Налу. — Может, Нала уснет, а я тем временем, ни на что не отвлекаясь, сделаю рывок к границе».

Решив от Налы не отставать, я тоже надумал перекусить. Обед я приготовил еще в хостеле. Я начал было рыться в сумках, но ничего не нашел. И тут наконец осознал, что все-таки забыл, собираясь в дорогу. Перед глазами возникла яркая картинка, как мой аппетитный обед, тщательно завернутый в фольгу, так и лежит на кухонном столе хостела. Я даже чуть было не повернул назад, но вовремя одумался. К границе я продвигался быстро. Впереди вырисовывался остров Корфу — Греция совсем близко, возвращаться не дело! Несмотря на пустой желудок, я решил поднажать на педали. Авось смогу подкрепиться чем-нибудь по дороге.

И действительно, через пару километров в поле зрения появилась апельсиновая роща. Фрукты! То, что доктор прописал! Я остановил велосипед, потом аккуратно спустился с дороги в рощу, дотянулся до ветки дерева и сорвал апельсин. Кожура показалась мне твердой, но на вид апельсин выглядел спелым. Я очистил фрукт, откусил и тут же выплюнул. Сказать, что апельсин горчил, значило ничего не сказать!

Пока я полоскал рот водой и отплевывался, к моим ногам вдруг что-то придвинулось. Краем глаза я разглядел черно-коричневые пятна. Ящерица! Или даже змея! Но в следующее мгновение я понял, что существо не было ни тем ни другим.

— Да ладно! — пробормотал я, разглядывая щенка.

Я будто вернулся в прошлое — аккурат в день нашей встречи с Налой.

— Как вообще такое возможно? — восклицал я. — Какого черта тебя сюда занесло?

Я огляделся вокруг: ни ферм, ни зданий — ничего на многие километры. Мы находились посреди нигде. Щенок выглядел совсем маленьким — несколько недель от роду, еще меньше, чем Нала, когда мы впервые встретились. Щенок был ужасно худой, постоянно дрожал и подергивался: может, от голода, а может, от лихорадки. Кажется, у него что-то серьезно болело: только я до него дотронулся, как он громко взвизгнул. Все-таки подняв щенка, я обнаружил, что весит он совсем ничего. Щенок тяжело дышал, а его шкурка выглядела плачевно. «Тут либо блохи постарались, либо это парша, — подумал я, разглядывая беднягу.

Нала, игравшая неподалеку, засекла меня и тут же подскочила. Видели бы вы ее мордочку! Наверное, пару минут назад мое лицо выражало то же самое:

«Какого черта?»

В этот раз я уже четко знал, что мне надо делать. Налу я вернул в сумочку на руле, а щенка посадил в переноску на багажнике. «Не забыть продезинфицировать, — сказал я себе. — Еще Нале не хватало подхватить какую-нибудь заразу!»

Я открыл навигатор. Возвращаться назад я не собирался, поэтому клинику решил искать в прибрежном городке на пути к границе. Саранда показалась мне подходящим местом, но ветеринарная клиника там открывалась только на следующее утро. Я опять попал в ту же самую ситуацию, что и несколько недель назад. «Снова ждать!» — воскликнул я в сердцах. Мне уже казалось, будто все в этом мире против меня.

— Очередной визит к ветеринару меня разорит, — пробормотал я себе под нос. — Но бросить не брошу. Рука не поднимется!

Той ночью мы заночевали в гараже в паре километров от Саранды. Щенок попил, но от еды отказался. Все, чего он желал, так это спать, чем с успехом и занимался все это время в переноске Налы.

Наш новый попутчик очаровал Налу. Крадучись она подходила к переноске и все принюхивалась. «Наверное, чует, — думал я, — что щенку худо». Близко подходить к щенку я не разрешал. Я подозревал, что он серьезно инфицирован. В наступавших сумерках мне все мерещилось, как блохи прыгают по щенку и сосут его кровь, — это разрывало мне сердце.

Спал я в ту ночь плохо. Первое время я не испытывал ничего, кроме ярости. Люди, бросившие щенка на произвол судьбы, прекрасно знали, что он болен. Они бросили его умирать. «Каким бессердечным человеком нужно быть, чтобы так поступить?» — не переставал я удивляться, но мало-помалу мой мозг переключился на вопросы более насущные. Что же мне с ним делать? Когда я подобрал Налу, она была слаба, но в срочной медицинской помощи, в отличие от щенка, не нуждалась. А сколько займет его восстановление? Недели? Месяцы? Я был близок к отчаянию.

Не успев отправиться в путешествие, я вновь был вынужден остановиться на неопределенный срок и дожидаться, пока бедное существо поправится. И это после почти месячного простоя в Химаре! Предположим, я сделаю еще одну остановку, но что дальше? Куда его деть? Взять с собой? Но что это будет? Звериный цирк? Или Ноев ковчег? Нет, ну это никуда не годится! Безумие!

Но как бы я ни ярился, а бросать щенка было нельзя.

Наутро я созвонился с клиникой в Саранде. К моему облегчению, ветеринар говорил по-английски. Но больше всего меня обрадовало, что он брал больных и потерявшихся животных на передержку. Он обещал осмотреть щенка и сделать все возможное. Договорившись, что я позвоню, как приеду в Саранду, мы попрощались.

Больше всего меня беспокоили деньги. Прошлой ночью я переговорил с подругой из Шотландии, и она посоветовала просить помощи у подписчиков. Ни разу в жизни я не собирал пожертвований, но подруга в два счета все для меня устроила. Она завела страничку для сбора средств, а я разместил у себя в «Инстаграме» сообщение о помощи и ссылку на веб-сайт. К утру я обнаружил, что на счет вовсю поступают деньги. Десять фунтов тут, двадцать там, и вскоре сумма начала расти, словно снежный ком. К тому времени как я добрался до Саранды, на счету уже накопилось несколько сотен фунтов. Я выдохнул: этой суммы наверняка хватит покрыть все счета за лечение.

Я созвонился с ветеринаром, и он назначил встречу в городском парке, чем немало меня удивил. «Почему он не хочет встретиться в клинике?» — недоумевал я. Но волновался я зря.

Ветеринара звали Шем. Он оказался вежливым, добродушным малым и по-английски говорил хорошо. Шем сразу успокоил меня. Он осмотрел щенка и задумчиво покачал головой.

— Я никак в толк взять не могу, как люди способны на такое! — вдруг гневно воскликнул он.

Пока Шем занимался щенком, Нала успела обследовать парк и вернуться.

— Где вы ее нашли? — спросил Шем, поглаживая Налу.

— В горах Боснии. Как и щенка, ее выбросили на обочину.

Шем грустно улыбнулся и снова покачал головой.

— Мы очень похожи, — сказал он. — У меня дома четыре собаки, но вполне могло быть и сорок четыре. Я бы хотел спасти каждое брошенное животное, если бы только мог.

— Да, мне знакомо это чувство, — кивнул я, взглянул на щенка, и сердце сжалось — выглядел он ужасно!

Шем смотрел на щенка не менее обеспокоенно.

— Думаю, ему от роду недели три-четыре. Я отнесу щенка в клинику, а затем заберу к себе — восстанавливаться.

— Сделайте для него все, что только возможно, пожалуйста, — сказал я. — Заплачу столько, сколько понадобится.

Шем удивленно взглянул на меня. Похоже, я не выглядел состоятельным человеком.

— Деньги — это, конечно, замечательно, — отозвался Шем. — Но самое главное, чтобы щенка кто-нибудь приютил.

Шем взглянул на часы, будто куда-то опаздывал, и сказал:

— Надо идти. Не против, если я заберу щенка?

Увидев мой обеспокоенный взгляд, он прибавил:

— Не бойтесь, он в надежных руках!

Словно в подтверждение своих слов, Шем покачал щенка на руках и погладил по голове.

— Ваш номер я записал, буду держать вас в курсе, — пообещал Шем.

— Удачи, дружище! — сказал я щенку на прощание и тоже его погладил.

Я смотрел вслед Шему с чувством выполненного долга. «Шем внушает доверие, — думал я. — Похоже, щенок в надежных руках».

Тем временем погода испортилась. На горизонте собрались огромные черные тучи, а температура опустилась на несколько градусов. Мы с Налой отправились на побережье, я разыскал укромное местечко и разбил палатку. «В Афины поеду, как только позволит погода», — подумал я.

Шем сдержал слово: тем же вечером он послал мне сообщение, что сделал щенку специальную ванну и все клещи, вызывавшие чесотку, погибли. Он высушил его феном, дал антибиотиков, накормил и уложил спать.

Сообщение от Шема успокоило меня, но дальнейшая судьба щенка не давала покоя, поэтому я зашел в «Инстаграм», чтобы подыскать ему новый дом и поделиться с подписчиками новостями. Наконец-то я придумал щенку имя. По дороге к побережью мне повстречалась вывеска с одним словом: «Балу». Я не знал, что это слово означало на албанском, но мне оно напоминало медведя из «Книги джунглей», и щенок даже чем-то на него походил. Подписчикам имя понравилось. За пару часов я получил несколько предложений от людей, желавших приютить щенка. Самым достойным мне показалось одно, поступившее от старой дамы из Лондона. Некоторые заинтересовались другими питомцами Шема и спрашивали его телефон.

Их доброта растрогала меня и даже немного укрепила во мне веру в человечество.

Оставляя щенка Шему, я колебался, но теперь мои сомнения развеялись окончательно. Да и невозможно, тут Шем был прав, спасти всех брошенных животных в этом мире. В таком случае мое кругосветное путешествие закончилось бы лет этак через сто, если не больше. А еще мне бы понадобился огромный грузовик, чтобы возить всех питомцев с собой. К сожалению, одному такое провернуть не под силу.

Но по крайней мере, я мог обратить внимание людей на эту проблему. Брошенные, потерявшиеся или просто сбежавшие от злых хозяев собаки были повсюду, в каждой стране. И в тот день я выяснил, что есть люди, готовые с радостью их приютить. Вместе с этими людьми мы могли сделать мир чуточку лучше. А если брать в расчет Налу и Балу, то к этому нелегкому делу мы уже приступили.

«Вот он, — подумал я, осененный внезапной мыслью, — поворотный момент в моей жизни!» Да, я не в силах был очистить все пляжи на планете, но я мог громко высказаться. И может, кто-нибудь, вдруг вспомнив обо мне, не станет мусорить, а может, даже и за другими уберет!

Я лежал в палатке. Нала спала у меня на груди. Я вслушивался в завывания ветра и чувствовал невероятное воодушевление. Многие годы я работал с одной мыслью: «Когда же закончится этот чертов день?» Я трудился только ради денег, с нетерпением ожидая пятницы. Но в тот день я нашел свое призвание, которое работой назвать у меня даже язык не поворачивался. Отныне я ждал не конца недели, я ждал утра, чтобы снова вершить великие дела.

Несомненно, эта «работа» сильно отличалась от той, к которой я привык. Она требовала полной самоотдачи и некоего умения. Многое предстоит изучить и узнать, но этот опыт принесет весомые плоды. В этом направлении я был готов работать до кровавых мозолей! Такой решимости, признаюсь, я сам от себя не ожидал!

8

Мир Налы

Что я люблю, путешествуя на велосипеде, так это возможность поразмыслить по пути. Когда едешь один по дороге, не смотришь в телефон и не говоришь с людьми, твоя голова волшебным образом очищается. Ты варишься в собственном соку: припоминаешь все свои проблемы, большие и маленькие, и продумываешь варианты их решений. Я приближался к границе с Грецией и любовался Налой. Навострив уши, она сидела в сумочке на руле и поглядывала по сторонам. «Как же все-таки Нала изменила мою жизнь!» — поймал я себя на мысли.

Невероятно, но факт: за каких-то несколько недель эта кошечка перевернула всю мою жизнь с ног на голову, в хорошем смысле этого слова. Благодаря своим новым обязанностям я стал более организованным. Нала будила меня с восходом солнца: ластилась, терлась о щеку, мяукала и требовала еды. Пока Нала выполняла свой ежедневный обряд, обнюхивая и помечая территорию, чтобы затем скрыться и завершить утренний туалет, я выбирался из спального мешка, накладывал в миску корм, чистил зубы и составлял план на день.

Раньше я вставал, когда хочу, — или не вставал вовсе.

Те дни канули в Лету. Я был на службе. На службе у ее величества Налы.

От заката до рассвета.

Чтобы служить хорошо, мне пришлось выучить язык Налы. С разновидностям мяуканий я разобрался достаточно быстро. Одно «мяу» Нала использовала, чтобы сказать, что она голодна, второе «мяу» — что она устала, а третье «мяу» — что она хочет в туалет. Помимо этого, был еще язык тела. Вот его я понял не сразу.

Например, я никак не мог догадаться, почему иногда в пути она лижет мне губы. В первый раз я даже дернулся, настолько это мне показалось странным. Но потом до меня дошло. Нала лизала мне губы, только когда я делал большой глоток воды. На губах и подбородке оставались капельки, и Нала слизывала их, желая просто-напросто утолить жажду.

С тех пор я давал ей пить гораздо чаще. Теперь, когда Нале хотелось еще, ей достаточно было высунуть язык, чтобы я понял и напоил ее. Если она получала что хотела и была всем довольна, то урчала и почему-то плаксиво мяукала. А вообще Нала не любила говорить не по делу. Мяукала она в основном, когда ей что-то было нужно. И делала это громко и четко: так, чтобы у меня не возникало сомнений. Вся моя теория о том, что Нала будет беспрекословно подчиняться моей воле, полетела к чертям. Вышло все с точностью до наоборот. К примеру, если Нала считала, что нам пора в путь, то она запрыгивала в сумочку на руле. Иногда Нала делала так, когда ехать я не планировал. Усевшись в сумочку, она буравила меня глазками, словно пытаясь подчинить мою волю. Но бывало и так, что ехать Нала отказывалась наотрез. То утро было ярким тому примером. Я уже готовился отправиться в путь, чтобы наконец преодолеть последние километры до границы с Грецией, как Нала вдруг исчезла.

Укромное местечко, что я нашел накануне вечером, находилось на мысе рядом с сосновым бором, который Нала облюбовала для игрищ. Я направился прямо в бор, ни секунды не сомневаясь, что она спряталась именно там. Нала действительно засела в груде сосновых веток. Не подозревая, что у нее торчат уши, она усердно окапывалась в своем укрытии. Я чуть живот не надорвал со смеху.

Выманить ее не составило труда. У меня наготове были жевательные кошачьи палочки, купленные ей еще на Рождество. Против них Нала устоять не могла. Через несколько минут она сдалась и вышла из укрытия. В таких делах я уже приобрел опыт, сноровку и знал, что действовать надо быстро и решительно. Прежде чем она успела что-либо понять, я схватил ее, сунул в сумочку, прицепил поводок к рулю и сорвался с места, стараясь не слушать воплей протеста.

— Нала, впереди нас ждет еще больше деревьев! — засмеялся я, перекрикивая ее и морской ветерок, дувший прямо в лицо.

Нала изменила не только меня, но и мир вокруг. Куда бы мы ни направлялись, у нее повсюду находились поклонники. Иногда незнакомцы подходили к ней, как будто меня и не существовало вовсе. Мне бы расстроиться или разозлиться на такую несправедливость, но нет, это почему-то даже умиляло.

Когда я путешествовал с Рики, с нами почти никто никогда не знакомился. Оно было и понятно: кто захочет приближаться к двум угрюмым огромным шотландцам, завтракающим в придорожном кафе или праздно шатающимся по местному парку. В общем, люди нас сторонились.

Мне стыдно признаваться, но в те времена я совсем не задумывался о том, что путешествия — это в первую очередь способ завести новые знакомства, узнать, чем живут другие люди. И возможно, способ найти единомышленников.

В компании с Рики такого опыта я был лишен. Конечно, мы общались с людьми, но они так и оставались для нас незнакомцами. В компании с Налой все происходило с точностью до наоборот. Благодаря Нале я открывал для себя людей и мир.

— Да-а! — воскликнул я, вращая педали. — Кошка, которая изменила все!

Теперь я думал не только о себе — этим и отличалась моя нынешняя жизнь от прежней. Где бы мы ни были, что бы ни делали, мои мысли постоянно вращались вокруг Налы. Где Нала? Довольна ли Нала? Не голодна ли Нала? Тепло ли Нале? Понравится ли Нале новое место для ночевки? Это было все равно что завести ребенка. Нала стала для меня всем, центром моей вселенной. Меня даже посетила мысль, что, быть может, это не Нала пришла в мой мир, а я стал частью ее мира. Если это правда, то все мои размышления не имеют ровным счетом никакого значения.

Нала, сидя в сумочке, направляла наш корабль, будто капитан на мостике, тогда как мои ноги трудились в машинном отделении, исполняя все ее капризы.

— А ведь так и есть, Нала, — рассмеялся я, — это твой мир, а не мой! Получается, что я просто мимо проходил, а точнее, проезжал!

По мере приближения к границе я все больше нервничал. Хотя поводов для беспокойства не было: документы лежали в кармане. Но разум все равно играл со мной в игры. А вдруг с паспортом что-то не так? А что, если они найдут к чему придраться и не пропустят Налу?

Я протянул в окошко два паспорта.

Пограничник оказался настоящим здоровяком. Он носил усы и мятую форму. Похоже, футбольный матч по маленькому телевизору в углу интересовал пограничника гораздо больше, чем мы. Здоровяк взглянул сначала на меня, а затем на Налу, сидевшую в сумочке. Она склонила голову, словно призывая на помощь все свое обаяние, и пристально посмотрела на него в ответ.

Пограничник озадаченно пролистал наши документы. Похоже, он никогда не видел ветеринарного паспорта. Через тридцать секунд тонкая улыбка тронула его усы, и он, покачав головой, проштамповал паспорт. Вернув документы, пограничник подмигнул Нале и помахал нам рукой.

И это все? Я невольно усмехнулся. Вот так просто? Разве стоило это всех тревог, усилий и денег? По сути, никакой паспорт нам и не нужен! Ее паспорт — ее милая мордашка!

До того дня, путешествуя по Европе, я наивно полагал, что в Греции круглый год светит солнце. Мне казалось, будто в январе здесь все ходят в футболках. Но ледяной ветер, задувавший откуда-то со снежных вершин на севере, быстро развеял мои заблуждения. В Афины, куда я думал добраться без остановок, мы ехали по морозу.

— А весна еще не скоро! — пробурчал я себе под нос, вращая одеревеневшими ногами педали.

К полудню Нала выспалась и снова взошла на свой капитанский мостик, притягивая взоры местных. Пока мы колесили мимо маленьких деревень, Нала по-хозяйски оглядывала сменявшие друг друга пейзажи и собирала знаки внимания от местных жителей. Они показывали на нас пальцем и улыбались. Оказавшись у небольшой школы, мы едва не оглохли от детских криков.

— Нас приветствуют, как королевских особ. — Я потрепал Налу по загривку.

Через двадцать километров я оглянулся и увидел позади полицейскую машину.

Я махнул водителю, пропуская вперед, но он, похоже, следовал за нами.

Ого! Кажется, влипли.

Не проехали мы и пары километров, как мои опасения оправдались и полицейский офицер моргнул фарами. Я обернулся еще раз и увидел, что он машет нам рукой.

Съехав с дороги на обочину, я остановился у церквушки.

Все это походило на сцену из кинофильма. Невысокий мужчина средних лет в пыльной темно-синей униформе выбрался из машины и медленно двинулся к нам. Полицейский был при оружии: кожаная кобура висела на поясе. Я законов не нарушал, но панике тем не менее поддался и судорожно принялся доставать документы — так, на всякий случай.

Полицейский прошел вперед и встал у руля велосипеда.

— У вас очень красивая кошка, — произнес он, наклоняясь, чтобы получше рассмотреть Налу. — Как ее зовут?

— Нала.

— Ну, здравствуй, Нала. — Полицейский погладил ее.

Я протянул ему документы, но он лишь отмахнулся.

— Куда путь держишь, дружище?

— В Афины. Через несколько дней надеюсь добраться.

Полицейский показал на горы и свинцовые тучи над ними:

— Ничего хорошего они не сулят. На твоем месте я бы разбил лагерь уже через несколько километров.

— Что ж, — отозвался я, — пожалуй, так и поступлю.

— Нельзя допустить, чтобы такая красавица простудилась! — Полицейский потрепал Налу по голове и послал на прощание воздушный поцелуй.

— Доброго пути, Нала, — прибавил он, кивнул мне и направился к машине.

Через несколько мгновений полицейская машина скрылась за поворотом.

Я, до сих пор не веря ни своим ушам, ни своим глазам, лишь покачал головой.

Неужели этот коп действительно остановился предупредить о плохой погоде? Или ему так сильно хотелось потискать Налу? Все это у меня в голове не укладывалось: одна мысль была безумнее другой.

Но насчет погоды полицейский оказался прав. Когда я добрался до окраин ближайшего городка, зарядил дождь. Не мешкая, я разбил палатку, и мы забрались в наше теплое, а самое главное, сухое убежище. Вскоре под звуки дождя, барабанившего по тенту палатки, я принялся додумывать и совершенствовать план, которому собирался следовать после прибытия в Афины.

Денег было не ахти как много. Бесплатный ночлег — вот что мне требовалось. Я открыл страничку веб-сайта каучсерферов, который в свое время не раз выручал нас с Рики. У меня уже было приглашение от друзей моей тетки, проживавших в местечке под названием Неос-Скопос, что по пути в Салоники. Другое предложение поступило из Афин. Я где-то слышал, будто Эдинбург называют Северными Афинами. Я прямо загорелся этой идеей: сравнить Афины шотландские и Афины греческие. Недолго думая, я согласился погостить пару дней. Мне ответили, что с нетерпением ждут меня. Слышать это было очень радостно, но в таком радушном гостеприимстве угадывался какой-то личный мотив. И вскоре все прояснилось. Хозяйка писала, что ее дочь без ума от кошек. Увидев у меня на страничке фотографию Налы, дочка тут же захотела познакомиться с нами поближе.

«Она спит и видит встречу с вашей Налой», — писала хозяйка.

Благодаря Нале задачу с ночлегом я решил в два счета. Но вот в вопросе поиска работы Нала была, к сожалению, не помощник. Скорее даже наоборот, она обходилась мне слишком дорого. В апреле Нале исполнялось полгода — это означало еще один визит к ветеринару, еще одну прививку и, возможно, стерилизацию. Если я не хочу остаться нищим, мне стоило позаботиться о деньгах заранее.

Средства с «ГоуФандМи», собранные для Балу, тратить на Налу было бы нечестно. «Шему они еще понадобятся», — подумал я и решил попробовать свои силы тренером в школе каякинга. На каяке я ходил с ранних лет, поэтому всю эту кухню знал досконально. Свое резюме я направил сразу в несколько школ.

Пара школ незамедлительно прислали отказ: тренерский состав на грядущий сезон они уже сформировали. Другие даже не потрудились ответить. Несмотря на это, сдаваться я не собирался. «Все равно кем! — думал я. — Хоть мышеловом!»

В течение следующей недели мы продвигались вглубь страны с переменным успехом. Погода менялась так же быстро, как контроль переходил от доктора Джекила к мистеру Хайду. В одно мгновение ярко светило солнце, в другое рокотал страшенный гром. Но гроза, не успев начаться, отступала, и в небе вновь сияло солнце. При ясной погоде Греция, бесспорно, была раем на земле: мы ночевали на берегах заброшенных бухт, наблюдали за морскими птицами и слушали шум разбивающихся о скалы волн. Но когда начинался дождь, Греция превращалась в Шотландию — угрюмую и промозглую.

Я не жаловался. Наоборот, такое передвижение короткими отрезками от одного места к другому на северо-запад Греции доставляло мне несказанную радость. Наконец-то путешествие складывалось именно так, как я мечтал еще в Данбаре: велосипед и полное единение с природой. Хотя изначально я и предположить не мог, что ко мне присоединится такая озорная спутница, как Нала.

Нала росла не по дням, а по часам. Хоть она и выглядела еще маленькой и костлявой, но в ладони уже не помещалась. Чем взрослее Нала становилась, тем смелее: с каждым привалом она уходила гулять от меня все дальше и дальше. А если новое место казалось Нале безопасным — тогда вообще ищи-свищи! Наблюдать за ней на новом месте было одно удовольствие! Как сыщик на месте преступления, она прочесывала территорию, принюхивалась к запахам других животных. Не забывая оставлять и свой след, она терлась везде, где только можно. Тогда я еще не знал, что запахи для кошек все равно что для человека карта. Закончив с этим обрядом, Нала начинала наслаждаться всеми прелестями своей кошачьей жизни. Она росла ловкой, и ей ничего не стоило перепрыгнуть или вскарабкаться на препятствие, которое мне казалось совершенно непреодолимым. Наблюдая за всеми ее невероятными прыжками с места — будто в задних лапах у нее прятались пружины, — я уверовал в еще одну сверхспособность Налы.

Ко всему прочему она ничего не боялась. Я тешил себя мыслью, что в этом мы очень похожи. Как и я, Нала, не рассчитав сил, любила замахнуться на что-нибудь грандиозное. Ох уж эта дурацкая привычка отхватить кусок побольше, а затем страдать, не в силах его проглотить!

На пути в Афины мы остановились на очередную ночевку в укромном местечке на берегу моря. Я устанавливал палатку, а Нала изучала новое место. Вдруг она громко мяукнула. Затем еще и еще. Некоторое время я не придавал этим звукам никакого значения. Она поела, попила, справила нужду — что еще ей надо? Но голос Налы не смолкал. Она звала все громче и громче. Наконец Нала начала мяукать отрывисто, резко и как будто даже яростно. Другой бы подумал, что она сердится, но я знал, что это маловероятно, поэтому поспешил разузнать, в чем дело. Я видел, как Нала убегала в сторону рощицы, и сперва проверил подлесок, но ее следов не нашел.

Она снова замяукала — еще громче. Звук раздался у меня над головой. Я глянул вверх и увидел Налу в шести метрах от земли. Она изо всех сил пыталась удержать равновесие, балансируя на тонкой ветке.

— Какого черта ты там делаешь?

Должно быть, взобравшись на дерево, Нала беспечно прыгнула с одной ветки на другую, не подозревая, что вторая ветка слишком хлипкая. Все бы, может, и ничего: прыгнуть обратно на ветку потолще — и дело с концом! Вот только ветка под Налой раскачивалась на ветру как сумасшедшая.

Я оценил обстановку, вскарабкался на крепкие нижние сучья, ухватился за ветку потоньше, загнул и направил ее под углом к Нале. Готовясь к прыжку, Нала сперва не замечала меня, продолжая нерешительно переставлять лапки то вперед, то назад, но затем все-таки обратила внимание на мои крики. Не успел я и глазом моргнуть, как Нала, точно канатоходец, сбежала вниз. Даже не удостоив меня взглядом, она прыгнула, с глухим стуком приземлилась на землю и потрусила прочь как ни в чем не бывало.

Тем временем я спустился, глянул Нале вслед и сказал:

— Не стоит благодарности, ваше высочество!

— Мяу! — как будто выругавшись, резко отозвалась Нала.

Такое «мяу» я слышал от нее впервые.

Весь путь до Афин занял у нас целую неделю. Вся моя нелюбовь к большим городам испарилась, как только впереди замаячил Парфенон. Меня поразила энергетика этого исторического места. Шагу нельзя было ступить, чтобы не наткнуться на какую-нибудь древнюю постройку или статую. Но город вибрировал также и от новой энергии, ключом бившей из районов, застроенных современными зданиями.

Семья, согласившаяся приютить меня, жила на милой зеленой улочке неподалеку от центра города. Увидев их ухоженный домик, я смутился. После нескольких тяжелых дней пути я выглядел не лучшим образом. Мне бы не помешал хороший душ. Неизвестность тоже пугала. По переписке через электронную почту семья показалась мне дружелюбной, тем не менее в действительности все могло быть иначе. Одним словом — лотерея.

К счастью, Ник и Илиана, отец и мать Лидии, встретили меня как старого друга и заботливо разместили у себя. И каково же было мое изумление, когда на следующий день Ник связался с официальным сервисным центром фирмы «Трек» в Афинах и записал меня на техосмотр, за который сам же и заплатил. Щедрость Ника меня просто ошарашила. Чем я заслужил такую доброту?

Нала привязалась к ним мгновенно, что, собственно, было и неудивительно: они принялись носиться с ней, едва мы ступили на порог их дома. Если бы Лидия только могла, то не отходила бы от Налы ни на шаг. Они играли, боролись и обнимались перед телевизором в гостиной, будто знали друг друга тысячу лет.

Я с удовольствием наблюдал за их вознёй и наслаждался представившейся возможностью отдохнуть от своих ежедневных обязанностей лакея ее величества Налы. Высвободившееся же время я посвятил вопросам, уже давно не дававшим мне покоя.

Все эти дни я постоянно поддерживал связь с Шемом. Оказалось, Балу отстает в развитии и некоторое время должен провести в инкубаторе. Но самое главное, что он встал на путь выздоровления. В Тиране его поджидал хороший дрессировщик, а старая дама из Великобритании уже собирала чемоданы, планируя навестить своего нового питомца. С одной стороны, я радовался, что все идет как надо, а с другой — жалел, что больше никогда не увижу Балу и запомню его хилым и больным.

Ник и Илиана, подписавшись на мой «Инстаграм», живо заинтересовались Балу. За ужином они спросили, что с ним да как. Почувствовав, видимо, мою внутреннюю борьбу, они тут же предложили мне навестить щенка.

— А почему бы тебе не съездить к нему? — спросила Илиана.

Ник, улыбаясь, одобрительно закивал.

— Мы с радостью присмотрим за Налой день-другой, — сказал Ник. — Правда ведь, Лидия?

Лидия вся засветилась от счастья.

Такого предложения я не ожидал.

— Вы серьезно?

— Конечно! — ответили они хором.

Я пораскинул мозгами. От афинского автовокзала до Саранды курсировали автобусы. Выехав в ночь, я проведу целый день с Балу, а вечером сяду на автобус до Афин. Если постараться, то можно обернуться туда-обратно за полтора дня.

Оставлять Налу казалось мне предательством, ведь мы были неразлучны с тех самых пор, как встретились в Боснии. Но с другой стороны, она будет в полной безопасности. Пока они играют, я выскользну в дверь и вернусь так быстро, что моя спутница и мяукнуть не успеет.

Шесть часов пути в Албанию оказались той еще поездочкой! Отопление в автобусе работало на полную катушку: внутри было жарко, как в адской печи. В какое-то мгновение мне показалось, что еще чуть-чуть, и я растаю. Добравшись до Саранды к утру, я тут же направился в парк, где мы виделись с Шемом в последний раз.

Шем подошел через несколько минут. Жизнерадостный пес, бежавший впереди Шема на поводке, не имел ничего общего

121

с тем больным щенком, которого я нашел на обочине дороги несколько недель тому назад. Не щенок, а настоящий пес, потому что вырос он в два, а то и в три раза. Выглядел Балу и в самом деле здоровым: шерстка блестела, а двигался он легко и непринужденно. Шем оставил нас на пару часов, и мы отправились на прогулку по Саранде. Энергии у Балу было не занимать. Он, как и всякий здоровый пес, рвался с поводка, то и дело ныряя в кусты. Сомневаться не приходилось — Балу окончательно поправился!

Заскучав по Нале, я попрощался с Балу и Шемом и тем же вечером выехал в Афины. Что ж, теперь можно было двигаться дальше. Увижу ли я когда-нибудь Балу? Может, да, а может, и нет. Самое главное, что этот пес получил шанс начать жизнь с чистого листа, а я плюсик к карме.

На обратном пути в автобусе опять стояла невыносимая жара, но, к счастью, это была моя единственная забота, что не могло не радовать.

Хоть и попривык я мотаться через границы, тем не менее албанские пограничники, остановившие автобус посреди ночи, перепугали меня не на шутку. По какой причине нас остановили, естественно, никто не сказал. Может, получили наводку, что в автобусе везут наркотики? Или еще что-нибудь незаконное. Полицейские прошерстили автобус дважды. Они даже просветили все переносным рентгеновским аппаратом. В конце концов двух пассажиров увели в маленькое здание у поста. Дальше мы поехали без них. В итоге на границе мы простояли ни много ни мало около двух часов. Времени подумать было предостаточно! Когда мы с Налой пересекали границу, на наши документы едва взглянули. Усатый пограничник удовольствовался милой мордашкой Налы. Но так ли все это было на самом деле? Без документов я наверняка не избежал бы вопросов. Рано или поздно мы точно попались бы на какой-нибудь границе, как те два парня.

Вернувшись в Афины, я не успел переступить порог, как Нала прыгнула мне на руки и принялась ласиться и громко мурчать. Я крепко обнял ее, но Нала вдруг укоризненно глянула на меня: «Это уже лишнее, приятель. Так сильно я соскучиться не успела!» — и убежала играть с Лидией.

Приближался февраль, а я все еще сидел без работы, и это угнетало. Я снова разослал резюме по всем школам каякинга Эгейских и Ионических островов. Из пары мест даже ответили: спрашивали, есть ли у меня сертификат тренера. Никакого сертификата я, конечно же, никогда не получал. Похоже, пора было переходить к плану Б и устраиваться в бар.

Днем позже, после прогулки по Афинам, я обнаружил в электронной почте письмо от некоего Хариса. Вместе с братом они управляли школой каякинга на острове Санторини, что в южной части Эгейского моря. Харис обещал взять меня на работу, если я успею прибыть на остров к апрелю, который, кстати, был уже не за горами, для подготовки к летнему сезону.

Греческих островов я совсем не знал, поэтому спросил совета у Ника и Илианы. Они улыбнулись.

— Санторини! — ответила Илиана. — Это один из самых красивых островов Греции!

— Я бы сказал, один из самых красивых в мире, — прибавил Ник. — Если представилась возможность съездить на Санторини, то упускать ее ни в коем случае нельзя! А добраться туда можно прямо отсюда, из Афин, на пароме.

После такой рекламы острова Санторини отказываться от предложения Хариса было бы преступлением. Я написал ему, что буду на Санторини к концу марта как штык. Затем я проверил расписание паромов. Между афинским портом Пирей и островом Санторини они курсировали по нескольку раз в неделю. Самое главное, что можно было перевозить животных; правда, требовалась переноска.

В запасе у меня оставался еще целый месяц, и я решил отправиться на север Греции. Хотя Ник и Илиана за все это время мне ни слова не сказали, я чувствовал, что загостился: два дня превратились в две с лишним недели. Меня ждали Неос-Скопос, Салоники, а также известные на весь мир термальные воды Фермопил, которые я давно мечтал увидеть. Первым пунктом я поставил Фермопилы.

Я опасался, что Нала не захочет расставаться с Лидией, и не зря. Увидев, как я снаряжаю велосипед, Нала убежала в дом и забилась под софу. Выманивали мы ее с Лидией добрых минут двадцать.

Прощались мы почти как в голливудской мелодраме. Плакала вся семья. Фоном, для полноты картины, не хватало какой-нибудь сентиментальной мелодии в исполнении оркестра. Свои слезы, к счастью, я сдержал. Если бы еще я развел нюни, то мы, наверное, так и стояли бы там по сей день.

— Не грусти, — сказал я Нале, отъезжая от дома. — Мы с ними непременно увидимся!

Нала низко заурчала. Такой звук мне был в новинку, но переводить его с кошачьего совсем не хотелось — Нала будто угрожала.

9

Благословение

В первых числах марта мы уже подъезжали к Фермопилам. Догадаться, что они где-то рядом, было нетрудно.

Стоило мне только свернуть на извилистую горную дорогу, как мы услышали приглушённый шум термальных сернистых водопадов и характерный запах тухлых яиц, разносившийся по всей округе. Термальные источники находились неподалёку от того самого ущелья, где две с половиной тысячи лет назад царь Леонид и триста спартанцев отбивались от персов. Мне повезло оказаться в Фермопилах весной. Ущелье пользовалось у туристов бешеной популярностью, и летом здесь было не протолкнуться. Но в тот мартовский денёк, миновав статую царя Леонида, туристический центр и музей, я повстречал лишь несколько машин с иностранными номерными знаками. Кроме этих немногочисленных туристов из Франции и Швеции, спокойствие Фермопил никто не нарушал.

Источники Фермопил — сеть природных и искусственных термальных бассейнов вдоль лесной каменистой реки с многочисленными водопадами. Я слез с велосипеда, усадил Налу на плечо и отправился исследовать окрестности. Вскоре мне приглянулся спокойный участок реки — купающихся было всего несколько человек. Нала с подозрением зыркнула на молочно-бирюзовую воду и принюхалась к пару над поверхностью реки. Серный запах нещадно бил в ноздри. «Что это еще за вонь?» — читался немой вопрос на мордочке Налы. А когда я разделся и полез в воду, она и совсем не поверила своим глазам.

Нала очень многое потеряла. Вода была просто изумительная — градусов сорок, не меньше. Я погрузился в реку, будто в горячую гидромассажную ванну. После недели трудного пути — то, что доктор прописал!

Добираться до Фермопил — настоящее испытание. Вся дорога заняла у нас четыре дня. Пару ночей мы провели в старой крепости на холме, откуда открывался вид на широкую долину. Удобного места для палатки найти не удалось, поэтому ночевали под звездами.

Когда мы укладывались в спальный мешок, в небе над нами не было ни облачка. В пять утра я проснулся от страшного удара грома — все звезды уже затянуло тучами. Гроза разразилась прямо над головой, зарядил дождь: крупные капли, точно маленькие бомбы, пикировали и взрывались на поверхности водонепроницаемого спального мешка.

К счастью, гроза кончилась так же внезапно, как и началась, — нас даже не затопило. А моя спутница, мирно посапывая под боком, грозы и вовсе не заметила. Лежать одному в такую непогоду было грустно. Мне даже стало жаль себя. Похожие чувства я испытал пару дней назад, когда мне взбрело в голову съехать с трассы и двинуться напрямик по проселочной дороге. Далеко я не уехал — застрял в грязи. Преодолев все препятствия, я таки вытолкал велосипед на трассу, но живого места на мне не осталось. С ног до головы я перемазался в грязи. И только сейчас, лежа в горячих термальных водах, я чувствовал, как с меня отваливаются последние куски грязи с той злополучной дороги.

На протяжении вот уже нескольких тысячелетий люди приезжали в Фермопилы, свято веря, что сернистые минеральные воды берут начало чуть ли не в центре земного шара и лечат все болезни на свете. Закончив омовения, я более здоровым, может, и не стал, но почувствовал себя значительно лучше. А самое главное — отмылся от дорожной пыли и грязи.

Фермопилы славятся живописными видами, поэтому лагерь я решил разбить прямо неподалеку от термальных источников. Подыскивая местечко, я разглядел желтое здание то ли гостиницы, то ли хостела. Оно стояло на берегу реки у леса. Строение знавало лучшие годы: лужайка перед парадным входом выглядела запущенной, кругом росли сорняки и кустарники. Именно там я и нацелился установить палатку. «А вдруг меня выгонят? — подумал я. — Очень не хотелось бы, едва разложившись, собирать манатки».

У ворот гостиницы подпирал стену паренек, торговавший джемом из инжира. Заметив меня, он замахал руками. Я было насторожился, но он крикнул:

— Да все нормально!

— Я точно могу здесь разбить лагерь?

— Инфа сотка! Никаких проблем!

Сладкоежка — мое второе имя. Решив отблагодарить паренька за гостеприимство, я купил у него баночку джема. Он был мне признателен — судя по всему, в тот день торговля шла не очень бойко.

Пока Нала осматривалась, я расчищал место для лагеря. Перед гостиницей играли две темноволосые девочки, одетые в спортивные штаны и худи. Только я возвел палатку, как дети были тут как тут. Привлек их, конечно же, не я и не мой лагерь.

Нагулявшая аппетит Нала вернулась и принялась клянчить еду. Наполнив миску, я махнул девочкам, и те с визгом примчались и бухнулись на колени перед Налой. Дети переговаривались между собой на каком-то незнакомом мне языке, но на греческий он похож не был.

Я представил им свою спутницу, и они сразу подхватили.

— Нала, Нала! — кричали наперебой девочки.

Вскоре Нала, никогда не отказывавшая своим поклонникам, уже вовсю резвилась с детьми.

Минут через десять из гостиницы появилась девочка постарше и поманила детей на ужин. С дружелюбным любопытством поглядев на меня, она увела девочек в гостиницу. Те все оборачивались и кричали:

— Масалама, Нала!

Наверное, это означало «До свидания!».

Обнаружив, что у нас кончилась питьевая вода, я отправился следом за девочками в гостиницу пополнять запасы. Где-то я читал, будто вода из термальных источников, несмотря на отталкивающий запах, ничем не хуже питьевой, но интуиция подсказывала мне, что пытаться напоить Налу такой водой — дохлый номер.

Чем ближе я подходил к зданию, тем сильней во мне крепло подозрение, что это не простая гостиница. На балконах рядами висело стираное белье, в гамаках спали какие-то люди, а внутри женщины готовили в камине кролика. Коридор выглядел тоскливо. Мебели не было, только два кожаных дивана сиротливо ютились в углу. Там сидели мужчины и смотрели телевизор, что-то оглушительно вещавший на арабском языке.

Я уже хотел обратиться к ним, как вдруг возник паренек с небольшим подносом, заставленным чашками с чаем. Увидев меня, он очень удивился.

Я показал на бутылку, затем на Налу на плече и сказал:

— Для моей кошки.

Оказалось, что паренек знает немного английский.

— А, воды! О'кей! — отозвался он. — Я сейчас.

Расставив перед мужчинами чашки, паренек поманил меня за собой.

Мы пришли на кухню, и он нацедил мне воды из огромной пластиковой бочки. На вид вполне годная для питья.

Я огляделся. Кухня находилась в плачевном состоянии: стены в пятнах, краска шелушится, оборудование проржавело — все запущено.

— Что это за место такое?

— Гостиница. Была.

— Гостиница? А сейчас?

— А сейчас лагерь беженцев.

Я опешил. Всегда наивно полагал, что лагерь беженцев — это неизменно мрачный палаточный городок, огороженный высоким забором с колючей проволокой. В сравнении с наспех возведенным палаточным городком это место было просто пределом мечтаний любого беженца. Хотя я не мог представить себе, каково это быть запертым в одном, пускай и настолько прекрасном месте.

— Спасибо, — сказал я и двинулся к выходу, не зная, что еще добавить.

Я решил приглядеться к беженцам и в палатку вернулся кружным путем.

Странная царила атмосфера. С одной стороны, были дети. Они выглядели такими счастливыми, что складывалось впечатление, будто их ничего в этом мире не беспокоит: кто-то нырял в бурлящий поток реки, а кто-то играл в футбол на заднем дворе гостиницы. С другой стороны, были родители этих детей. Они сидели группами на камнях, сломанных стульях и что-то тихонько обсуждали — никакой беспечности на их лицах не было и в помине. Не желая мешать, я рети-

ровался к палатке, чтобы поужинать с Налой. В тот день я проехал прилично, и с на-
ступлением сумерек меня сморил сон.

Наутро Нала разбудила меня чуть позже
обыкновенного. Открыв палатку, я не поверил своим глазам: рядом с велосипедом стоял пакет с апельсинами, помидорами, хлебом
и водой — одним словом, полноценный завтрак.

«Что за чертовщина? — подумал я, оше-
ломленно разглядывая продукты. — Гости-
нец от беженцев? Наверняка последним по-
делились!»

Утро выдалось ясное. Я сидел у палатки
и наслаждался угощением. Хлеб и фиговый
джем были просто созданы друг для друга!

После завтрака я решил осмотреть велосипед: последние километры меня сильно беспокоила цепь. Не успел я перевернуть трек,
как появились вчерашние девочки с двумя
подружками.

— Нала! Нала! — возбужденно повторя-
ли они, обращаясь к подружкам и показывая на мою спутницу.

Я разрешил девочкам поиграть с Налой
и сфотографировался с ними. На снимке девочки получились такими счастливыми, что
даже не верилось, будто они дети беженцев.
Хотя откуда мне знать, может, бежали они от
жизни гораздо худшей! Я и представить бо-

ялся, что их заставило покинуть родные края и через что им пришлось пройти, прежде чем они оказались в Фермопилах.

Пока я возился с велосипедом, ко мне подошел мужчина средних лет в потертых джинсах, толстовке и потрепанной бейсболке. Мужчина немного поболтал с девочками, а затем обратился ко мне — мягко, на уверенном английском языке. Спросил, нужна ли помощь, а я ответил, что вроде справляюсь. Тогда он сел на траву рядом по-турецки.

— Откуда ты родом?

— Шотландия.

— А! Волынки! — воскликнул он, улыбнулся и, зажав ладонь под мышкой, попытался выдать звук, но, к счастью, у него ничего не вышло.

— Да, волынками мы гордимся.

— А куда ты держишь путь? Афины? Салоники?

— Мы с Налой едем вокруг света.

Мужчина обернулся посмотреть на Налу, резвившуюся с девочками, а через мгновение снова поглядел на меня и улыбнулся.

— В Коране говорится, что Магомет молился с кошкой на коленях. Однажды, обнаружив кошку спящей на рукаве его халата, Магомет отрезал рукав, дабы не тревожить ее сон, — сказал мужчина, продолжая улыбаться. — Считается, что если ты любишь кошек, значит ты верующий.

Я кивнул. Наконец-то до меня дошло, почему Налу прямо-таки боготворили в Албании.

— Ты поедешь через Турцию? — вдруг спросил мужчина.

— Да, если все пойдет по плану.

— Турки по достоинству оценят твою кошку, — произнес мужчина, а затем его улыбка вдруг погасла. — Но держись подальше от северной границы с Сирией.

— Вы оттуда?

Мужчина медленно кивнул.

— Ужас, что сейчас там творится, — сказал он, глядя себе под ноги. — Просто ужас.

За последние пару лет я видел много репортажей про сирийских беженцев, спасавшихся от перестрелок и бомбежек. В Грецию они переправлялись на лодках. «Настоящий ад, — подумал я. — Страшно даже представить, что они пережили».

— Вы все здесь из Сирии?

— Нет. Есть беженцы из Ирака. Курды. Мы в ловушке.

— В ловушке?

— Нас не пускают дальше. Нам бы хотелось в Германию. Или Швецию. Или Шотландию, — улыбнулся мужчина. — Но ни одна из стран — соседок Греции не открывает нам границы.

Я немного слышал об этом. Балканские страны отказывались пропускать на свою территорию беженцев. Именно поэтому эти люди застряли в Греции: в Северную Европу их не пускали, а в Сирию возвращаться было страшно.

— Ну, здесь не самое плохое место, — попытавшись разрядить атмосферу, сказал я.

Мужчина огляделся вокруг:

— Тут раньше гостиница была.

— Ага, — отозвался я. — Мне уже рассказали.

— Греческое правительство разрешило нам пожить тут. Теперь здесь наш дом. Организовали даже маленькую библиотеку для детей, — сказал мужчина и вновь заулыбался, глядя на играющих с Налой девочек.

Но в следующее мгновение улыбка опять потухла.

— Возможно, нас попросят скоро уйти отсюда. Может, в Турцию, а может, еще куда.

Повисло тягостное молчание. Что я мог сказать?

Наконец мужчина прервал тишину:

— И в Австралию собираешься?

— Австралия? Звучит заманчиво. Однажды я доберусь и туда.

— Я бы хотел в Австралию. Посмотреть на кенгуру, — сказал мужчина и привстал, изображая кенгуру. — Похоже на кенгуру Скиппи? — спросил он и усмехнулся, довольный своей маленькой шуткой.

Я предложил мужчине апельсин.

— Шукран! — поблагодарил он на арабском и улыбнулся, принимая фрукт.

Я взял еще один апельсин, очистил от кожуры и начал есть. Тот албанский апельсин, что я сорвал на обочине, не шел ни в какое сравнение с этим. Этот был слаще сахара.

— Нет, это я должен благодарить вас, — отозвался я. — Кто-то из ваших принес их утром к палатке.

Мужчина кивнул в сторону девочек и посмотрел мне в глаза:

— Благословляя других, ты и сам становишься благословенным.

Не думаю, что разрешать девочкам играть с Налой было особенным добрым делом с моей стороны, но мысль мужчины я уловил, взял на заметку и спорить не стал. Может, даже потому, что сам отчасти верил в это.

Некоторое время мужчина еще посидел, медленно пережевывая апельсин и посматривая за моей работой, но затем поднялся, вскинул указательный палец к небу, кивнул мне и удалился. Наверное, моя возня с велосипедом отвлекала его от размышлений.

Весь день от гостиницы к палатке постоянно курсировали люди. Время от времени я прятался от солнца в палатке: только задумаю немножко отдохнуть, как обязательно заглянет чья-нибудь голова. Кто-то предлагал Нале питье, а кто-то просто интересовался татуированным мужиком со странным шотландским акцентом. Мы с Налой превратились в главный аттракцион лагеря беженцев. Я не возражал. Я рад был поднять людям настроение — особенно взрослым. Конечно, без Налы ничего этого не случилось бы. Без нее никто бы даже не подошел ко мне и не заговорил. Благодаря Нале я жил полной жизнью.

После обеда мы с детьми устроили футбол. Мяч был — без слез не взглянешь: весь потрепанный да еще и сдутый! В Англии такой мяч давно валялся бы уже на свалке, но только не здесь! Дети беженцев были неприхотливы и радовались малому. Когда наигрались в футбол, я порылся в сумках, отыскал фрисби и стал учить детей бросать. Под радостные крики и смех ошалевшая Нала металась между детьми и тоже пыталась ухватить фрисби.

Я влюбился в этих детишек. После обеда я запрыгнул на велосипед, усадил Налу, и мы съездили до ближайшего магазина, где я купил шоколадок и сладостей. Вернувшись, я раздал гостинцы детям. Они вопили и поглощали угощение, будто бы у них всех одновременно случился день рождения. Я не мог нарадоваться, вглядываясь в их счастливые лица. Вряд ли их часто вот так угощают. Если вообще угощают. Беженцы приняли меня как своего. Этим поступком я хоть как-то смог отплатить им за доброту.

Четыре девочки играли с Налой до самого заката. Когда солнце скрылось за огромными горами на севере, появились матери девочек и увели их ужинать. Перед уходом я подарил одной из них фрисби. Поначалу девочка не поняла, но затем широко улыбнулась и приняла подарок. Тем же вечером я загрузил в «Инстаграм» фотографию Налы и девочек. В политике я ничего не смыслил и в споры ввязываться не хотел — поэтому в описании к фотографии я, не мудрствуя лукаво, написал про свой замечательный день в лагере беженцев. Самое главное, я привлек внимание подписчиков к очередной проблеме нашего мира. Вряд ли я мог сделать для них что-то еще. «Если хотя бы один человек призадумался о беженцах — уже хорошо, — решил я. — По крайней мере, я не один!»

Выехал я с рассветом. Мысли о беженцах не шли из головы. Этих людей разобщили, лишили домов и пустили по миру. Но несмотря на это, они с готовностью делились тем немногим, что у них оставалось, — я восхищался ими.

— Все, Нала, отныне мы с тобой просто не имеем права жаловаться на жизнь, — сказал я, вращая педали.

Эта случайная встреча с беженцами заставила меня иначе взглянуть на мир и в корне изменила путешествие на север Греции. Я приехал к друзьям тетки Хелен в тихий городок под названием Неос-Скопос. Как и моя афинская «семья», они устроили мне фантастический прием. Даже сняли маленький домик неподалеку, а затем пригласили на праздничный ужин в честь Пепельной среды, означавшей начало сорокадневного поста. Я угощался хумусом, тарамасалатой и питой, но голодающие беженцы стояли перед глазами. Я убеждал себя, что ничем не могу им помочь, но эти мысли меня преследовали.

Не забыл я о них и когда направлялся в Салоники — второй по величине город Греции. Пару ночей пришлось перекантоваться в палатке: нас опять застиг дождь. Но я уже ни на что не жаловался, мысленно повторяя мантры про страдания беженцев.

«Какое право ты имеешь пенять на судьбу? — строго спрашивал я себя. — Эти дети беженцев не спали по нескольку суток кряду, преодолевая суровые испытания, какие тебе и в самых дурных снах не снились!»

К нашей радости, когда мы прибыли в Салоники, погода наладилась. Пользуясь этими благоприятными условиями, мы хорошенько осмотрели город. Салоники могли похвастаться как древними, так и современными достопримечательностями. Салоники сохранились до наших дней со времен Византийской империи. Еще в те времена этот город славился своей красотой. Усадив Налу на плечо, я показал ей древние памятники: римский форум, знаменитую арку Галерия, возведенную в честь воинских подвигов, и ротонду Святого Георгия.

Но Налу больше интересовали парки и площади. Я заметил, как она засматривается на птиц, сидящих на ветвях деревьев. Нала даже издавала какой-то странный щелкающий звук. «Может, она сглатывает слюну, мечтая поужинать одной из этих птичек?» — подумал я, заранее зная, что ни за что не позволю ей так поступить, и прогнал эти дурные мысли прочь.

Дел в Салониках было много: как важных, так и не очень.

Первую татуировку я сделал в восемнадцать лет в Ньюкасле: простой орнамент на ноге, который ничего не означал. С тех пор татуировок я добавил еще штук десять, а то и больше. В отличие от первой каждая последующая что-то, да означала. Однажды я даже наколол на груди слова из песни Эминема «Till I Collapse». Приехав в Салоники, я решил, что мне нужна татуировка в честь Налы — ведь эта кошечка не только стала частью моей жизни, но и изменила ее!

Я нашел достойный салон и договорился с молодой художницей вытатуировать кошачью лапу на запястье, чтобы была постоянно на виду. Получилось даже лучше, чем я ожидал.

Вернувшись в маленький хостел, я наконец-то улучил мгновение и дал интервью Кристине, журналисту «Додо». Странно поначалу было рассказывать о себе. Особенно я переживал за шотландский акцент, но Кристина с блеском дешифровала мой данбарский выговор. Только мы добрались до истории с Налой, я окончательно раскрепостился и разговор пошел как по маслу. В конце интервью Кристина попросила прислать несколько видео на мой выбор.

Не сразу я отсортировал записи и выбрал что получше. Возникли трудности и с отправкой видео: я уже почти сдался, как вдруг Интернет ожил и Кристина все-таки получила записи.

«Да кто будет читать и смотреть про шотландского патлатого бездельника и бродячую кошку?» — подумал я и выбросил интервью из головы. Тем более Кристина не обещала, что статью напечатают.

Обратный путь в Афины выдался увлекательным и богатым на события. По дороге я остановился на краудсерф-ночевку в городке Волос у Фелиции. Она оказалась настолько добра, что даже взяла меня с собой на вечеринку к подруге Ямайе. Хоть на вечеринки я ходить и зарекся, тем не менее отказываться от предложения не стал: общения с людьми мне временами не хватало.

По пути на юг у меня возникали все новые трудности. Так, переправляясь через реку, я не удержал велосипед. Трек завалился набок: Нала перепугалась, а снаряжение все вымокло. Пришлось делать вынужденный привал на берегу, чтобы высушить вещи, но я не отчаивался. В отличие от беженцев, жизни которых перевернули с ног на голову без спросу, это приключение я сам для себя придумал.

Возвращался я через Фермопилы и лагерь беженцев. Не заехать и не поздороваться я не мог. По дороге к гостинице я заметил какое-то необычное оживление. Беженцы с рюкзаками и сумками шли по обочине. Тут и там мелькали военные и люди в штатском.

Я свернул на уже знакомую дорожку, которая привела меня к лужайке перед гостиницей. Только я подъехал, как послышались радостные крики:

— Нала! Нала! Нала!

Из дверей гостиницы высыпали дети. Среди них оказались две девочки — старые подруги Налы. Дети окружили нас, а самые смелые даже немного потискали Налу.

Что-то подталкивало меня разбить палатку и побыть с этими людьми: познакомиться с каждым поближе и расспросить о жизни.

Детей вскоре позвали, и они убежали. Что-то происходило. Перед гостиницей теснились несколько семей с пожитками. Может, их переселяют, как и предполагал тот сириец?

Оставалось только догадываться, куда их повезут и что с ними будет на новом месте. Эта мысль расстраивала меня.

Пожелав этим людям всего наилучшего, я помахал на прощание и отправился дальше.

Я подыскал красивое местечко с видом на побережье, установил палатку и провел весь следующий день, играя с Налой и переписываясь с родными. То ли влияла походная жизнь, то ли тот факт, что последнее время я подолгу жил в семьях, но на меня накатила сильная тоска по дому. Я впервые отмечал день рождения не в Данбаре. Поболтав с родными, я почувствовал себя лучше. Радостно было услышать последние новости. Родители переживали, что у меня скоро закончатся деньги, но я их успокоил: моя идея подзаработать на острове Санторини им пришлась по душе. Мама испекла торт, и я смотрел, как они уплетают его прямо передо мной с экрана телефона.

— Ешьте все до последней крошки. Не вздумайте выбрасывать! — воскликнул я. — Этого торта некоторым хватило бы на месяц!

144

— Господи, весь в отца! — рассмеялась мама.

В детстве мы с сестрой частенько слышали от папы проповеди о голодающих по всему земному шару. А еще о том, как нам повезло родиться не в стране третьего мира. Как и у большинства детей, в одно ухо у меня влетало, из другого — вылетало. Но чем старше я становился, тем чаще меня самого посещали подобные мысли.

Путь до Афин занял пять дней. Ближайший паром до Санторини отправлялся только через двое суток, поэтому я с радостью принял приглашение от Ника, Илианы и Лидии. Девочка все это время с ума сходила без Налы. Здорово было с ними повидаться, хоть и ненадолго. Налу, конечно же, задушили в объятиях, и возня перед телевизором вернулась на круги своя.

Когда я покупал билет на паром, меня строго-настрого предупредили, что без переноски Налу на борт не пустят. Мы с Илианой съездили в зоомагазин, где я купил переноску: просторную, с большим оконцем, чтобы Нала всегда могла меня видеть. Опробовал я обновку тем же вечером.

Нала, конечно же, начала нос воротить, но уступать я не собирался.

— Не переживай! — сказал я Нале. — Как разместимся на пароме, наверняка представится возможность побегать по палубе.

Из-за непогоды отход парома дважды откладывали, но к концу марта все образовалось. Илиана, Ник и Лидия провожали нас. Плакали на этот раз меньше. На обратном пути я пообещал заглянуть к ним. Мы поднялись по трапу на огромный паром: нас ждала длительная ночная переправа.

Я закрепил велосипед, нашел укромное местечко и выпустил Налу. Она сразу уселась мне на плечо, и вместе мы принялись наблюдать, как блекнут огни Пирея. И порт, и сами Афины вскоре превратились в тускло мерцавшую полоску света на горизонте.

Вдруг я почувствовал важность этого мгновения. Как будто первая часть нашего путешествия подошла к концу и на Санторини для нас начнется новая глава.

Я по-прежнему считал каждый пройденный километр и радовался, как ребенок, своим успехам. Оказалось, что мы с Налой преодолели вместе уже больше тысячи километров! Меня охватило чувство гордости, а вместе с тем и благодарности за представившуюся возможность объехать мир с такой спутницей! С тех пор как мы встретились с Налой, много воды утекло: бывали у нас дни как продуктивные, так и не очень. Случались и неудачи, и неожиданности, но я ни за что в жизни не променял бы этот замечательный опыт на что-нибудь другое.

Нала придала моему путешествию смысл. Сделала меня ответственным и вдумчивым. Помогла обрести цель. Нала — лучшее, что со мной случалось за последние годы.

Я припомнил слова сирийца, с которым ел апельсины в лагере беженцев:

— Благословляя других, ты и сам становишься благословенным.

Дружба с Налой и вправду оказалась моим благословением!

Карта 2

Часть вторая

ВЗЛЕТЫ
И ПАДЕНИЯ

Греция — Турция — Грузия — Азербайджан

10

Первого апреля
никому не верю!

У всех бывали такие мгновения, когда привычный, удобный мир вокруг вдруг начинал рушиться, меняя жизнь до неузнаваемости. Обычно это случается без предупреждения и после кажется, что мир уже никогда не будет прежним. Прибыв на Санторини, я пережил нечто подобное. Поначалу я даже не поверил: на календаре было первое апреля. «Наверняка чья-то первоапрельская шутка», — думал я.

Паром приближался к берегу, а мы с Налой отдыхали после переправы в укромном местечке на палубе. Ночь прошла без приключений. Большую часть времени Нала проспала у меня на груди. Когда я увидел приближающийся причал, то решил поспешить, дабы избежать толкотни. Но, спустившись в трюм за велосипедом и снаряжением, я сильно пожалел.

Гигантские двигатели взревели, заскрежетал металл, оглушительно взвизгнули двери; Нала, обезумев от грохота, вся задрожала и вцепилась мне в грудь. Как же она испугалась!

Я чувствовал себя таким виноватым! Как только команда парома, сняв ограждение, опустила трап, я тут же ринулся вниз на причал, крепко прижимая к себе Налу. Сбежав на причал, я устремился в ближайшее кафе в тени крутых утесов. Нала, ни жива ни мертва, вся тряслась точно осиновый лист.

В одну миску я положил Нале еду, в другую налил питье, а сам уселся рядом любоваться знаменитой кальдерой, образовавшейся много веков назад после извержения вулкана. Нала тем временем пришла наконец-то в себя.

Мой новый босс, Харис, прислал мне сообщение, что меня встретит его брат, но на автостоянке не было ни души. Я очень переживал: на пароме связь не ловила, а мой телефон во время переправы почти полностью разрядился, пришлось его выключить. «Что, если Харис пытается связаться со мной?» — подумал я, зажимая кнопку питания телефона.

Официантка принесла кофе. Телефон ожил, и началось светопреставление. На экране одно за другим вспыхивали уведомления из всевозможных мессенджеров; признаюсь, я даже струхнул немного. Поначалу я подумал на Хариса: не случилось ли чего? Но потом, просматривая уведомления, понял, что дело совсем не в нем. Целая лавина сообщений обрушилась на мой телефон. «Инстаграм» сошел с ума. Без остановки звякали и вспыхивали уведомления о том, что кто-то подписался, оценил или прокомментировал фотографию. Складывалось ощущение, что я держу в руках не телефон, а портативный автомат для игры в пинбол!

— Что за чертовщина? — спросил я Налу.

Посмотрел электронную почту: куча писем с темой «Видео Додо».

— Хм. Кажется, наше с тобой интервью кое-кого заинтересовало!

Я открыл «Инстаграм» и чуть не облился кофе.

— Вот дерьмо! — воскликнул я.

Да так громко, что пожилой англичанин за соседним столиком неодобрительно зыркнул на меня.

Когда я садился на паром в Афинах, у меня было три тысячи подписчиков — число очень достойное. Я даже гордился этим достижением. Но, открыв «Инстаграм» на Санторини, я обнаружил сто пятьдесят тысяч подписчиков! В пятьдесят раз больше, чем вчера! Количество подписчиков росло прямо на глазах. Добавлялись сотнями за каждую чертову секунду. Телефон разрывался.

Сказать, что я был шокирован, значит ничего не сказать. «Это, наверное, какая-то ошибка или шутка, — лихорадочно придумывал я оправдания происходящему безумию. — Могли взломать мой «Инстаграм»? Кто-нибудь из моих шотландских друзей, чтобы выставить дураком на первое апреля? Что ж, такое вполне возможно: шуточки как раз в их духе!»

Но чем дольше я смотрел на экран телефона, тем меньше мне все это казалось шуткой. Некоторые фотографии Налы уже набрали по десять тысяч лайков. Видео, снятое в начале февраля, где я пересекаю границу с Грецией, посмотрели сто пятьдесят тысяч человек. «Невероятно! — думал я. — Никому не под силу такие розыгрыши!»

Объяснение ждать себя долго не заставило. Подруга из Данбара прислала мне ссылку на страничку «Додо» и спросила: «Дин. Ты ЭТО видел?» Я перешел по ссылке, и в глаза мне бросился простой заголовок: «В кругосветку с бродячим котенком». Смотреть видео оказалось пыткой: я возненавидел свой голос. Глянув на количество просмотров, я протер глаза и снова выругался. Три миллиона! Обалдеть!

Я, конечно, слышал, как люди благодаря вирусным видео становятся знаменитыми в одночасье, но мне всегда это казалось чем-то из разряда фантастики. Я полагал, что популярность — процесс небыстрый. Мне думалось, успешные люди, прежде чем фитиль их звездной бомбы разгорится как следует, строят планы, пытаются и так и этак. Но ничего подобного. Никаких предупреждений. Никакого тебе обратного отсчета. Бабах!

Я снова посмотрел на кальдеру. Мой взрыв, конечно, был не такой мощный, как извержение вулкана Санторини, но мое сердце чуяло: жизнь изменится, как когда-то изменился и ландшафт этого острова.

Из размышлений меня выдернул автомобильный гудок. Бородатый парень, высунувшись из окна машины, широко улыбнулся и показал большой палец.

— Дин! — крикнул парень, который, похоже, был братом Хариса.

— Привет! — откликнулся я, начиная собирать вещи.

Нала была уже в полном порядке. Я усадил ее на плечо и покатил велосипед с тележкой к машине.

— Привет! Я Тони. — Он протянул руку. — Работаю в школе каякинга. Харис прислал меня довезти тебя до места.

Бородатый парень принялся открывать багажник, но, увидев велосипед, тележку и кошку, очень удивился — такого он не ожидал.

— Классная кошка! Как зовут?

— Нала.

— Ну, здравствуй, Нала. Добро пожаловать на Санторини!

В багажник маленького «фольксвагена» велосипед не влез, поэтому мы решили, что я поеду следом, и загрузили только тележку и сумки со снаряжением.

Извилистая дорога в гору была настолько крутой, что наверняка доставляла хлопот даже в спокойную погоду. А с ветром, поднявшимся с полчаса назад, я боялся, что до вершины вообще не доберусь. По ощущениям, начинался ураган. Я даже подумал, что Налу, не ровён час, унесет в море. Продвижение вперед затрудняли другие автомобилисты, а их тут было немало! Забравшись наверх, я не чувствовал ног.

Я остановился передохнуть и засмотрелся на открывшийся вид. Санторини действительно оказался, как Ник с Илианой рассказывали, волшебно красивым островом. Изумительное местечко! Все на Санторини выглядело необычно. Утесы, покрытые застывшей лавой, напоминали лунную поверхность, на которой тут и там белели аккуратные домики. А такого синего моря, даже несмотря на то, что набегавшие волны сильно пенились, я в жизни не видел! В другой день я был бы целиком захвачен живописным пейзажем и мог бы просидеть на утесе, любуясь видом, не меньше часа. Но так как ветер в тот день разошелся не на шутку, а голова по-прежнему шла кругом от разрывавшегося телефона, я решил не задерживаться. Мне хотелось поскорее оказаться на каякерской базе.

Мы проследовали за Тони на другой конец острова к деревеньке Акротири. Тони привел нас в огромный дом.

— Снаряжение все тут, — сказал он. — Здесь пока больше никого.

Затем Тони повез нас на маленький пляж на северном побережье острова. Через десять минут мы уже были на месте. Утесы, окружавшие пляж, надежно укрывали бухту от ветров. Несмотря на начало апреля, в волнах плескались туристы с детьми. Вулканический песок хоть и был всех оттенков черного и серого, море тем не менее выглядело шикарно: глубокое, сине-зеленое, оно так и манило!

Мы прошли мимо нескольких кафе и баров — пара заведений уже были набиты под завязку — в дальний конец пляжа. Он представлял собой узкую полоску песка, окаймленную красноватыми десятиметровыми скалами. Пляж выглядел ужасно. Кругом лежали кучи высохших водорослей и мусора. На волнах покачивался пластик, лесоматериалы и другие странные предметы, которые прибой время от времени выбрасывал на вулканический песок.

Этому месту требовалась хорошая уборка.

Каякерская база располагалась в пещере в конце бухты. Вход в базу был укреплен каменным навесом, врезавшимся в скалу. Тони прошел внутрь, открыл окна и включил свет. Все предметы покрывал толстый слой пыли и песка, попадавшего сюда через щели в дверях и окнах. А еще в пещере пахло затхлостью. «Пещера Аладдина с каяками и снаряжением», — подумал я, оглядывая шлемы, весла, спасательные жилеты, веревки и прочее.

— Придется хорошенько поработать, — сказал Тони. — Прибраться. Подновить краску. Сегодня отдохни, а завтра приступим.

Тем вечером мы пропустили пару кружек пива, но надолго задерживаться я не стал: Нала натерпелась будь здоров! А еще мне не давала покоя шумиха в Интернете.

Я залег с Налой в кровать и внимательно просмотрел сообщения на телефоне. Сумасшествие продолжалось — количество подписчиков в «Инстаграме» перевалило за двести тысяч. Люди со всего мира сотнями оставляли комментарии. Тем временем видеозапись на страничке «Додо» в «Фейсбуке» посмотрели еще полмиллиона человек. Цифры в других приложениях тоже росли. Я открыл почтовый клиент и увидел сотни писем: не только от людей, но и от компаний. Прислали письмо даже из «Нетфликса». Они предлагали задокументировать путешествие и снять фильм. Письмо я удалил. Для меня это было пока что слишком.

Еще пришло множество запросов от газетных редакций и новостных агентств. Я ответил только «Дейли мейл», которую читали мои родители, и «Вашингтон пост». И что такие именитые газеты нашли во мне?

Обычно, когда все наваливалось разом, моим единственным желанием было спрятать голову в песок и игнорировать все и вся. Многие скажут, что я просто боюсь принимать важные решения, но для меня это возможность взять передышку: подумать и перестроиться. «Если начать совершать необдуманные поступки, — размышлял я, — беды посыплются на меня, как из ящика Пандоры!

Загрузив в «Инстаграм» фотографии и поблагодарив новых подписчиков, я отложил телефон и закрыл глаза. Впереди меня ждал трудный день.

С восходом солнца мы с Тони отправились на базу. С собой он взял краску и кисти. Но прежде чем приступить к покраске, необходимо было как следует прибраться: во всех углах громоздились какие-то ящики и снаряжение. Чтобы не надышаться пыли, мы натянули маски и взялись за дело.

Тони оказался классным парнем. С ним работалось легко. Он любил шутить и смеяться. Прошлым вечером толком поговорить нам не удалось: слишком много людей бродило вокруг. Когда Тони включил музыку, я сразу понял, что сработаюсь с ним. У нас совпадали вкусы: Тони любил хаус и сеты диджея Соломуна, которого я частенько крутил, когда диджействовал. Работа совсем не напрягала. Мы пританцовывали, подпевали и мимоходом избавлялись от мусора, выметая его прочь из пещеры.

Нала, как и всегда, была в своем репертуаре: ползала среди камней и гонялась за волнами, которые то и дело, к ее ужасу, переходили в наступление. Я подыскал несколько пустых коробок и выкинул из пещеры. Картонные коробки — страсть Налы! Двери пещеры мы открыли настежь, поэтому я успевал и работать, и приглядывать за Налой.

— Так что там с кошкой? — спросил Тони, размахивая кистью.

— О, это долгая история! Если коротко, то я спас ее от смерти в горах Боснии. Четыре месяца тому назад. С тех пор мы почти неразлучны.

— Уверен, что это ты ее спас, а не она тебя? — спросил Тони и подмигнул. — Видел я вас наедине! Похоже, живете вы душа в душу!

Я улыбнулся. Тони первый высказал вслух то, что многие видели, но не могли выразить словами. Нала и я были точно муж и жена.

К концу полудня мы закончили. Каякерская база преобразилась до неузнаваемости. Мы любовались проделанной работой, когда Тони спросил:

— Может, по пивку?

— Только если вход с кошками не воспрещен!

Тони захохотал.

Мы прошлись по пляжу и через триста метров нашли бар. Усевшись за угловым столиком с видом на море, мы заказали по пиву и стали наблюдать за солнцем, которое медленно клонилось по раскрасневшемуся небу к другой стороне острова. Закат обещал быть невероятным.

Мы отхлебнули пива. Нала сидела на стене рядом и наблюдала за морем. Когда мимо проходили местные девушки, Нала мяукнула. Одна из них улыбнулась и вдруг остановилась как громом пораженная. Жестикулируя, девушка что-то затараторила своим подругам на греческом языке.

Другая девушка, владевшая английским, подошла и спросила:

— Неужели вы тот парень из «Инстаграма», что спас кошку?

Я сморгнул, не веря своим ушам, и выдавил:

— Ну да.

— Мои подружки подписаны на вас. Можно сфотографироваться с вами?

— Конечно!

Вскоре мы с Налой позировали перед камерами. Девушки, похоже, остались очень довольными. Они пошли дальше по пляжу, хихикая и разглядывая снимки на экранах своих телефонов.

Тони пристально посмотрел на меня:

— Так. Что это было?

Рассказывать про нежданно-негаданно свалившуюся на меня популярность я не хотел, но делать было нечего. Я показал Тони видео «Додо» в «Фейсбуке» и свой «Инстаграм».

Тони громко присвистнул и засмеялся:

— Так этим летом мы будем работать плечом к плечу со знаменитостями!

В таком ключе, если честно, я о себе даже не думал, да и не хотел.

— Ерунда. Совпадение.

— Мне тоже так кажется! — с сарказмом воскликнул Тони и улыбнулся.

И Тони, и я, мы оба знали, что это только начало.

Следующий день мы занимались приготовлениями к открытию школы. Через два дня стартовал каякерский сезон.

Самая лучшая часть нашей подготовки началась, когда мы отправились на пробный заплыв.

— Надо убедиться, на плаву ли они еще, — пошутил Тони. — А заодно покажу тебе, куда будешь ходить с туристами.

Я хотел взять Налу с собой, но потом передумал. Надо было сначала вспомнить что да как, освоиться в воде. Хватит с меня глупостей!

С такими мыслями я наполнил миски Налы едой и питьем и оставил ее на базе. Затем мы с Тони забрались в каяки и отчалили. Мы двигались вдоль побережья. Грести было нескучно: из переносной колонки гремела музыка. Гребли мы так часа два. Я чувствовал себя вполне уверенно. Годы занятий не прошли даром.

— А ты, похоже, и вправду знаешь, как управляться с каяком! — крикнул Тони, когда мы успешно преодолели участок, на котором нас врасплох застиг сильный ветер.

Тони знал эти воды как свои пять пальцев и по ходу рассказывал мне про туристический маршрут. Он показывал места, где могут подстерегать подводные течения и опасные ветра. Мы подошли к небольшой пещере: тут туристам предстояло обедать и отдыхать. Но Тони предупредил меня, что в сильный ветер, а это для Эгейского моря явление нередкое, зайти в пещеру будет не так-то просто.

Некоторое время мы не гребли, а двигались по течению и болтали, слушая музыку. «Если так будет продолжаться все лето, — подумал я, — то вряд ли я когда-нибудь закончу свою кругосветку! Идеальное место! Кажется, я нашел работу мечты!»

На следующий день к нашей команде присоединился словенец Давид и поселился с нами в доме. Увидел я наконец-то и Хариса. Он был чуть старше Тони, чуть хуже говорил по-английски, но, как и брат, отличался чувством юмора. Харис появился ненадолго: поздоровался и снова пропал. Похоже, все дела на Санторини он передал Тони, чтобы самому заниматься новым проектом на соседнем острове.

Когда наша команда собралась, Тони, скрипя мелом по доске, рассказал нам в подробностях, к чему готовиться. Мы с Давидом все скрупулезно конспектировали. В день нас ожидал один, а иногда и два похода на каяках, если попадутся туристы опытные. Походы совершались из двух мест: от базы и из кальдеры на другой стороне острова.

Первых туристов мы ожидали к девяти утра. Нам предстояло их проинструктировать, снарядить, усадить в каяки и отправиться с ними в поход. На два-три часа, не более. На обратном пути обед в пещере. Второй поход — после полудня, чтобы туристы могли полюбоваться знаменитыми закатами Санторини. Возвращение на базу — сразу после захода солнца.

Пока Тони вещал, мне становилось все больше не по себе. Такой расклад меня не устраивал. Как оставить Налу в доме с раннего утра до позднего вечера? Как она будет без меня? Своих опасений я пока решил вслух не высказывать. Тони дал мне возможность участвовать во всех походах, и я не мог его подвести. К счастью, я придумал, как мне выкрутиться.

На следующий день я захватил рюкзак, кое-что из своего походного снаряжения и, втайне от Тони, забросил на заднее сиденье машины. Когда мы прибыли на базу, я достал гамак и как следует вытряхнул его, а затем разложил наши с Налой пожитки.

— Ты собрался строить убежище от папарацци?

— Подумал, что кто-то должен присматривать за пещерой, пока мы в походе. Так почему бы этим не заняться Нале? — ответил я, улыбнулся, а затем поделился с Тони своими опасениями.

Тони их развеял, заверив, что, пока я буду в море, кто-нибудь из команды присмотрит за Налой.

У меня словно гора с плеч свалилась.

Строительство нашего с Налой убежища много времени не заняло: я растянул гамак и сбегал в ближайший магазинчик: купил кофе, пасту и корм для Налы — ничего больше нам и не нужно было! Тот угол пещеры стал нашим первым совместным жильем. К вечеру я состряпал нам ужин. Мы поели, любуясь звездным небом, а затем отправились на боковую: нас ждал ранний подъем. Последние дни выдались ветреными, но завтра погода ожидалась хорошая.

«Утром заявятся первые туристы, и моя работа наконец-то начнется!» — думал я в некотором возбуждении.

Когда Нала заснула у меня на груди, я проверил телефон: количество подписчиков перевалило за триста тысяч, а видео со странички «Додо» посмотрели уже пять миллионов человек. Фотография резвящейся на пляже Налы, загруженная вчера, к сегодняшнему дню набрала уже сто тысяч лайков.

Все это казалось какой-то нелепицей. Словно кто-то прикрутил кучу нолей к моим обычным двум-трем лайкам в «Инстаграме». Многие мечтают о такой популярности, но я совершенно не знал, что с ней делать, — это не входило в мои планы.

Я переговорил с парой журналистов. Из «Дейли мейл» со мной связалась премилая женщина, которая собиралась написать о нас целую статью. Из «Вашингтон пост» я общался с мужчиной: судя по голосу, очень серьезным. Во время нашего разговора я поймал себя на мысли, что не верю в происходящее. «Неужели ему мало войн или политических скандалов?» — недоумевал я, в очередной раз стесняясь рассказывать про самого себя. Пересказывая свою историю, я старался припомнить побольше подробностей: как именно нашел Налу в горах Боснии, как пересекал с ней границу и как мы стали неразлучными друзьями и компаньонами, точно Скотти и Кирк из «Звездного пути». Когда именно напечатают статьи, добиться от них не удалось, но меня не покидало ощущение, что никогда. «Кумир на час, — думал я. — Все это какая-то ошибка».

Тем не менее страсти в «Инстаграме» кипели. Люди обсуждали и хвалили меня, а в своих разговорах дошли до того, что стали называть чуть ли не святым. Читая их сообщения, я лишь качал головой. Дин Николсон — святой! Глупее ничего в жизни не слышал! Любой на моем месте поступил бы точно так же.

От всей этой свалившейся как снег на голову популярности меня даже мутило. «Заварил кашу! — не переставал я удивляться. — А расхлебывать кому?»

К счастью, взглянув на Налу — лежа у меня на груди, она перебирала лапами во сне, — я тут же приходил в себя. Надо следовать ее примеру! Нала могла заснуть где угодно: у меня на груди, на руле велосипеда, на ветке дерева. Она приспосабливалась к обстановке мгновенно! «Все будет в порядке. Приспособлюсь!» — подумал я, откладывая телефон. Вскоре мягко набегавшие на берег волны усыпили меня.

11

Медсестра Нала

Привычка Налы просыпаться на рассвете имела свои плюсы. Даже не пытаясь разлепить глаза, я сопровождал Налу на утренний туалет. То утро не стало исключением: я побрел открывать ей двери базы, желая поскорее вернуться в гамак. Но стоило мне только распахнуть двери, как мое желание поспать улетучилось — я увидел изумительный восход. На пляже — ни души. Что ж, почему бы и не прогуляться!

Пока Нала гонялась за волнами и принюхивалась к водорослям, выброшенным ночным прибоем, я наслаждался морским воздухом и утренней безмятежностью. Часы показывали шесть тридцать. Кругом царила полная тишина: только шуршали набегавшие волны да где-то вдали лаяла собака. Все это напоминало мои любимые зимние прогулки по безлюдным пляжам Данбара — только там холоднее было градусов этак на двадцать!

Ветер поутих, хотя вдали еще виднелись белые буруны волн.

К восьми часам народу на пляже прибавилось: появились бегуны и пловцы, я же отправился на базу готовиться к походу.

Когда я разбирался с гидрокостюмом, на телефон пришло сообщение, и у меня упало сердце.

Я выглянул из пещеры, посмотрел на прыгавшую по скалам Налу и вздохнул. Бедняжка. Похоже, не одного меня поджидают трудности.

Сообщение пришло от ветеринарной клиники Санторини, с которой я связался, как только прибыл на остров. Нале исполнялось шесть месяцев, а это означало, что ее пора стерилизовать. Ветеринар предлагал приехать в клинику.

Хоть Нала и подросла, она тем не менее оставалась все такой же изящной и ловкой, а схватить ее за талию по-прежнему можно было одной рукой. Она же еще совсем дитя! Дай только волю, и круглыми сутками будет носиться за игрушкой на веревочке или солнечным зайчиком. Не слишком ли она мала для такой серьезной операции?

Несмотря на то что стерилизовать кошек в шесть месяцев — дело обычное, я не терял надежды отложить эту неприятную для Налы процедуру. Я проконсультировался сначала с ветеринарной клиникой Санторини, а затем с Люцией из организации «Стирайл». Добровольцы «Стирайл» присматривали за бродячими котами и кошками на острове. Оказывается, здесь, на берегах залива Акротири, бездомные коты и кошки были большой проблемой. В скором времени я планировал как-нибудь помочь Люции, но сначала хотел решить все вопросы со здоровьем Налы. Помимо этого, я написал Шему, ветеринару из Албании. Кстати, Балу, как сообщил Шем, покинул Тирану и припеваючи живет в Великобритании.

Я задал им один и тот же вопрос: «Неужели без стерилизации не обойтись?» Все как один предостерегли меня, что Нала может заболеть раком или подхватить какую-нибудь инфекцию. Да и продолжительность жизни у нестерилизованных кошек гораздо меньше. А еще, сказали они, я буду застрахован от появления маленьких Нал. Вот это было очень убедительно, потому что с тележкой котят путешествовать по всему свету мне не улыбалось.

Что касалось здоровья Налы, рисковать я больше не собирался: уроки прошлого пошли впрок. Мне очень этого не хотелось, но я скрепя сердце попросил ветеринара пригласить нас на операцию как можно скорее. Втайне понадеявшись, что все время у врача расписано, быстрого ответа я не ждал. Но сообщение пришло, и мой покой был нарушен. «Завтра мою бедняжку стерилизуют! — сокрушался я, прекрасно понимая, что стерилизация — обычная процедура для кошек. — Я ведь ей как папа!»

К девяти утра на базу прибыли Тони и Давид. Я был рад отвлечься от грустных мыслей. Первый день каякерского сезона наступил, и мы с нетерпением поджидали туристов. Тони глянул на море и сказал, что погода обещает быть хорошей.

В этот поход Тони попросил меня отправиться на двухместном каяке. Сам же он собирался идти на одноместном. Тони хотелось, чтобы я побывал в шкуре туриста. Он желал знать, стоит ли поход своих денег. Какие плюсы и какие минусы? Что можно улучшить?

Туристы появились в начале десятого. Группа подобралась небольшая: трое американцев, прибывших из дорогого курортного городка Ия на западной части острова. Один оказался детиной под два метра. Весил он килограммов сто двадцать, не меньше!

Заметив его издалека, мы с Тони озадаченно переглянулись.

— Похоже, нам понадобится каяк побольше, — попытался я пошутить.

Оказалось, что все трое — достаточно опытные каякеры. Как я и предполагал, со здоровяком возникли трудности: самый большой спасательный жилет едва на него налезал. Мне выпала честь разделить с ним двухместный каяк. Я разместился позади, чтобы контролировать ситуацию. Мы отчалили. Под таким тяжелым грузом каяк вел себя непредсказуемо. По уму, нам бы рассесться по одноместным каякам и не испытывать судьбу, но не мог же я качать права в свой первый рабочий день! Тем более что одноместные каяки предназначались только для инструкторов.

Пока мы шли вдоль берега, я изо всех сил старался удержать каяк на плаву, но он то и дело погружался в воду. Мои опасения оказались ненапрасны.

Тони предупреждал, что воды Санторини коварны, и призывал меня быть готовым ко всему.

За час с небольшим нашего похода я понял, о чем толковал Тони. В одно мгновение легкий бриз сменялся резким порывом ветра, норовившим сорвать с меня бейсболку, а море, не давая опомниться, поднимало метровые волны.

Тони тем временем присматривал за другими, стараясь, несмотря на крепчавший ветер, вести их вдоль берега. Но вдруг, откуда ни возьмись, на каяк американцев обрушилась череда волн и отправила их в воду. «Ничего страшного, — подумал я. — Жилеты не дадут им утонуть». Тони перестал грести и поймал их каяк.

Пока мы со здоровяком наблюдали за этой трагедией, наше собственное судно медленно пошло ко дну. Волны захлестывали каяк, все больше заполняя его водой. Я не паниковал, потому что с детства чувствовал себя в воде как рыба, да и утопавших знал, как спасать. Чего нельзя было сказать про моего спутника — здоровяк струхнул не на шутку и умолял меня грести к берегу.

Мы уже приближались к небольшой пещере, когда нас догнала волна — и наш каяк перевернулся! Вынырнув, я обнаружил, что суденышко уносит в открытое море.

Я знал, что Тони опытный каякер, но такой реакции даже от него не ожидал.

Удерживая первый каяк, Тони умудрился поймать и наш, а затем еще и отправить его обратно. Я ухватился за каяк, убедился, что здоровяк рядом, и мы поплыли к берегу.

Но на том наши трудности не закончились. Выбравшись на сушу, мы обнаружили, что на отвесные скалы не забраться — хорошо хоть здоровяк успокоился! Другого выхода, кроме как сесть обратно в каяк и искать еще одну бухту, я не видел.

Вскоре мы действительно нашли бухту побольше. Но самое главное, оттуда на отвесные скалы взбегала тропка. Тони, буксируя американцев, нагнал нас через несколько минут. Туристы отделались легким испугом и были счастливы вновь оказаться на суше.

Ветер усилился. Решив не испытывать больше судьбу, мы подхватили каяки и отправились на базу пешком. Добрались мы еле живые, но американцы выглядели довольными. Какое-никакое, а все-таки для них это было приключение.

— Мужики, помните, как по белым водам Колорадо сплавлялись? — воскликнул здоровяк.

«А для меня какой-никакой, но опыт инструктора, — продолжал размышлять я. — Каякинг без риска невозможен, а этим летом меня наверняка ждет еще множество сюрпризов!»

Вернувшись на базу, я обнаружил Налу мирно спящей на моем свитере. Она и не подозревала, какие испытания выпали на мою долю! Давид сказал, что Нала была тише воды ниже травы и даже не пыталась сбежать из пещеры. Новость меня очень порадовала.

Значит, Нала вполне может оставаться и одна, пока мы в море.

Чуть погодя мы начали готовиться к завтрашнему походу. Тони, Давид и я принялись мыть каяки из шланга. Оказалось, это не так-то просто: песок набился во все щели. Отмыв каяки, я уже было выдохнул: оставалось только сложить их на стойки, но и это отняло у меня кучу времени. Но я не унывал: впереди несколько месяцев такой рутины, как-нибудь да приноровлюсь!

На вечер никаких походов не планировали, поэтому остаток дня я посвятил своим делам. Впрочем, ничего особенного я не делал: только гулял с Налой да отдыхал. Нала даже не подозревала, что готовит ей день грядущий. Мысль об операции не давала мне покоя: я никак не мог остановиться и все смотрел видеоролики, как стерилизуют кошек. «Не слишком ли это? — подумал я, просматривая очередной ролик с красочными подробностями процедуры, и тут же погасил экран телефона. — Так, все. Хорош!»

Наутро я позволил Нале как следует набегаться по пляжу — на десять минут дольше обыкновенного, — а затем посадил ее в переноску. Тони отвез нас в клинику. Она находилась в трех километрах от базы, в городке Фира.

Персонал клиники выглядел хорошо подкованным. Мне подробно рассказали все, что собираются делать с Налой. Мою девочку осмотрели, и операцию назначили на тот же день.

— Нале потребуется не менее двенадцати часов, чтобы отойти от наркоза, — сообщил мне хирург. — Мы вам позвоним, как только она проснется. Если вдруг к восьми часам вечера Нала будет еще сонной, то придется подождать утра.

Поцеловав Налу в нос, я оставил ее медсестре и вышел из кабинета. Хоть Нала и была в надежных руках, я все равно чувствовал себя предателем. «Как после такого смотреть Нале в глаза?» — думал я с тяжелым сердцем, направляясь на базу. Я успокаивал себя, что подобные операции успешно проводятся каждый день, но связь между нами была такой крепкой, что не беспокоиться казалось невозможным. Может, поход на каяках хоть как-то меня отвлечет?

Второй день оказался гораздо спокойнее первого. К моей радости, Тони разрешил мне идти на одноместном каяке и руководить походом. На этот раз среди туристов были не только американцы, но и англичане, и даже парочка немцев — всего восемь человек. Погода вроде бы наладилась, но бдительности я не терял, особенно на открытых участках. Я с облегчением выдохнул, когда мы без всяких приключений вернулись на базу. Туристы остались довольны. «Похоже, сезон можно считать открытым!» — подумал я, вспоминая вчерашние неудачи.

Остаток дня я чем только не занимался, лишь бы не думать о Нале. Для начала я убрал с пляжа мусор. Это уже вошло в привычку. Всего полчаса потраченного времени, зато сколько пользы! Чего только не выносило море на наш маленький пляж! На днях я нашел пару кроксов: один черный, другой белый. Выбрасывать не стал — шлепанцы оказались мне впору. «Очень удобные! — воскликнул я, пробуя их на ноге. — Самое то, чтобы колесить на велосипеде!»

Собирая мусор в черный мешок, я то и дело доставал телефон — посмотреть на часы. Минуты тянулись бесконечно. Прошла вечность, прежде чем часы показали шесть вечера. Но в шесть часов никто не позвонил. Не позвонили и в семь, и в восемь. Пятнадцать минут девятого, полдевятого — тишина. Мысли мои заметались, играя в чехарду.

Я уже терзался вопросом, не случилось ли чего, как без пятнадцати девять зазвонил телефон.

— Кошку можно забирать, — буднично сказал голос в трубке.

Тони подбросить меня не смог, поэтому я доехал на такси и попросил водителя подождать.

Только мне открыли дверь, как я бегом устремился в послеоперационную палату. Нала едва держалась на ногах и поначалу даже не признала меня. Я поблагодарил ветеринара, укутал Налу в одеяльце, сел в такси, и мы поехали обратно. Баюкая Налу на коленях, я не переставал удивляться, как же все-таки переволновался за нее.

Ветеринар предупредил меня, что Налу будет некоторое время тошнить, поэтому, вернувшись на базу, мы разместились на ночлег не в гамаке, а на полу. Очнувшись на полу, Нала быстрее сообразит, что к чему. А увидев мою физиономию, сразу поймет, что беспокоиться не о чем.

Я как в воду глядел. Только я лег рядом, как она тут же прижалась ко мне. Почувствовав себя в безопасности, Нала вскоре крепко уснула, а у меня, конечно же, сна не было ни в одном глазу — что оказалось и к лучшему! Налу дважды рвало на край подстилки. Я тут же подчищал за ней и приглядывал, пока она вновь не засыпала. «Это нормально, всего лишь реакция организма на анестезию», — успокаивал я себя, но все равно вздрагивал, стоило Нале дернуть ухом или издать какой-нибудь звук.

Под утро я наконец-то уснул, но проспал недолго. Открыв глаза, я увидел Налу. Анестезия, по-видимому, прошла: Нала пыталась выгрызть послеоперационные швы.

— Нала! Нет! — взвился я на ноги.

Нала зашипела, ясно давая понять, что со своими швами она разберется сама.

Такого я позволить, конечно же, ей не мог. Я тут же нашелся и сделал из каякерской панамы конусообразный воротник. Отрезав верхушку тульи, я натянул панаму на шею Налы — получилось идеально! Проведя около получаса в тщетных попытках достать швы зубами, Нала наконец угомонилась и уснула. Разбудил нас Тони. Он пришел готовиться к походу, но так и застыл на пороге.

— Господи! — выпучив глаза, воскликнул он. — Панама!

— Вычти из моего жалованья, — предложил я, на что Тони только рассмеялся.

Через несколько дней Нала оклемалась. Она пряталась в укромных уголках пещеры, меняя их в зависимости от времени суток и погоды. Если было жарко, она искала место попрохладнее, а если холодно — потеплее. Я же следил, чтобы еды и питья у нее было вдоволь. Как-то раз, наблюдая за Налой, я вспомнил известную истину: кошки сами себе доктора. И в самом деле, Нала будто бы и без меня знала, что ей надо делать. Если в обычный день Нала носилась по пляжу, гонялась за волнами и прыгала по скалам, то теперь она спокойно лежала и выжидала, когда организм окончательно восстановится.

Мне повезло — погода установилась слишком ветреная для походов, поэтому я мог посвятить себя целиком и полностью Нале. Между делом я обновил страничку в «Инстаграме». За последнее время случилось немало всякого, и мне было чем поделиться со своими подписчиками, следившими за нашими приключениями с живейшим интересом. Но в эти дни их больше всего заботила Нала. Желая им угодить, я загрузил множество новых фотографий со счастливой и здоровой Налой.

Количество подписчиков день ото дня росло. «Дейли мейл» и «Вашингтон пост» опубликовали статьи, которые подхватили и другие издания по всему миру. Сразу после этого я получил кучу предложений встретиться — писали в основном туристы с соседних островов.

Спустя несколько дней к нам на базу нагрянула семья из Швеции: родители с маленькой дочкой. Милейшие люди! Мы фотографировались и обсуждали подробности нашей с Налой жизни, наверное, минут десять!

Резвясь с Налой, девочка была на седьмом небе от счастья, благо моя спутница уже восстановилась и вернулась в прежнее игривое настроение. Глава семейства даже пытался угостить меня пивом, зазывая в пляжный бар неподалеку.

— А! Еще одно совпадение! — увидев нас, пошутил Тони.

Вскоре подошло время для очередного посещения ветеринара: еще в прошлый наш визит я записал Налу на объемный тест антител к бешенству. Без этих анализов кругосветное путешествие продолжалось бы до встречи с первым дотошным пограничником. Врач предупредил нас о бюрократической волоките, связанной с этим тестом, и посоветовал в долгий ящик не откладывать. Но с анализами пришлось повременить: сразу после операции кровь брать было нельзя. Тем более существовала вероятность, что без очередного наркоза взять анализ у Налы окажется невозможно.

Две недели минуло, я посадил Налу в переноску и отвез в клинику.

Я чувствовал беспокойство Налы. Она понимала, куда ее везут. Так часто мучить бедняжку было нехорошо, но ничего не поделаешь! «Лучше к путешествию подготовиться сейчас, — твердил я себе, — и забыть о ветеринарах на год, а то и на два». Все это, конечно, звучало убедительно, но я никак не мог отделаться от мысли, что поступаю неправильно.

В клинику добрались быстро. На этот раз я Налу не бросил.

Все мои надежды на то, что наркоз не понадобится, тут же рухнули. Увидев шприц, Нала превратилась в львицу. Она зашипела и почти до крови расцарапала ветеринару руку. Пока врач вводил анестезию, я как мог успокаивал Налу, придерживая ее за лапки. Вскоре она уснула. Как же мне было жаль ее!

Анестезия оказалась не такой сильной, как в прошлый раз, и уже через час я заполучил сонную Налу обратно. Но за этот час из меня всю душу вынули! И не единожды!

Сначала ветеринару не понравился паспорт Налы. Он показал его медсестре, поцокал языком и сделался лицом мрачен.

— В Албании ваш паспорт неправильно заполнили, — наконец объявил он.

— Неправильно?

— Да. Все прививки Налы недействительны. Надо переделывать.

Видели бы вы мое лицо в то мгновение!

— Да ладно!

Но прежде чем я успел окончательно расстроиться, врач и медсестра, что-то обсудив, нашли выход из трудной ситуации.

— Не волнуйтесь, — с улыбкой успокоила меня медсестра. — У нас есть контакты ветеринара: мы с ним созвонимся, он подтвердит, что прививки сделаны как надо, и перешлет нам новые документы.

— Лучше бы ему так и сделать, — выдохнув, отозвался я.

Только я отошел от первого потрясения, как тут же меня настигло второе. В кабинете появился лаборант. Подняв пробирки с кровью Налы к свету, он вопросительно взглянул на ветеринара.

— Что-то не так?

— Кровь очень мутная. Необычно. Наверное, Нала переволновалась, — успокоил меня ветеринар. — В любом случае, если что-то не так, тест обязательно все покажет.

— И как долго ждать результатов?

— Около месяца. Мы отправляем анализы в Афины.

«Слава богу! — выдохнул я с облегчением. — Хоть месяцок поживу спокойно!»

Несмотря на то что персонал клиники оказался высочайшего класса, я рад был их покинуть — все эти прививки, анализы, операции мне уже порядком поднадоели. Вернувшись на базу, я уложил Налу в небольшую картонную коробку, проложенную одеялом, и оставил отдыхать и набираться сил.

От наркоза Нала отходила два дня. Облюбовав правую часть пещеры, она пряталась то в одном укромном месте, то в другом.

Перед глазами у меня стояла картинка: Нала лежит на операционном столе — такая маленькая, такая уязвимая! То ли поэтому, то ли из-за чувства вины я старался угодить Нале во всем. Вел себя как отец, готовый выполнить любой каприз своей ненаглядной дочурки. Накупил Нале самой вкусной еды, какую только смог найти, и валялся с ней все свободное время, почесывая ей за ушком и прислушиваясь к ее благодарному урчанию.

Погода вскоре улучшилась, и мы снова начали ходить в море. Идея оставлять Налу на базе мне совсем разонравилась. Не то чтобы я не доверял Тони и команде, вовсе нет. Дело было в другом: мне не по душе было, что Нала скучала без меня дни напролет. Вдруг с ней что случится, а я в море!

Как только Нале полегчало, я съездил и купил ей спасательный жилет. Она была моим штурманом в дороге, так почему бы ей не стать им и в море? Когда Нала окрепла, я примерил на нее жилет и сделал несколько фотографий для «Инстаграма». В ярко-желтом жилете Нала выглядела потрясно! Подписчики тоже по достоинству оценили новый наряд.

Для первого круиза с Налой я выбрал самый безветренный день. Она уселась у меня в ногах: тельце — внутри каяка, в тепле и безопасности, а мордочка торчит наружу, чтобы не пропустить ничего важного. Завороженно озираясь вокруг, Нала любовалась видами и прислушивалась к музыке из баров на берегу.

Кошки не любят воду, и Нала — не исключение. Чтобы быстрее приучить Налу к морской стихии, я посадил ее на весло и оставил сидеть над водой. Деваться Нале было некуда. Поначалу она растерялась, а затем повернулась ко мне с немым вопросом: «Мужик, какого черта?»

Я вернул Налу в каяк, и мы отправились дальше. Уловка сработала: оправившись от первого потрясения, она уже не сидела на одном месте и, хоть и с опаской, передвигалась по каяку. Разумеется, брать Налу в поход каждый день было бы хлопотно, поэтому я придумал план Б.

В заботах о Нале я стал невероятно рассеянным. Вскоре после того, как Нала получила свою последнюю прививку, со мной приключилось первое несчастье: я умудрился потерять маленькую, но всемогущую камеру «ГоуПро». Она служила мне верой и правдой с тех самых пор, как я покинул Данбар.

Закрепив камеру на лбу, я частенько снимал свои велосипедные поездки. Однажды я взял камеру и в поход на каяках. Погода оставляла желать лучшего и совсем испортилась, как только мы вышли в море. К востоку от базы нас настигли сильные волны. Наивно полагая, что справлюсь, я продолжал грести, но расплата за самонадеянность долго ждать себя не заставила — каяк перевернулся.

Только я забрался в каяк, как вдруг, откуда ни возьмись, надо мной нависла двухметровая волна, и в следующее мгновение меня накрыло. Пропажу я обнаружил не сразу. Но когда я заметил, что камеру смыло, нервы раньше времени решил себе не портить. «В конце концов, камера тяжелая и в водонепроницаемом чехле, — подумал я, — Только море успокоится, я обязательно разыщу ее — благо тут неглубоко». Как же я ошибался! Два дня я прочесывал дно, но все без толку!

Не собираясь мириться с потерей, я организовал еще одну поисковую экспедицию во главе с Налой. Но я так переживал за свою спутницу, что начисто забыл про себя. Моя белая шотландская кожа слишком чувствительна для греческого солнца, и перед каждым походом я с ног до головы обмазывался солнцезащитным кремом с мощным защитным фактором. Но в тот раз о креме я даже не вспомнил и на протяжении целого часа нырял с маской в воду, подставляя спину и шею под лучи солнца.

Расплачиваться за неосмотрительность пришлось тем же вечером. Я вдруг почувствовал себя так, словно меня переехал автобус. Голова закружилась, затошнило — да так сильно, что пару раз даже вырвало. Из меня точно выкачали всю энергию. Все, что я мог, — это лежать в гамаке и не двигаться. Однажды в Таиланде я уже пережил нечто подобное, и теперь история повторялась. Сомневаться не приходилось — это был солнечный удар.

Заметив, что мне нездоровится, Тони тут же накачал меня таблетками и водой.

— Пару дней отдохни, — сказал он, не обращая внимания на мои слабые протесты.

Наутро я вылез было из гамака, чтобы подготовить снаряжение к походу, но Тони чуть ли не силой уложил меня обратно.

— Пока не поправишься — даже не думай!

Нехотя, но я повиновался. «Не каякерская база, а корабельный лазарет какой-то, ей-богу! — подумал я. — Ну вот, настала очередь Налы нянчиться со мной». Со своими новыми обязанностями Нала справлялась на ура. Она выздоровела и теперь не пряталась по углам, а лежала рядом со мной, точно приклеенная: сворачивалась калачиком, лизала лицо и урчала. Чувствуя мое недомогание, Нала ни на шаг не отходила. Компания Налы была как нельзя кстати, потому что худшее, как оказалось, поджидало меня впереди.

Лихорадка вскоре отступила, но не успел я опомниться, как воспалилась левая нога. Я думал, с ума сойду — так она чесалась! Сначала я все списал на солнечный удар, но затем, пораскинув мозгами, решил, что меня все-таки укусила какая-то местная тварь, а ранка загноилась. Я закинулся болеутоляющими и антигистаминными, но они не помогли. Кожа на ноге побагровела. А через пару дней нога закостенела, да так, что не разгибалась, и ступить на нее было невозможно. Я чувствовал себя, точно Долговязый Джон Сильвер, только прыгать на одной ноге мне приходилось без костыля. Вскрыв аптечку первой помощи, я, к своему разочарованию, полезного ничего не обнаружил.

Тони прибыл на следующий день. Глянув на мою ногу, он отчитал меня, как ребенка.

— О каяках можешь забыть. Едем в больницу.

Тони запер базу, и мы отправились в путь. Я и не предполагал, что все окажется так серьезно! Только мы приехали в больницу, как меня сразу поместили в маленькую палату, поставили капельницу с антибиотиками и оставили дожидаться врача. Прошло несколько часов: я утомился, у меня болела спина.

— Это не инфекция, — сказал врач. — Больше похоже на аллергическую реакцию. Ко всему прочему вы обезвожены.

Назначив антибиотики и прописав постельный режим, врач меня отпустил.

Слушать их и отлынивать от работы я больше не собирался. Поболел — и хватит! Завтра же возглавлю поход на каяках!

Нала думала иначе. Кошки знают, что ты болен, и без анализов. Я даже читал, будто кошки умеют предугадывать эпилептические припадки у хозяев. Едва моя голова коснулась гамака, Нала возникла рядом. Запрыгнув ко мне, она прижалась и замерла, тихонько урча. Вот откуда ей было знать, что сейчас мне, как никогда, нужны забота и внимание?

Болеть я не умею совершенно. Мои родные в Шотландии знали это не понаслышке.

Раны, синяки, грипп или простуда — я жил, совсем не обращая на них внимания. Я мог играть в регби до тех пор, пока кто-нибудь не сломает мне ногу. Согласен, все это безрассудное ребячество: строишь из себя не пойми кого, стараясь выглядеть как терминатор, но ничего с собой поделать я не мог. За примером далеко ходить не надо: стоит вспомнить только тот прыжок с моста в боснийском городке Мостар. Мне бы лежать тогда и ждать, пока колено не заживет, но нет же! Я взял и сбежал. Хорошо хоть обошлось без последствий. А ведь мог бы остаться хромым до конца жизни!

Лежа в гамаке с Налой под боком, я обдумывал свое положение. Каждая клеточка моего тела желала вскочить и чем-нибудь заняться: я не из тех, кто отлынивает от работы, сложа руки сидеть не умею. «Но с другой стороны, зачем Нале и Тони нужен помощник на костылях? — подумал я, вдруг осененный трезвой мыслью. — Тони меня и близко не подпустит к работе! Ослушавшись доктора, я сделаю всем лишь хуже».

Я вспомнил, как Нала, спрятавшись, сосредоточенно занималась самоисцелением. Может, это и глупо, но почему бы и мне не последовать ее примеру? Дам телу хоть разочек в жизни восстановиться как следует!

Только я принял для себя это важное решение, как из-за угла выглянул Тони и спросил:

— Ну как наш больной?

— Больной взял бы пару дней отдыха.

Тони удивленно сморгнул и переспросил:

— Уверен? На тебя не похоже.

— Да. Сам подумай, какой толк от одного каякера?

— Лады. Но кто этот гений, что вправил тебе мозги? — спросил Тони, до сих пор не веря своим ушам. — Врач?

— Нет, не врач, — опустив глаза и пожав плечами, уклончиво ответил я.

Не мог же я ему признаться, что этот подвиг совершил шестимесячный котенок! Должна же была во мне остаться хоть капелька самоуважения!

12

Человек-Паук Санторини

К лету мы окончательно обжились на Санторини. Эта простая жизнь на пляже Акротири подходила нам как нельзя лучше. С ужасом я вспоминал рабочий день в Шотландии: непрекращающийся кошмар наяву с шести утра до четырех вечера. На Санторини я тоже много работал, но и зажигал не меньше. Остров славился своими тусовками, и я отрывался как мог. Нала тоже, казалось, была довольна своей жизнью на берегу моря. Не нравилась ей, как, впрочем, и мне, жара. Двадцать семь градусов — обычная температура в это время года для Санторини. А после полудня столбик термометра запросто поднимался и до тридцати.

Перегрев опасен не только для людей, но и для кошек. Памятуя про свой недавний солнечный удар, я тщательно оберегал Налу от солнечных лучей. Даже залез в Интернет и вычитал полезный совет: оказывается, кошкам нужно обязательно мазать уши и нос специальным солнцезащитным кремом — эти нежные места сгорают в первую очередь. По той же причине я отказался и от идеи часто брать Налу в походы. Короткие вылазки — еще куда ни шло. Но трех-, четырехчасовые экспедиции, как бы мне ни хотелось, — нет.

Это не значит, что я меньше стал переживать за Налу. Если я выходил в море один, меня преследовали одни и те же мысли: интересно, что там на базе? А много ли народу на пляже? Не шастает ли кто вокруг базы? А в безопасности ли Нала прямо сейчас? Ко всему этому у меня творилась полная неразбериха в «Инстаграме».

За нашими приключениями следило почти пятьсот тысяч человек со всего света: от Канады и США до Польши и Бразилии. Среди подписчиков было очень много туристов, отдыхающих на греческих островах. И если раньше предложения с просьбой встретиться поступали лишь изредка, то теперь подобные сообщения приходили по два раза на дню. Я старался угодить всем, но иногда это было не так-то просто. Пару раз случилось так, что люди, нагрянув без предупреждения, ушли ни с чем. Один раз потому, что я готовился к выходу в море, а второй — потому, что я уже был в море. Вернувшись после похода, я узнал, что подписчики не дождались нас и ушли огорченные.

У меня кошки на душе скребли. Чтобы повидаться с Налой, люди преодолевали немалые расстояния, некоторые ехали с другого конца острова. Но иначе я не мог: Харис и Тони взяли меня на работу не для того, чтобы я прохлаждался. Я не хотел злоупотреблять их добротой и доверием. Достаточно было тех отгулов, что я взял, чтобы оправиться после солнечного удара и воспаления на ноге. Нечестно я поступал и по отношению к Нале.

Люди, приходившие повидаться с Налой — те, кому, конечно же, это удавалось, — были очень славными. Обычно мы болтали, а затем фотографировались. Некоторые приглашали выпить. Компания девушек из Великобритании и Австралии даже вытащила меня в город. Наше приключение закончилось в тату-салоне, где мы накололи одинаковые ананасы на лодыжках. Та еще выдалась ночка!

В голове не укладывалось, как наша встреча с Налой могла тронуть сердца стольких людей! Помимо электронных писем, сообщений, предложений от издателей, агентов и журналистов, в местное отделение почты приходили посылки со всего мира. Большинство из Америки с пометкой «Для Дина и Налы на остров Санторини». Чего в них только не было! От игрушечных мышей, колокольчиков, поводков до деликатесов и кошачьей мяты — в общем, все кошачьи лакомства, известные человеку!

Однако и тут оказалось не все так радужно, как мне бы хотелось. Посылки, прибывавшие в Грецию, облагались налогом. И чтобы получить такую посылку, я каждый раз должен был раскошелиться. Это напоминало лотерею: никогда не знаешь, что ждет тебя внутри. Однажды я заплатил пятьдесят евро за маленькую коробку, чтобы обнаружить в ней палку с перышком на конце.

Но было грех жаловаться! Щедрость людей потрясла меня до глубины души. Пока есть люди с такими большими сердцами, с этим миром все будет в полном порядке! Тем не менее мне пришлось остановить этот аттракцион неслыханной щедрости. Я попросил подписчиков отправлять свои пожертвования в местные приюты для животных. Объяснить мой поступок довольно просто: взять все дары с собой в дорогу невозможно, разве что мне подарят зоомагазин на колесах.

Люди нас обожали — это расхолаживало, но я старался не сбиваться с намеченного курса. Я хотел использовать нашу популярность во благо. Нести при помощи ее в этот мир добро. Сказано — сделано! К моей радости, в мае начали наклевываться интересные предложения.

На солнечном острове Санторини, словно сошедшем с картинки, не все было идеально. Когда в один из своих выходных я приехал познакомиться с Фирой, мне открылась темная сторона Санторини. Я стоял на смотровой площадке и наслаждался видом на кальдеру. Внизу, у подножия отвесных скал, сновали лодки, высаживая и забирая туристов. Вдруг я заметил вереницу ослов, с трудом поднимавшихся по дороге по крутым скалам в город. На спинах животных расселись туристы, безжалостно подгонявшие бедняг в гору. На одном сидел такой увалень, что осел, весь обливаясь потом, казалось, даже дышал через раз. Еще чуть-чуть, и седок мог бы сломать ему хребет! Какого черта он взгромоздился на несчастное животное? Есть же фуникулер! Да и не инвалид с виду — мог бы и ножками подняться!

После этого случая я не мог не присмотреться к жизни ослов на острове. В основном их запрягали в телеги для фермерских нужд, но много было и бродячих: они либо гуляли по полям, либо шатались по дорогам. Поискав информацию в Интернете, я вычитал, что брошенных ослов некогда использовали в качестве туристического такси. На протяжении всего сезона эти ослы работали семь дней в неделю от заката до рассвета. И конечно, такой адский труд не проходил для них бесследно: рано или поздно они заболевали. Больше всего страдали суставы, спина и ноги. Если осел становился непригоден, его бросали на произвол судьбы.

Именно поэтому, когда Люция из организации «Стирайл» предложила мне посетить САВА — ассоциацию защиты животных Санторини, я с радостью согласился. Мы отправились за город. Оказалось, что организация помогает не только старым брошенным мулам и ослам, но и бездомным собакам. Собак в клетках было не счесть. Я сразу заприметил вольер с пойнтерами. Эту породу я полюбил еще в детстве. У нас в семье даже был один, по кличке Тил. Не удержавшись, я забрался в вольер. Весь разговор с Люцией и добровольцами, а он продолжался не один час, я резвился с шестью пойнтерами.

Среди добровольцев была молодая гречанка из Афин, по имени Кристина. Она рассказала, что организацию основал ее босс еще в начале девяностых годов. Добровольцы спасали жизни бездомным кошкам, собакам, ослам, мулам, но не отказывали и другим животным. Так, например, недавно у них появились две свиньи и даже кое-какой домашний скот. Бездомных животных они либо кастрировали, либо стерилизовали, затем лечили, прививали и подыскивали им дом. Иногда удавалось пристроить животных в Греции, а иногда и за границей. Самые большие трудности у добровольцев возникали с греческим правительством. Власти не особенно интересовались бездомными животными, поэтому добровольцы из САВА от государства не получали ни гроша. Они нуждались в помощи, как никогда: зимой очень сильно пострадало главное здание приюта.

Я был поражен и восхищен увиденным. Вернувшись вечером на базу, я решил, что все должны узнать, каким нужным и полезным делом, не жалея ни времени, ни сил, занимаются добровольцы из САВА. Ни на что особо не надеясь, я опубликовал в «Инстаграме» заметку с просьбой помочь организации произвести ремонт в приюте. Вечера мы с Налой проводили на пляже, собирая мусор. На следующее утро я получил сообщение от Кристины: она просила проверить «Инстаграм».

Произошло что-то невероятное. Люди отреагировали молниеносно. За ночь мы собрали несколько тысяч евро. Этого с лихвой хватало на оплату всех работ.

Поначалу Кристина слов не находила, чтобы выразить благодарность. Да и я, признаюсь, открыл рот от изумления. Конечно, я помнил, как собирал деньги на лечение Балу, но тут был совершенно другой масштаб. Теперь я понял, какое огромное влияние могу оказывать на умы людей — это одновременно и пугало, и захватывало дух. «С такими вещами шутки плохи — надо быть осторожнее», — думал я.

Я добрался до того уровня популярности, когда тебя наперебой просят что-нибудь разрекламировать. Чего мне только не предлагали! Бесплатное проживание в гостиницах, еду, экскурсии и морские круизы! Предложения я получал в основном от греков, но приходили и запросы из других стран. Один парень обещал мне баснословные деньги, несколько тысяч фунтов стерлингов, за рекламу тура по Грузии. Мы должны были проехаться с этим парнем по определенным местам и переночевать в указанных им гостиницах. Ну и разумеется, показать все это своим подписчикам в «Инстаграме».

Побывать в Грузии я хотел давно. Грузия как раз лежала на пути к Каспийскому морю, от которого я собирался ехать по Великому шелковому пути в Центральную Азию. Но я не согласился. Все это казалось мне нечестным. Что, если эти места окажутся невероятно дорогими и недостойными внимания моих подписчиков? Не могу же я расхваливать то, что мне не нравится! Заниматься рекламой я категорически не желал. Мне хотелось делиться с людьми тем, что меня действительно трогало за душу.

К тому времени я очень сдружился с Тони и мог говорить с ним о чем угодно. Однажды вечером мы пили пиво. С нами сидели два друга Тони. Вся компания с участием слушала мои излияния. А один из друзей, Ник из Афин, внимал ну очень уж азартно. Он не переставая улыбался, будто ему было что сказать. Наконец его звездный час настал, и он тут же спросил меня:

— Наверняка ты знаешь Арахноса. Как там у вас величают его? Человек-Паук? — усмехнулся Ник.

— О чем это ты? — озадаченно глянув на него, переспросил я.

— Ну, Человек-Паук! Не знаешь, что ли? Комикс про Питера Паркера! Помнишь его самую известную фразу: «С великой силой приходит великая ответственность!»

Тут я разразился смехом.

— Не, я тебе точно говорю! Теперь ты Человек-Паук Санторини!

Чуть погодя до меня дошло, что не так уж он был и не прав. Ник, конечно, слегка преувеличил, но в общем и целом попал прямо в яблочко. Со злодеями я не сражаюсь, пленников не вызволяю, ну а так очень похоже! Мне постоянно приходится решать: кому помогать, а кому нет; какой возможностью воспользоваться, а от какой отказаться. За каждый свой шаг я в ответе. Портить себе кровь постоянными мыслями о правильности того или иного поступка мне не хотелось, но я, как минимум, хотел оставаться честным по отношению к самому себе.

Тем же вечером я отказал парню из Грузии.

Когда дело касалось защиты животных или окружающей среды, я, не задумываясь, отвечал «да». Более того, идея сбора средств на благотворительность назревала у меня в голове давно, и я активно начал воплощать ее в жизнь.

Следующие выходные я провел в городке Мегалохори, что в нескольких километрах от Акротири. Там я познакомился с Галатеей, державшей гончарную мастерскую. Я всегда мечтал научиться делать глиняную посуду, а Галатея любезно согласилась мне помочь. Под ее чутким руководством я сделал четыре довольно-таки красивые миски с оттисками лапок Налы.

Заручившись от Галатеи благословением, я устроил среди подписчиков лотерею. Заплатив один фунт стерлингов, участники получали шанс выиграть одну из мисок с лапой Налы. Победители определялись жеребьевкой, а вырученные деньги направлялись на благотворительность.

Из головы у меня не шли Люция и организация «Стирайл». Когда мы с Налой только прибыли на остров, она здорово нам помогла! Такой доброты я не ожидал. Если бы не Люция, я никогда не познакомился бы с Кристиной из САВА. «Надо придумать, как бы ее отблагодарить!» — напряженно думал я вот уже какой день.

Но выдумывать мне ничего не пришлось. Возможность отблагодарить Люцию подвернулась нежданно-негаданно сама собой.

Отправляясь одним майским утром в море, я заметил вдалеке у скал женщину. Она увлеченно фотографировала, но что именно — разглядеть я не мог.

Когда я вернулся четыре часа спустя, на том месте стоял уже мужчина и оживленно разговаривал по телефону. Любопытство взяло верх, и я подошел.

Два крохотных котенка, один черный, второй рыжий, жались друг к другу у скал.

— Они тут весь день, — сообщил мужчина.

Котята вряд ли были одного помета — слишком уж окрас разный. Ни на что особо не надеясь, я поискал их мать. Не обнаружив ее следов, я подхватил малюток — оба котенка уместились на ладони — и понес их в пещеру. Котята были даже меньше Налы, когда я впервые ее повстречал.

Видели бы вы реакцию Налы! От ее взгляда мне под землю захотелось провалиться: столько в нем было презрения! Меня снова записали в предатели. Она даже зашипела, когда я попытался ее погладить. «Защищает территорию, — подумал я. — Ее право. Ну ничего, стерпится — слюбится!»

Впереди меня ждали трудовые будни, поэтому долго нянчиться с котятами я не мог. Я позвонил Люции. Она пообещала пристроить котят к кому-нибудь из островитян, пока мы не найдем им постоянных хозяев. Но к нашему разочарованию, места для котят ни у кого не нашлось. Люция пообещала обязательно пристроить котят, если только я смогу подержать их у себя еще несколько дней. Она очень рассчитывала на некую Марианну, которая всегда была готова приютить бездомных котов и кошек.

Не теряя времени даром, я сфотографировал котят, разместил снимки в «Инстаграме» и указал контакты Люции. После этого я свозил котят к ветеринару в Фиру, где им сделали профилактику против глистов и блох.

Все происходило точь-в-точь как тогда в Черногории, когда я впервые привез Налу к ветеринару. Врач осмотрел котят и сказал:

— Здоровы. Четыре или пять недель от роду. Рыжая — девочка. Черный — мальчик. Для регистрации нужно дать им клички.

Не желая нарушать традицию, я взял имена из мультфильма «Король Лев»: девочку назвал — Киара, а мальчика — Кову.

Стоило только нам вернуться в пещеру, как они тут же учинили разгром. Энергия у Кову била через край. Он везде совал свой нос и этим напоминал мне маленькую Налу. Да и страха Кову, как и Нала, совсем не ведал. В той части пещеры, которая служила Тони офисом, он облюбовал черное кожаное кресло. Котенок частенько засыпал в кресле, в вечернем сумраке совершенно сливаясь с черной кожей. Только чудом Тони не раздавил котенка! Киара же, напротив, оказалась тихой, застенчивой и не упускала ни единой возможности поспать.

Не прошло и двух дней, как Нала сменила гнев на милость и подружилась с котятами. Теперь она постоянно играла с Кову и Киарой. Больше всего им нравилось путаться у нас под ногами, гоняясь друг за другом по всей пещере.

Вскоре мне позвонила Люция и сказала, что кто-то из моих подписчиков откликнулся и готов забрать котят в Германию. Эти люди даже пообещали сами разобраться со всей бумажной волокитой, необходимой для транспортировки котят через всю Европу.

— Нам повезло, что их забирают вместе, — сказала Люция, но прозвучало это как-то грустно.

— Что-то не так?

— Марианна, пока оформляются документы, хотела бы взять котят к себе, но все вольеры у нее заняты, а новый некому собрать. Как думаешь, сможешь подыскать нам добровольцев?

«Ага! — воскликнул я. — Моя возможность отблагодарить Люцию!» И вот, наверное, в один из самых жарких на моей памяти деньков острова Санторини я посадил Кову и Киару в переноску Налы и отправился на белоснежную виллу на окраине города Фира. Марианна оказалась гречанкой лет сорока. По-английски Марианна знала всего несколько слов, но даже без них было ясно, что она добрейшей души человек. В доме, в саду — кругом ползали кошки, коты и котята. Некоторых жизнь так потрепала, что смотреть на них было больно. «А какие тощие! — думал я, озираясь вокруг. — Ну, по крайней мере, сейчас они в безопасности!»

Марианна провела меня на задний дворик и показала уложенные на траву части вольера. Оценивающим взглядом я посмотрел на все это добро. Судя по всему, должна была получиться металлическая конструкция с сетчатыми стенами. Для нового вольера Марианна даже купила игровую секцию, когтеточки и всякие игрушки. Кое-где, конечно, придется поднапрячься, чтобы соединить одно с другим, ну а так ничего сложного.

К счастью, Люция подыскала мне пару помощников. Это были туристы из Лондона, возрастом чуть постарше меня. К четырем часам мы уже собрали каркас и установили сетчатые стены. Англичане засобирались в дорогу, и вскоре мы с ними простились. Внутренним обустройством вольера я занимался уже самостоятельно. Не успел я закончить, как прибежали новоселы. Кову и Киара мгновенно обжились и весело носились по вольеру в лучах заходящего солнца.

Марианна от всей души благодарила меня: усадила в тени дерева и угостила пивом. Даже не пытаясь преодолеть языковой барьер, мы молча сидели и любовались новым вольером. Мы прекрасно понимали друг друга без слов.

Я радовался, что помог Марианне, а также всем тем бродячим котам и кошкам, которые найдут здесь приют. «Похоже, я на верном пути!» — подумал я, надеясь, что мои поступки послужат хорошим примером для подписчиков.

— Человек-Паук гордился бы мной, — вдруг сказал я и поймал удивленный взгляд Марианны.

Хорошо, что она ни слова не поняла!

13

Расставания

Только в окнах пещеры показались первые лучи солнца, как раздался лязг открываемых замков и кто-то вошел.

— Проснись и пой! — услышал я голос Тони, преисполненный сарказма.

Предыдущим вечером мы с ним допоздна засиделись в баре. Я знал, что ему так же тошно, как и мне. Промычав в ответ что-то невнятное, я вылез из гамака. Щурясь от яркого света, увидел, как Нала потрусила к полуоткрытой двери совершать свой туалет. Обычно я тоже не против вдохнуть с утра свежего морского воздуха, но в тот день мне хотелось лишь одного — плюхнуться обратно в гамак. Предоставив Тони возможность следить за Налой, я подошел к плитке в дальнем углу и занялся приготовлением очень крепкого кофе.

Чтобы воскреснуть, мне понадобилось около пятнадцати минут. Затем, осторожно ступая, я перетащил себя на пляж. Солнце, неумолимо поднимавшееся на востоке, уже прогрело воздух до двадцати градусов, не меньше.

Не обнаружив Налы в ее любимом месте на скалистом берегу, я вернулся на базу. Миска с едой, оставленная на ступеньке при входе в пещеру, так и стояла нетронутая. Я вернулся и проверил все укромные места, но Налы нигде не нашел. «Пропустила завтрак? Это что-то новенькое!» — озадаченно подумал я.

Я побрел искать беглянку по пляжу, то и дело окликая ее. Нала удирала — такое случалось: не раз и не два я находил ее в тени какой-нибудь скалы. На пляже у Налы было полно любимых мест для игр, и я обшарил их все, но безуспешно. Я не знал, что и делать. Никогда Нала еще не исчезала так надолго, особенно с утра. Может, кто-нибудь из ресторанчика угостил ее чем? Официанты души в ней не чаяли и постоянно чем-нибудь подкармливали, когда я останавливался пропустить стаканчик или перекусить. Ей запросто могли вынести целую тарелку рыбы, запеченной на гриле.

«Ну все, хорош волноваться зазря, — приказал я себе. — Наверное, нашла развлечение. Наиграется — вернется!»

К тому времени уже пришла остальная часть нашей команды. Их дорога от автостоянки до базы пролегала через весь пляж. Я надеялся, что кто-нибудь из них по пути заметил Налу у одного из ресторанчиков. Я допросил всех, но ребята лишь удивленно хлопали глазами и пожимали плечами.

Сонливость как рукой сняло. Я едва сдерживался, чтобы не поддаться панике. «Все в порядке, все в порядке... — приговаривал я. — Нала выросла, чувствует себя независимой, вот и убежала по своим делам. Проголодается — вернется!» С такими мыслями я пошел трудиться.

К девяти часам я места себе не находил. Меня мутило от страха. «Целый час прошел! Ни слуху ни духу! — сокрушался я. — Что-то тут не так». Пляж потихоньку заполнялся людьми: кто-то прогуливался — вдоль берега шел парень с огромным лабрадором, а кто-то плавал — в воде виднелись две головы.

Тони, уезжавший куда-то по делам, наконец-то вернулся. Заметив мою тревогу, он тут же предложил помощь. Мы еще разок прочесали пляж, перепроверили все любимые места Налы. Ничего. В конце пляжа чернела большая пещера. Забравшись по скалам внутрь, мы обыскали пещеру с фонариком, но и там следов Налы не нашли.

Не раз я с замиранием сердца наблюдал, как Нала карабкалась на скалы, нависавшие над пляжем. А однажды, убегая от собаки, она таки добилась своего и полетела оттуда вверх тормашками. Я тогда не на шутку перепугался, но инстинкты Налу не подвели, и она не разбилась. Что ж, еще одной жизнью меньше. Итого осталось семь.

Мы с Тони забрались на эти скалы и принялись прочесывать густую траву. Я тешил себя надеждой, что Нала где-то пригрелась на солнышке и потеряла счет времени. Но все, что мы обнаружили, — пустые бутылки и мусор. В любой другой ситуации я принялся бы убирать этот бардак, но в то мгновение мои мысли занимала лишь Нала.

Больше всего я боялся, как бы Нала не выбежала на дорогу, что была в тридцати метрах от края скалы. Дорога по утрам особенно оживлялась: туристов везли на паром, чтобы они не опоздали на самолет в аэропорту Афин. Мое разыгравшееся воображение уже вовсю рисовало картинки одна ужаснее другой. «А вдруг она попала под колеса автобуса? — с замиранием сердца накручивал я себя. — Нет, не может быть! Такое отважное и находчивое существо, как Нала, поискать надо! Это я еще не знаю, что ей пришлось пережить в горах Боснии! Куда бы Налу ни занесло — с ней все будет в порядке. Она сама может позаботиться о себе!»

Далее мы с Тони приступили к обходу местных баров и ресторанчиков. Осматривали мы все досконально, заглядывая даже в туалетные кабинки. Но и там нас постигла неудача. Поднялись и к виллам, что аккуратно белели на склоне холма. Опросили местных. Я даже достал телефон и показал фотографии из «Инстаграма». Но жители лишь сочувственно качали головой. Некоторые спрашивали, где мы остановились, и обещали посматривать, не появится ли Нала поблизости.

На часах девять тридцать. Нала отсутствовала уже полтора часа. «Еще ни разу она так надолго не пропадала», — переживал я, чувствуя, как к горлу подкатывает тошнота. Я готовился к худшему. Я всегда знал, что день, когда она меня покинет, рано или поздно наступит. «Нала не моя пленница, — пытался я себя утешить. — И никогда не была. Она свободная натура! Поверив в свои силы, она осмелела и отправилась в свое путешествие, вот и вся история». Но я все равно отказывался верить в это. От этих мыслей у меня волосы дыбом становились. «Ладно, я как-нибудь, да переживу наше расставание, — думал я, а мои думы снова и снова возвращались в прежнее нерадостное русло. — А если она все-таки поранилась или пострадала из-за моей халатности? Я себе этого никогда не прощу!»

Через пятнадцать минут, около десяти часов — позже, чем обычно, — мы должны были уже рассесться по каякам и отправиться в поход. Без Налы никакой поход мне и даром был не нужен.

Тони, полностью разделявший мое беспокойство, пообещал меня подменить, чтобы я мог продолжать поиски. Тони наверняка чувствовал себя виноватым, хотя я так, конечно же, не думал. Нала каждый день убегала заниматься своим утренним туалетом, и никто за ней не присматривал.

Следующие пять минут, совсем отчаявшись, я брел куда глаза глядят. Кажется, я проверил все места, какие только возможно! «Как же легко наш разум поддается панике», — вдруг подумал я, обнаружив себя на задворках баров и ресторанчиков. Мне пришла безумная мысль, что кто-то нашел Налу мертвой или раненой и вышвырнул ее в мусорный бак. К счастью, и эта догадка не подтвердилась.

Я уже было направился к следующему ряду ресторанчиков, как вдруг мое внимание привлекло что-то в островке высокой травы. Мы с Тони проходили тут и раньше, но ничего не обнаружили. Я двинулся к этому травяному островку. Мелькнула черная шерстка, а затем и серая с коричневым. Послышались звуки кошачьей возни. А может, даже и драки!

— Нала! — крикнул я и побежал.

С гулко ухающим сердцем, задыхаясь, я ринулся в траву. На многое я не надеялся: на острове было полно бродячих котов и кошек.

Как же свободно я вздохнул! А как глубоко и полно! Перед моими глазами была Нала собственной персоной и черный тощий котенок ее возраста. Они возились и скакали друг через друга. Им определенно не было дела до окружавшего их мира. И когда они успели подружиться? Как? Где? На эти вопросы ответа знать я не мог. Известно мне было лишь одно: если бы я не отыскал Налу, она резвилась бы с этим чернышом все утро. А я тем временем с ума сходил!

Но я так был рад видеть Налу, что ворчать на нее совсем не хотелось. В конце концов, я сам виноват: нечего лениться и валяться. Увидев меня, Нала тут же оставила приятеля и пружинисто потрусила ко мне с таким видом, будто мы расстались минуту назад. Я обнял ее так крепко, как никогда раньше еще не обнимал.

К тому времени как мы спустились на пляж, я успел поцеловать Налу не меньше сотни раз. Тони, увидев нас, вскинул руки жестом олимпийского чемпиона во время вручения медалей. Он улыбался, но на нем лица не было. Парень явно переволновался, хотя виноват он, конечно же, ни в чем не был.

— Я бы себе не простил, если бы с Налой что-то случилось! — признался он, когда мы подошли.

Первая группа туристов уже дожидалась нашей отмашки. Я поспешил за снаряжением, но Тони остановил меня.

— Передохни, утро выдалось напряженное, — улыбнулся он.

— Спасибо, — улыбнулся я в ответ. — Ценю!

Нала поела и свернулась клубком на любимой ступеньке, с которой открывался вид на море. Я сидел рядом и поглядывал то на нее, то на Тони, уже отправлявшегося с туристами в море, а мои мысли тем временем как сумасшедшие перескакивали с одного на другое.

Разыгравшаяся этим утром драма была лишь первым звоночком. Дальше будет хуже. На Санторини я провел уже три месяца с лишним. День ото дня моя жизнь на острове менялась, и не сказать, что эти перемены мне нравились. «Время двигаться дальше, — подумал я. — И причин тому много».

Во-первых, я хорошо проводил на острове время. Ну то есть уж слишком хорошо. Остров славился вечеринками, особенно в летнее время, а тусоваться я любил. Не злоупотребляй я развлечениями острова, ни за что бы не потерял Налу! А ведь непоправимое могло случиться запросто!

Во-вторых, обстановка в школе изменилась не в лучшую сторону. Главной проблемой стала текучка. Инструктора приходили и уходили. Это были совершенно разные люди, не всегда дружелюбно настроенные. Попадались ленивые, слишком занятые собой личности, а работать с такими особенно тяжело.

В-третьих, через месяц после старта сезона у двух инструкторов пропали ценные вещи и деньги. Что Тони мог сказать на это? Издержки профессии: место людное, на пляже отдыхают туристы, как тут застрахуешься? А база далеко не Форт-Нокс! Вскоре настал и мой черед кусать локти. Я вернулся на базу и не обнаружил дрона. Как я горевал!

Я переговорил с Тони, он обратился в полицию и написал заявление. Судя по всему, полиция никого не нашла: никаких вестей от них так и не поступило. Эта кража только усилила мое желание вернуться на трассу.

Конечно, мной двигали не только отрицательные эмоции. Взять хотя бы «Инстаграм».

Он просто разрывался от количества подписчиков: мы приблизились к отметке в пятьсот пятьдесят тысяч! Один американец, кстати очень предприимчивый, приехал повидаться со мной и Налой и за пивом с ходу задал вопрос, которым прямо-таки меня огорошил.

— А почему ты не ведешь видеоблог на «Ютьюбе»? Парень, отправившийся с котенком в кругосветку, — что может быть интереснее?

Не в бровь, а в глаз! Видеозаписей у меня, конечно, набралось много, но для поддержания канала на плаву их недостаточно. Нужен материал! А чтобы он появился, нужно ехать, наверстывая упущенное время и километры. Впереди еще столько неизведанных стран и культур!

Встреча открыла мне глаза: я упускал возможности, дарованные судьбой, и это была четвертая причина.

Кристина из САВЛ, узнав, что мы скоро уезжаем, опубликовала в Интернете сообщение, тронувшее меня до глубины души: «Доброго пути, Дин и Нала! Теперь у обездоленных животных по всему миру появились настоящие защитники, которые могут изменить все в одну минуту».

«Сделаю все возможное», — подумал я, чувствуя, что после этих слов нельзя оставаться на месте.

И последней, но не менее важной причиной стала дружба с Тони. Мне казалось, что я злоупотребляю его добротой. Нала и «Инстаграм» отнимали много времени: у меня не получалось отдаваться работе на все сто, и это угнетало. Когда я отправлялся в море, Тони и другие инструктора вынуждены были принимать посетителей Налы. Я не мог постоянно просить его об одолжениях, если хотел сохранить нашу дружбу. А я, кстати, очень дорожил ею.

Поэтому однажды вечером, убрав каяки после трудового дня, я взял из холодильника две баночки пива и подсел к Тони.

Хоть Тони и чувствовал, что мой отъезд не за горами, тем не менее эти новости дались ему нелегко.

Изначально мы договаривались, что я проработаю до сентября, но в тот вечер я попросил отпустить меня, как только появится первая возможность. В школе не хватало инструкторов, и в беде я бросать Тони не собирался. Я пообещал остаться, пока он не подыщет мне замену.

Между делом я запланировал переправу на пароме в Афины, а оттуда в Турцию, которую я решил сделать отправной точкой для моего путешествия по Малой Азии и Дальнему Востоку. Также я связался с ветеринаром, чтобы привести все бумаги в порядок. Результаты общего анализа на антитела оказались хорошими, а мутная кровь Налы никого в Афинах, похоже, не насторожила. Трудности с неправильно заполненным в Албании паспортом разрешились, и теперь все штампы о сделанных Нале прививках стояли как надо. Ну а обязательный общий осмотр перед отъездом Нала прошла с блеском.

Напоследок мы с Тони как следует повеселились пару ночей, а затем я засобирался в дорогу. Наконец все было готово, я попрощался с пещерой, пляжем и Тони. Пообещав друг другу оставаться на связи, мы простились. Я помахал Тони, ни секунды не сомневаясь, что мы обязательно еще встретимся.

Последнюю ночь на Санторини мы с Налой провели в маленькой вилле с видом на кальдеру. «В конце концов, поработали мы на славу! Можно иногда и побаловать себя», — рассудил я и принял великодушное предложение увидеть роскошную часть острова, неподалеку от городка Ия.

Всего на острове мы пробыли три месяца, а знаменитых закатов Санторини я так еще ни разу и не видел толком! А все потому, что база находилась на южной части острова, вблизи Акротири, и ее затеняли восточные холмы. Когда мы выходили в море, насладиться видом у меня просто-напросто не хватало времени: туристы наперебой просили их сфотографировать, при этом так и норовя плюхнуться в воду.

Как и трубила людская молва, кальдера и темные силуэты островов на горизонте, подсвеченные багрянцем заходящего солнца, выглядели просто потрясающе! Неудивительно, что Санторини считается одним из самых романтических мест на планете, вдохновляя поэтов и писателей со всего мира.

Даже я, потягивая пиво, чувствовал себя ни много ни мало греческим философом. Рядом со мной, греясь в лучах заходящего солнца, растянулась Нала. Она выглядела такой умиротворенной и довольной! Глянув на нее, я невольно покачал головой — как же ей хорошо! Налу в этом мире ничто не волновало: ни работа, ни счета, ни имущество, ни давление со стороны общества. «Везет же! — мелькнула у меня мысль. — Чем больше у человека копится барахла, тем меньше становится в его жизни спокойствия. Жизнь должна состоять из простых удовольствий. Вот из таких мгновений, как эти! — подумал я, глядя на заходящее солнце. — Застать закат, встретить восход, выпить пару баночек пива с друзьями на пляже — вот и все, что нужно человеку для счастья! Зачем усложнять?»

За эти три последних месяца моя жизнь действительно усложнилась. Очень. Я возлагал большие надежды на путешествие. Стоит мне только оказаться на трассе, как все прояснится само собой!

Я мечтал снова почувствовать вкус к простым радостям жизни, каковыми Нала не переставала наслаждаться изо дня в день. Звучит, может, и глупо, но вот такое желание завладело мной, и ничего я с этим поделать не мог.

14

Черепаха

С транные чувства переполняли меня, пока мы с Налой и командой парома, овеваемые бризом, стояли на верхней палубе и смотрели на вырисовывающийся на западе порт турецкого городка Чешме. Я был на седьмом небе от счастья: мы с Налой установили новый совместный рекорд, и пересекали границу вот уже пятой страны, и ко всему прочему собирались высадиться на другой континент! Мы покидали Европу — впереди нас ждала неизвестная Азия! Но эта неизвестность меня настораживала. Другая культура, другие люди, другие обычаи — все это отличалось от того, к чему мы привыкли на Западе. Но как оказалось, волновался я зря, по крайней мере за Налу.

Мы сошли с парома и направились в старый город Чешме. Когда мы проехали несколько километров, с нами поравнялся скутер. Два паренька оживленно размахивали руками и выкрикивали: «Кеди! Кеди!» «Наверное, котенок по-турецки, — подумал я, продолжая крутить педали. — Интересно, имеет ли оно что-то общее с английским «китти»?» Несколько минут спустя, влившись в поток медленно двигавшихся по дороге машин, я заметил палатку с фруктами и женщину в голубом хиджабе. Она выскочила из-за прилавка и устремилась к нам. Когда Нала дала себя погладить, женщина чуть не лопнула от счастья — точно рок-звезду повстречала!

— Похоже, тот беженец не врал, — сказал я Нале, направляя велосипед к набережной. — Турки будут тебя боготворить!

Чувство, что я попал в совершенно другой мир, по мере продвижения вглубь старого города только усиливалось. Вымощенные булыжником узкие переулки пестрели россыпями бугенвиллей на деревянных балконах зданий. Улицы ломились от всевозможных палаток, воздух полнился ароматами корицы, свежеиспеченного хлеба и шаурмы. С заходом солнца зазвенели странные голоса муэдзинов, зазывавших людей молиться в мечеть. Турция пьянила меня. Кажется, путешествие будет незабываемым!

Страхи мои развеялись. Теперь меня беспокоила только жара.

Я читал, будто в июле и августе температура в Турции может достигать тридцати пяти и более градусов по Цельсию. И тот день, когда мы прибыли в Чешме, похоже, был предвестником именно таких испепеляющих деньков, не спасал даже сильный ветер, продувавший бухту с Эгейского моря. С такой сухой жарой я еще не сталкивался. В соседней Греции жара ощущалась совершенно по-другому. Как в печке! А с этим ветром — все равно что в печи-голландке. Весь день меня не покидало ощущение, что при очередном вдохе горячий воздух кляпом залепит мне глотку и я задохнусь. Стоило пройти десяток шагов, и пот начинал лить ручьем.

Тони предупреждал, что с турецкой жарой шутки плохи, особенно днем.

— Не советую ехать днем — сразу отбросишь копыта, — напутствовал Тони, припоминая мне тот солнечный удар.

Что и говорить, совет отличный: еще раз пережить такое я точно не хотел. Но как двигаться дальше? И так подзадержался на Санторини! Двигаясь такими темпами, Азию я и не увижу. По замыслу, я должен был добраться до Измира, проехать вдоль так называемой Турецкой Ривьеры и прибыть в Мармарис. Далее меня ждали еще два портовых города: Фетхие и Каш. Затем я собирался двинуться на север через Каппадокию к Черному морю, чтобы оттуда рвануть на восток:

в Грузию и Азербайджан — ворота, за которыми лежали Великий шелковый путь и Центральная Азия.

Планы, конечно, наполеоновские! Граница с Грузией находилась аж в двух тысячах километров, но я был полон решимости не отступать. «А с жарой как-нибудь, да справлюсь, — думал я, устраиваясь на свой первый ночлег в Турции. — Не ждать же осени, в самом деле!»

С тех пор как мы с Налой покинули Санторини, прошло две недели. Прежде чем отправиться в Турцию, мы заехали попрощаться с Илианой, Ником и Лидией. Между тем харизматичный грек по кличке Капитан Джордж, владелец круизной компании, предложил нам с Налой четырехдневную прогулку по Сароническому заливу. Капитан Джордж был одним из первых людей, с кем я познакомился уже после обрушившейся на меня славы в «Инстаграме». В отличие от других Капитан Джордж, похоже, выгоды от общения со мной не искал. Этим он меня и расположил к себе, и я, подумав, что перед путешествием в Турцию неплохо бы набраться сил, принял предложение. Так уж совпало, что прогулка на яхте Джорджа помогла нам не только восстановить силы, но и оправиться от пережитых в Афинах потрясений — в прямом смысле этого слова.

За несколько дней до круиза мы с Налой сидели на террасе у кафе. Вдруг моя спутница насторожилась, взвилась на лапы и прыгнула мне на плечо. Через пару мгновений загремели стаканы, заходили ходуном столы и стулья, а стены завибрировали, точно желе! Все происходило в точности как тогда в Албании. Ну, супер! Еще одно землетрясение! Трясло секунд десять или пятнадцать. По ощущениям оно казалось гораздо более мощным, чем в Албании. Как же мы перепугались! Вернувшись через неделю в Афины, мы застали жителей города за наведением порядка.

Отплывали мы из порта Пирей, только на этот раз паром направлялся на восток, на греческий остров Хиос, где нас ждал паром в турецкий город Чешме. Но прошло все не так гладко: оказалось, что на Хиосе два порта в разных концах острова. Чтобы попасть на турецкий паром, пришлось проехать аж пятьдесят километров на запад. Судьба будто издевалась надо мной. Помимо этого, прибыли мы вечером и добирались в кромешной тьме: освещение на дорогах отсутствовало, а фонари у моего велосипеда, как назло, сломались. В общем, та еще поездочка!

К счастью, машин на дороге почти не встретилось, и мы достигли места назначения целыми и невредимыми. Но потом, ради тридцатиминутной переправы, нам пришлось дожидаться маленького ветхого парома восемь часов! Натерпевшись в свое время на албанской границе, к турецкой я подъезжал скрепя сердце: как-никак мы пересекали границу Европы и Азии! Из головы у меня не шли рассказы того сирийского беженца из Фермопил: турецкие пограничники немало попортили ему крови!

Конечно, обстоятельства разнились, не стоило их и сравнивать. В отличие от беженцев мы прибыли в туристическую часть страны и двигались в совершенно другом направлении. Таможенники меня опять удивили, хотя этого следовало ожидать: они не знали, что с нами делать. А точнее, что делать с паспортом Налы. Я показал ее паспорт в одном окошке, меня направили в другое. Не меньше получаса мы бегали от окошка к окошку, пока один из пограничников наконец не махнул рукой, пропуская нас. Они так растерялись, словно до меня еще никто не пересекал границу с кошкой.

Чтобы попривыкнуть к новому климату, первую ночь я провел в хостеле. Нала поиграла со мной в прятки, попрыгала между двухъярусными кроватями, а затем притомилась и заснула. Вот бы и мне так! Сколько я ни ворочался, духота не давала покоя вплоть до самого рассвета. Только засну, а через несколько минут просыпаюсь, и сна ни в одном глазу! Я даже не расстроился, когда Нала, как обычно, спозаранку замяукала, требуя свой завтрак. Чем раньше отправимся, тем лучше.

Через полчаса мы уже тряслись по булыжным мостовым Чешме. Утренний воздух освежал, ехать было одно удовольствие. После трех месяцев на Санторини здорово было вновь оказаться в седле, несмотря на все трудности, поджидавшие меня впереди.

Все свое вожу с собой — таков мой девиз. Выехав из Афин, я обнаружил, что «своего» у меня накопилось порядочно. Теперь я напоминал черепаху — и по виду, и по скорости передвижения. Только вот мой груз был в разы тяжелее черепашьего панциря. Если заглянуть в техпаспорт моего велосипеда, там черным по белому написано: дополнительный вес — 12 килограммов спереди и 25 килограммов сзади. На тот момент мой велосипед со снаряжением весил 50 килограммов. Учитывая, что вес велосипеда — 13 килограммов, я был уже близок к тому, чтобы превысить ограничения техпаспорта. Помимо этого, в тележке за мной волочилось еще несколько дополнительных килограммов одежды и прочего барахла.

Я, конечно, ненужное все выкинул, но легче не стало. Неизбежно появлялись новые вещи, путешествие без которых для меня было немыслимым. Самым главным и самым громоздким приобретением стала новая переноска для Налы: старую сумочку на руле я заменил люлькой от кошачьей коляски. Нале она сразу пришлась по душе: удобная, просторная — всегда есть местечко укрыться от солнца!

Но люлька оказалась не единственным моим приобретением. На заработанные у Тони деньги я накупил нового оборудования: ноутбук, камеру «ГоуПро» и дрон — без всего этого добра видеоблог на «Ютьюбе» не запустить.

Видели бы вы, как я собирался в путь! Разместить новое оборудование среди прочего снаряжения оказалось той еще задачкой. Палатка, музыкальная колонка, зарядные устройства, плитка, еда, одежда и пожитки Налы, которых становилось все больше, — вот примерный список того, что я постоянно возил с собой. Все бы ничего, но сумки еще предстояло грамотно навесить на велосипед: если не рассчитать, то путешествие могло превратиться в череду бесконечных падений. Но даже с правильно распределенным весом трогаться с места или подниматься на холм было очень нелегко.

Но никакие трудности не могли омрачить мое путешествие. Я всегда любил крутить педали, а с Налой на борту полюбил это дело еще больше! По пути в древний город Измир, что лежал в восьмидесяти километрах к востоку от Чешме, Нала с живейшим интересом озиралась по сторонам и не пропускала ни одного шмеля или бабочки, стараясь подбить их лапой.

Дорога на Измир то бежала побережьем, то углублялась в материк. Чем дальше от моря — тем жарче. К полудню на солнце становилось невыносимо и приходилось делать привал. Мы, конечно, теряли время, но я ни о чем не сожалел и дрых без задних ног до пяти вечера — благо на природе трудностей с засыпанием не возникало.

Заночевать в каком-нибудь странном месте под звездами — для меня особое удовольствие. Еще ребенком я смывался из дома и устраивался на ночлег под скамейкой в саду на заднем дворе. Повзрослев, я от этой привычки не избавился и ночевал там, где меня застанет ночь после вечеринки. Однажды приятель даже сказал, что у меня, наверное, не все дома, раз я люблю ночевать в заброшенных зданиях и на пустынных пляжах. Я счел это за комплимент. Мне жаль тех людей, которые не ловят кайф от единения с природой. Не чувствуют, не видят, не чуют природу! Чего только стоят капризы погоды! По мне, так нет ничего лучше ночевки под открытым небом!

Поэтому радости моей не было предела, когда на следующий вечер после ночевки в хостеле я обнаружил заброшенный пустой бассейн на маленьком пляже близ дороги. Я спустил на дно велосипед, все пожитки, разложил спальный мешок с подушкой и заснул мертвым сном. Пятизвездочная гостиница отдыхает!

Дороги в Турции оказались в хорошем состоянии. Большую часть пути я ехал по широким дорогам, придерживаясь внутренней полосы. Груженые фуры, то и дело проносившиеся по соседней полосе, меня почти не пугали. Все это немало способствовало нашему скорейшему продвижению вперед, и к концу следующего дня мы прибыли в Измир.

На ночь мы разместились в хостеле и тем самым выиграли немного времени, чтобы исследовать древний город и осмотреть достопримечательности. Измир очаровал Налу даже больше, чем меня. Пока мы гуляли по старинным площадям и рынкам, Нала металась то в одну сторону, то в другую. На узких улицах, куда не долетал ветерок, духота стояла страшенная. К вечеру мы так устали, что даже неугомонная Нала едва переставляла лапы. Вымотались мы настолько, что проспали все следующее утро. Я списал это на жару. Впопыхах я собрался, попрощался с хозяевами хостела и пустился в путь, сокрушаясь, что пропустил лучшую часть дня.

Вчера я поставил цель преодолеть девяносто с лишним километров и добраться до Айдына, где заранее забронировал нам хостел. «Судя по всему, к середине дня мы проедем километров тридцать от силы, не больше», — обреченно подумал я. День выдался еще жарче предыдущего. Полуденный зной пережидали под мостом, в путь выдвинулись лишь к вечеру. Вероятность добраться засветло до хостела стремилась к нулю. Я поднажал на педали, но солнце быстро клонилось к западу. Ладно, свет клином не сошелся на этом хостеле. Заночуем на природе. Отменив бронирование, я стал присматривать место для лагеря.

Когда солнце закатилось за горизонт, мы как раз проезжали мимо заброшенной строительной площадки. «Здесь и заночуем! Идеально!» — подумал я, доставая гамак и провизию. Пока готовилась паста для меня и цыпленок для Налы, я растянул гамак. Подкрепившись, Нала вскоре уснула, а я некоторое время переписывался с родными и обновлял «Инстаграм».

Подписчики как с ума посходили. Им не нравились наши ночевки под открытым небом! Я счел благоразумным на эти выпады не отвечать и молча придерживаться плана. Если слушать всех и каждого, далеко не уедешь. Буду поступать так, как считаю нужным. В чем смысл плясать под чужую дудку?

Вглядываясь в звездное небо Турции, я вздумал посмотреть, сколько километров проехал с самого начала путешествия. Открыл в телефоне одометр: шесть с половиной тысяч километров. «Недурно! Ничего не скажешь!» — воскликнул я, но что-то внутри шепнуло: «Мало!» Конечно же мало. Для старта неплохо, но не более того. Чтобы пересечь одну только Турцию, мне придется преодолеть больше полутора тысяч километров, а впереди меня ждут еще десятки неизведанных стран! Если я хочу чего-то добиться, нужно пахать.

Следующим утром я сварил овсянку и приступил к утомительным сборам. Я было привязал сумки к багажнику, как вдруг заметил, что колесо спустило. Учитывая, сколько на него всего нагружено — совсем неудивительно! Пришлось достать насос. Утро не задалось, сумки пришлось снимать. Я опять терял время. Ну не поедешь же со спущенным колесом!

На дорогу выбрались к восьми. Я как следует налег на педали. Даже в такой ранний час жара удушала. Нала мудро решила носа не высовывать из тени переноски. Жилетку на мне можно было выжимать, однако первый привал я сделал только через шестнадцать километров, когда во рту окончательно пересохло.

Велосипед, и без того весивший полцентнера, теперь был обременен еще несколькими литрами воды. Питьевую воду приходилось запасать заранее и возить с собой: путешествовать без живительной влаги по Турции смерти подобно. Набирать же воду в реках или из-под кранов в туалетах придорожных кафе я опасался. Притормозив на обочине, я в один присест высосал аж половину бутылки, затем налил немного воды в ладонь и напоил Налу. Она слизывала с моих пальцев последние капли, когда я вдруг решил глянуть на заднее колесо — не спустило ли? «Пощупаю-ка я лучше пальцами, а то чем черт не шутит!» — подумал я, слезая с велосипеда. В следующую секунду я окаменел.

— Не может быть! — бормотал я себе под нос, не веря своим глазам.

Одной сумки не было. Не было той самой сумки, где лежало новехонькое оборудование: ноутбук, дрон — мое все!

Я услышал свой сдавленный стон. Скорее всего, я оставил сумку на той строительной площадке.

По своей природе я, конечно, не паникер, но в такой спешке вскакивать на велосипед мне еще ни разу не приходилось! Я рванул обратно что было мочи, прокручивая в голове события утра. Перед глазами появилась отчетливая картинка: вот я кладу сумки на недостроенную стенку, вот накачиваю колесо. Вот я докачал колесо, а дальше... А дальше я, должно быть, на что-то отвлекся. «Нала? Или еще что? — лихорадочно соображал я. — Не важно! Лучше ответь-ка на вопрос, как ты не заметил, что едешь с одной сумкой? — язвительно спросил я сам себя. — Велосипед же должен был крениться набок! О чем я таком важном думал в тот миг? Тайна, покрытая мраком... Воистину, поспешишь — людей насмешишь!»

Браня себя на чем свет стоит, я уже вернулся на пять километров назад, как вдруг обнаружил, что проколол колесо. Я давно с опаской поглядывал на малюсенькие металлические штучки, которыми дороги Турции были обильно усеяны, — и не зря! На днях я даже не поленился и заехал в мастерскую, спросить у местных автомехаников, что это такое. Оказалось, что турки не меняют покрышки до тех пор, пока резина не начнет крошиться. А маленькие металлические штучки — не что иное, как раскрошенные нити каркаса.

Я притормозил на обочине, и тут меня осенило: техаптечка тоже осталась в забытой сумке! «Ремонт отменяется, — крепко выругавшись, подумал я. — Придется катить велосипед так». Ехать на спущенном колесе я не мог: в лучшем случае испорчу покрышку, а в худшем — ничего не останется от обода. Ни то ни другое меня не устраивало.

К тому времени как в поле зрения появилась та строительная площадка, я представлял собой жалкое зрелище, а мое сердце буквально выпрыгивало из груди. «Что, если строители решили поработать? Что, если дети облюбовали это место для игр?» — распалял я сам себя, медленно приближаясь к площадке.

В следующее мгновение я издал прямотаки вопль облегчения: сумка оказалась на месте!

Некоторое время я успокаивал расшалившиеся нервы. Затем сбросил с велосипеда снаряжение и занялся проколотым колесом. Когда с ремонтом было покончено, решил перепроверить сумки. Что-то не давало мне покоя, но что, я не понимал.

Лишь когда я вытряхнул все содержимое, до меня наконец-то дошло. Паспорта!

Я лихорадочно стал ощупывать сумочку, где хранились документы. Это был скорее жест отчаяния, я прекрасно понимал, что ничего там не найду. Паспортов в сумочке действительно не оказалось. Я их потерял.

В груди что-то оборвалось — хоть реанимацию вызывай. Я бухнулся на колени. Как же так? Что за помутнение рассудка? Как я мог так налажать?

Нала, игравшая на стене, почувствовав мой душевный раздрай, мяукнула и спрыгнула вниз — утешить.

— Ты меня прости, — сказал я и взъерошил ей загривок. — У папули сегодня денек не задался!

Постаравшись успокоиться, я глубоко передохнул и принялся припоминать, где могли остаться паспорта. Я был уверен, что, если восстановить цепочку событий, все прояснится. Но эти неудачи просто выбили меня из колеи. Я никак не мог собраться с мыслями. «Может, я их выронил дорогой? Или их украли? — думал я, оглядывая место нашего ночлега. — Да ну! Звучит слишком уж невероятно!»

Следующий час по праву можно назвать самым напряженным за все мое путешествие.

В таких ситуация разум иногда может сыграть с вами злую шутку и показывать вам один за другим разнообразные сценарии вашего личного апокалипсиса. Сначала я посмотрел короткометражку, как я запрашиваю в консульстве Шотландии в Турции новый паспорт. Второй раз за год, между прочим.

Что они обо мне подумают? Идиот — вот что они подумают! А здоров ли психически этот парень — вот какой вопрос будет читаться на лицах сотрудников консульства. Следующая короткометражка была про Налу. Что будет с Налой? На кого ее оставить, если я буду вынужден лететь в Великобританию? И что с ней будет, если вернуться в Турцию не получится?

Впервые за все путешествие мне захотелось сдаться. Червь сомнения начал точить меня. Может, все это неспроста? Может, это знак? Продолжать путешествие не стоит? Все равно последние месяцы я плетусь как черепаха! Такими темпами Данбар увидит мое возвращение на перегруженном барахлом велике, когда мне стукнет шестьдесят!

Мало-помалу я сбросил с себя остатки уныния. Да, я попал в переплет, но это не конец света. Неприятности случались, случаются и будут случаться, и со всеми я справлюсь. Я нашел через Интернет ближайшую гостиницу и забронировал номер, даже не потрудившись узнать стоимость. Мне нужно было сесть, успокоиться и решить, что делать дальше.

Должно быть, мой ангел-хранитель этим утром все-таки решил обратить на меня внимание: километр пути от строительной площадки до гостиницы я преодолел без происшествий и проколотых колес. Через полчаса я уже был во дворике гостиничного здания на склоне холма. Местечко напоминало деревню: скромные домики и оливковая роща. В то же время был и бассейн, и кафе под открытым небом.

Кругом ни души. Женщина за стойкой регистрации, кажется турчанка, от всего сердца поприветствовала нас на английском и представилась как Сирем. Она тут же устремилась к Нале. Пока Сирем ворковала, поглаживая Налу, подошел мужчина. Средних лет, длинные волосы и красивый загар. Он тоже обратился к нам на английском, но уже с акцентом. Оказалось, что Джейсон родом из Австралии.

Стандартная процедура с предъявлением паспорта при регистрации превратилась в нестандартную. Вероятно, я с большим жаром принялся рассказывать про свои злоключения: Сирем тут же усадила меня, поставила передо мной армуду с чаем и успокоила:

— Не волнуйтесь, мы вас не выгоним.

— Где вы останавливались вчера? — спросил Джейсон.

— На заброшенной строительной площадке.

Джейсон удивленно посмотрел на меня и задал еще один вопрос:

— А позавчера?

— Вот, — ответил я, доставая счет из хостела в Измире.

— У них наверняка сохранился в базе ваш паспорт, — сказала Сирем. — Сейчас позвоню им.

Повторив еще раз «не волнуйтесь», она скрылась в кабинете за стойкой регистрации.

Мы немного поболтали с Джейсоном. Он рассказал, что гостиница открылась совсем недавно. Выстроили ее с нуля за пару лет из природных материалов: дерево — для каркасов домов, солома и глина — для стен.

Джейсон и Сирем выращивали овощи, оливки, а также пекли хлеб, пытаясь быть независимыми. Я слушал Джейсона с открытым от удивления ртом. Но он просто сразил меня наповал, когда начал показывать развешенные по всем стенам фотографии кошек в рамках. Выяснилось, что у них живут бездомные животные, в том числе и бродячие собаки.

У меня от сердца отлегло. Если мне и предстоит вернуться в Великобританию за паспортом, то оставить Налу теперь есть кому. Лучше места, чем у Джейсона и Сирем, не придумаешь! Своим ласковым приемом они мгновенно расположили меня к себе.

В номере я распаковал вещи и немного поиграл с Налой. Она всегда облегчала мои страдания. Я включил камеру и погонял Налу по комнате, а затем нырнул под кровать, пока она не заметила. То высунусь, исподтишка щелкну по носу или по уху, то спрячусь. Стоило мне только появиться, как Нала сразу переходила в режим дикой кошки, бешено крутила хвостом и пыталась цапнуть меня за руку. Ну что за умора!

Я как раз сел писать сообщение сестре, что опять попал впросак, но тут появилась Сирем. Она широко улыбалась.

— Хорошие новости! Ваши паспорта в хостеле Измира. Похоже, вы их забыли, когда выезжали. Они с нетерпением ждут вас!

Ба! А как же я сам-то не догадался! Дурачина!

— Ну конечно же! Оставил их на стойке! — воскликнул я, и кадры того утра замелькали у меня перед глазами, как на кинопленке.

Я проспал подъем, естественно, расстроился, засуетился и забыл все на свете. Выкатив готовый к путешествию велосипед на улицу, я усадил Налу в переноску, а сам вернулся в хостел рассчитаться по счету. Но у стойки регистрации пришлось задержаться — были и другие гости.

Тут я заметил, как вокруг Налы собирается толпа. То я выбегал на улицу проверить, все ли в порядке с Налой и вещами, то возвращался в хостел. Когда я расплатился, единственной моей мыслью было поскорее вернуться к Нале. Счет я машинально сунул в карман, а паспорта так и остались лежать на стойке. Заметили их, похоже, только после нашего отъезда.

На душе полегчало. Но как же теперь добраться до Измира? Путь неблизкий, за день не обернуться. Полуденная жара просто испепелит меня. Если попробовать доехать на такси, то можно управиться часа за три-четыре. Но во сколько эта поездка мне встанет? Хотя о деньгах сейчас было совсем не время думать.

Подошел Джейсон. Я спросил телефон местного такси, но Джейсон покачал головой.

— Здесь нет такси? — удивленно переспросил я.

— Таксистов полно, но я сам вас отвезу, — ответил Джейсон, чем поверг меня в шок.

Зачем ему мои проблемы? Нет, ну это никуда не годится. Нельзя же помогать каждому встречному!

— Лады, тогда бензин с меня.

— Об этом тоже не беспокойтесь, у меня есть парочка дел в городе. Они оправдают все расходы.

Не успел я и глазом моргнуть, как мы оказались на трассе, направляясь в Измир. Нала сидела рядом и смотрела на мелькавшую за окном сельскую местность, по которой мы ехали еще только вчера на велосипеде. Вот и знакомая стройплощадка!

Оказавшись в хостеле, я обнаружил, что паспорта уже поджидают нас. Я от всего сердца поблагодарил девушку за стойкой регистрации, а затем мы вернулись на трассу и поехали обратно на юг.

Гостеприимству Джейсона и Сирем не было предела! Мало того что Сирем к нашему приезду приготовила наивкуснейшее мясо по-турецки, так они еще и предложили мне остаться на пару ночей совершенно бесплатно! Я, конечно, согласился, уже представляя в уме, в каких радужных тонах опишу их гостеприимство и гостиницу, которая без преувеличения была такой же замечательной, как и ее хозяева.

Тем же вечером мы расположились в саду: болтали о том о сем, выпивали и обменивались забавными случаями из жизни. Я никак не мог успокоиться и все извинялся перед Джейсоном и Сирем за доставленные неудобства, хотя они не единожды просили меня этого не делать.

— Я боюсь, что однажды все произойдет, как в фильме «Один дома», — пошутил я. — Уеду, а Нала останется одна!

— Ну, это вряд ли! — покачала головой Сирем и поглядела на Налу, свернувшуюся клубком на стуле между нами. — Скорее ты забудешь велосипед!

У меня гора свалилась с плеч. Не было нужды оглядываться назад, я снова смотрел вперед и мог планировать свое путешествие дальше. Джейсон и Сирем объездили Турцию вдоль и поперек, они знали страну досконально. Разложив на столе гигантскую карту, они присоветовали мне парочку мест как в самой Каппадокии, так и за ее пределами — по дороге на черноморское побережье Грузии. Джейсон и Сирем не уставали напоминать мне, чтобы я держался подальше от юго-востока страны и границы с Сирией.

— Вот доберешься ты до Каспийского моря, а что дальше? — поинтересовался Джейсон.

— Дальше по Памирскому тракту, а затем вниз по карте в Индию и Таиланд. К концу следующего лета доберусь, если повезет.

Джейсон присвистнул и откинулся на спинку стула.

— Грандиозный план!

— Да уж, — отозвался я. — Немного самонадеянно, учитывая, что я таскаю за собой столько барахла, сколько у меня дома, наверное, не наберется! Как черепаха, ей богу!

Сирем тем временем тихонько играла с Налой. Кажется, они нравились друг другу.

— Знаешь басню про черепаху и зайца? — улыбнувшись, спросила Сирем.

— Что-то припоминаю из школьной программы. Черепаха победила?

— В точку! Ты же не на скорость едешь, правда? Ни к чему гнать лошадей. Наслаждайся! Всегда говори «да», а потом наблюдай и удивляйся, куда завела тебя судьба.

Сирем кивнула в сторону потрясающего заката. Долина, на которую мы смотрели со склона сверху вниз, полыхала красными сполохами.

— Ты только посмотри, какая красота тебя поджидала в награду за все твои сегодняшние мытарства! Быть черепахой не так-то уж и плохо!

Мудрее слов я еще не слышал. И сказаны они были очень к месту!

15

В диких условиях

Впервые за несколько дней я чувствовал уверенность в завтрашнем дне. Пока я гостил у Джейсона и Сирем, я сделал маленькое, но полезное улучшение для велосипеда, а точнее, для переноски Налы. Когда Сирем отвезла меня в городок Герменджик за покупками, в детском отделе я обнаружил зонтик. Мало того что он идеально подходил по размеру к переноске, так помимо этого еще защищал от ультрафиолетовых лучей. Теперь Нала могла любоваться местными красотами, оставаясь в прохладной тени.

Вскоре я убедился, что зонтик приобрел не зря.

Попрощавшись с Джейсоном и Сирем, мы тронулись в путь через горы. Когда я глянул на термометр, мои брови поползли от удивления вверх: 37 градусов! Меня не покидало ощущение, будто нас засунули в печь. Еще чуть-чуть, и я растаю! Ну, по крайней мере, хоть Нала в безопасности! В который раз припомнив мудрые слова Сирем, что дело не в количестве, а в качестве, я согласился провести пару дней в курортной гостинице по пути в Мармарис. Сирем права. Торопиться некуда. Маленький отдых нам не помешает.

Через несколько дней мы прибыли на место.

Хозяева гостиницы встречали нас, как королей. Они положили красную ковровую дорожку, а затем разместили нас в роскошном двухместном номере в отдельном домике, утопавшем в зелени сада. На кровати мы обнаружили гостинцы: угощение для Налы и шотландскую газировку «Айрон-брю» для меня.

А еще был шарик, раскрашенный под земной шар с названием нашей странички в «Инстаграме» — «1bike1world».

— Да мы знаменитости! — сказал я Нале, пока мы осматривали сад, минеральные источники и пляж.

Похоже, что отдых в гостинице пришелся нам обоим по душе. Когда я вдоволь накупался в море и належался в минеральных ваннах, настало время расслабиться — мои мышцы находились в гипертонусе. Когда я забирался на массажный стол, мои ноги были что каменные столбы. Массажистке пришлось попотеть, чтобы вернуть мои конечности к жизни. Тем временем Нала замечательно проводила время, гуляя по саду и лазая по раскидистым деревьям. В саду бегали и другие кошки, и Нала вскоре подружилась с белым в серых пятнах котенком. Они без устали гонялись друг за другом и боролись на лужайке под окнами нашего домика.

Так пролетели два дня, и вот мы уже снова собирались в дорогу. Я чувствовал себя отдохнувшим и готовым к новым подвигам. Но только я усадил Налу в переноску, как мой боевой пыл угас.

Что касалось здоровья Налы, я научился всегда держать ухо востро. Нале не было и года, а она уже столько всего пережила! Посчитав, что хватит с нее ветеринаров и прививок, я старался следить за ее здоровьем. В Турции я удвоил бдительность: жара опасна для кошек, а обезвоживание грозит почечной недостаточностью и другими проблемами. Я не упускал ни единой возможности проверить Налу. Порезы, синяки, шишки, проплешины — я обращал внимание на все, когда гладил ее или играл с ней. Зубы и десны, чтобы заблаговременно обнаружить инфекцию, я осматривал, пока она спала, — так было проще всего.

Как я уже и сказал, боевой пыл мой угас, только я посадил Налу в переноску. Я заметил у нее на верхней губе язвочку, не сулившую ничего хорошего. Видимо, Нала порезалась, а ранка загноилась. Язвочка, похоже, сильно болела: только я попытался дотронуться до Налы, как она дернулась и зашипела.

Плохой знак. Что ж, опять к ветеринару.

Я не унывал. Путь наш, к счастью, лежал через городок в заливе Гекова, где, как мне сказали в гостинице, расположился реабилитационный центр для животных. Хозяйкой этого центра оказалась шотландка Джини, заслужившая славу и почет среди местных любителей животных.

Сорок километров под гору до реабилитационного центра по изнуряющей жаре меня чуть не убили. Я даже начал думать, что не доеду.

Когда мы все-таки добрались, Джини устроила нам радушный прием. Она приветствовала нас, как родственников. Джини, без сомнения, была колоритной личностью. Родилась она в шотландском Дамфрисе, а в Турции жила уже больше тридцати лет. Этот реабилитационный центр она выстроила здесь с нуля. Угостив меня освежающим напитком, Джини предложила осмотреть заведение. Нала, не желая ничего пропускать, забралась ко мне на плечо, и мы пошли следом за Джини.

Центр занимал целый акр, не меньше. Вдалеке виднелась бухта Мармариса. Джини поведала мне, что все началось с брошенного кота.

— А сейчас у меня их сто тридцать. Десяток собак, пара ослов и лошадь.

В одном из ослов, пожилом самце, Джини души не чаяла. Звали его Нед, и познакомился я с ним на косогоре, где он тихо и мирно щипал траву.

— Нашла его посреди поля, в десяти километрах отсюда. — Джини погладила осла по холке. — Неда привязали к дереву и оставили умирать — из ноги у него торчал кусок железяки. Бедняга!

Но главной заботой Джини были, конечно же, бродячие коты и кошки. Никогда не доводилось мне видеть столько кошачьих в одном месте! Каких только пород, окрасов и характеров я там не встретил: от пушистых шарообразных персов до битых улицей дворовых кошаков. Были и совсем малютки без шерсти — у таких и породу с ходу не определишь! Нала пребывала в полном замешательстве. Она только все сильнее впивалась коготками в плечо да едва слышно жалобно мяукала на ухо: «Папуля, умоляю, не надо, не бросай меня здесь!»

Обжигающее солнце достигло зенита, и Джини пригласила нас обедать. Перекусив, я попросил Джини взглянуть на язвочку Налы.

К моему удивлению, Нала в ее руках стала шелковой. Она без возражений дала Джини себя осмотреть.

— Ох и не нравится мне это! — воскликнула Джини. — Болезнь Кимуры. Часто встречается здесь. Вот что, сейчас у меня есть неотложные дела, вернусь я через час или два. Позвоню подруге, она отвезет вас к ветеринару.

Лучше бы я не спрашивал!

Джини ушла, а я остался дожидаться ее подругу.

«Как там говорится? Дурная голова ногам покоя не дает? — мрачно подумал я, пролистывая Интернет в надежде найти объяснение. — Что еще за Кимура, черт возьми?»

— А! Так это эозинофильная гранулема! — воскликнул я. — Ну так бы сразу и сказали!

Про такую болезнь я, само собой, слышать не слышал. Сообщалось, будто бы в большинстве случаев заболевание ничем серьезным не грозит и даже может пройти само. Но иногда, особенно у животных, пребывающих в состоянии постоянного стресса, такие язвочки могли привести к раку.

У меня снова разыгралось воображение. Мрачные мысли играли в чехарду. Какой же стресс испытывала Нала? Вариантов ответа оказалось великое множество. Взять хотя бы землетрясение. Чем не стресс? А то падение на спину в Санторини? А грозы, подстерегавшие нас по пути? Список этот можно было продолжать до бесконечности.

Мои невеселые раздумья прервал шорох покрышек по гравийной дорожке. Подруга Джини была местной. Она любезно отвезла меня в поселок внизу у косогора. Ветеринаром оказалась миленькая девушка, моя ровесница. В отличие от подруги Джини она хорошо говорила по-английски.

— Ничего страшного, всего лишь порез, — сказала она, чем немало успокоила меня. — Заживет само через пару недель. Только не запускайте. Если вдруг не пройдет, обратитесь к ветеринару еще раз.

Новости были хорошие, но как же так я проглядел порез? Могла она прокусить себе губу сама, когда мы тряслись по мостовым в Чешме? А может, губа треснула от обезвоживания?

И вдруг я вспомнил! Пока я принимал минеральные ванны в той курортной гостинице, Нала без конца сражалась с новым другом. В одно мгновение она громко взвизгнула и во всю прыть примчалась ко мне, но никакого значения я всему этому не придал. Да, вероятно, тот котенок ее и оцарапал!

Джини осталась мною довольна и похвалила меня, что я показал Налу ветеринару.

Она очень обрадовалась, когда узнала, что Нале ничего не угрожает. К вечеру она приготовила ужин — пальчики оближешь! Мы сидели на террасе, а я слушал рассказ о том, как все началось. Джини, скажу я вам, совершила настоящий подвиг!

На стене висела фотография кошки, которой Джини, похоже, очень гордилась.

— Особенная? — кивнув на фото, спросил я.

— Ее звали Коркиз, — сказала польщенная Джини. — В переводе с турецкого «Слепая девочка». Дело было так. Ирис, путешественница из Голландии, в последний день своего отдыха нашла котенка. Она вытащила его из подвала гостиницы неподалеку. Куда девать котенка, Ирис не знала, но в гостинице догадались позвонить мне. Кошечка была при смерти, а ко всему еще и ослепла на оба глаза, но я ее выходила.

Нала, ужинавшая в другом углу, вдруг подбежала и запрыгнула на стул рядом с нами, будто тоже хотела послушать про Коркиз.

— Я и думать забыла о той путешественнице, но через год нежданно-негаданно получила переводом из Голландии целую кучу денег, — продолжала Джини. — Оказалось, что Ирис весь год собирала деньги для моего реабилитационного центра. С той минуты моя жизнь изменилась. Я только-только переехала сюда, и этот переезд съел все мои сбережения. Если бы не деньги Ирис, кто знает, что сейчас было бы с центром?

После ужина мы убрали со стола, и Джини показала фотографии своих наград, полученных не только в Турции, но и даже в Великобритании. На одной из фотокарточек Джини стояла в компании Ирис и местного мэра. На другой Джини участвовала в какой-то церемонии в лондонской Палате лордов.

— Иногда один-единственный питомец может изменить все, — сказала Джини и снова обратила мое внимание на фотографию Коркиз, потом улыбнулась и потрепала Налу по загривку. — Тебе очень повезло с Налой!

— Да, Нала — моя зазноба! — улыбнулся я в ответ.

— Нет, ты не понял, что я имею в виду, — покачала головой Джини. — Проекты по спасению животных создаются каждый день, их не счесть. Но люди им не помогают, потому что все эти проекты безликие. Но иногда случается волшебство — как раз то, что случилось с вами. Люди без ума от таких историй, как ваша. Стоит вам щелкнуть пальцем, и они последнюю рубаху отдадут. Я видела, какой переполох вы устроили на Санторини. И сдается мне, вы можете гораздо больше!

Вдруг Джини посмотрела на меня таким взглядом, какой бывал обычно у моей матери, когда я надевал новый пиджак в школу.

— Присматривай за ней хорошенько!

Наутро, пообещав оставаться на связи, я попрощался с Джини и дал себе зарок собрать для ее реабилитационного центра денег — если, конечно, получится. В одиночку эту ораву кошек не прокормишь. Наверняка Джини едва концы с концами сводит. А ведь брошенных животных с каждым днем только прибавляется!

Вернувшись на дорогу, я задался целью наверстать упущенное. Следующие два дня я без устали крутил педали. До Мармариса я держал курс на юг. Добравшись до города, повернул на восток и поехал вдоль побережья. Миновал Каш, а затем и Анталию. К концу недели я загадал оказаться в Каппадокии, поэтому с побережьем попрощался и повернул на дорогу, уходившую в горы. Только побережье осталось позади, как все поменялось до неузнаваемости: меня обступил глухой лес и скалистые горы. На многие километры кругом не было ни души. Складывалось ощущение, что я все дальше и дальше уезжаю от цивилизации, в лоно дикой природы.

Свое неспешное продвижение вперед я каждый раз оправдывал новой мантрой: медленно, но верно, как черепаха!

Через пару ночей я разбил лагерь в чаще в двухстах метрах от дороги. Что за живописное местечко я нашел! Прямо из палатки я мог любоваться изумительным видом на долину и заходящее солнце. Когда мы с Налой забрались в палатку и принялись готовиться ко сну, снаружи послышался странный шум, но значения я ему не придал. Мало ли в лесу живности! Мне частенько попадались на глаза кролики и лисы. Застегнув палатку, я улегся спать.

Страшенная духота царила даже в ночном лесу. Оставив попытки уснуть, я надел наушники и включил «Ютьюб». Свой видеоблог я хотел запускать уже на днях, поэтому мне стало интересно посмотреть записи других путешественников. В час ночи Нала внезапно запрыгнула мне на плечо. Я чуть богу душу не отдал! Казалось, она так крепко спала у меня в ногах, как вдруг — р-раз! Ну и вздрогнул же я! Что-то очень сильно напугало Налу: глаза были как два блюдца, а уши стояли торчком.

Я снял наушники, и мои глаза тоже округлились: снаружи кто-то мощно дышал, тяжело отфыркивался и неспешно двигался вокруг палатки. Ночь безлунная, кругом не видно ни зги, но я кожей чувствовал, как крупное животное буквально нависло над нашими головами.

«Кто же это? — лихорадочно соображал я. — Шакал? Волк? Как будто бы корова или олень, но по звукам — непохоже».

И тут меня как громом поразило: медведь!

Не то чтобы я из пугливых, но тут от страха у меня поджилки затряслись! Я схватил Налу, откинул боковой тент палатки и в чем мать родила дал стрекача. Только добежав до трассы, я обнаружил, что пробил ногу прямо через кроксы — когда и нацепить-то успел! — гвоздем. Я дрожал, нога кровоточила, а Нала цеплялась за меня так, будто завтра уже не наступит.

Переведя дыхание, я заставил себя успокоиться. Первым делом мой заработавший мозг напомнил мне, что я стою голый посреди трассы и надо бы вернуться за барахлишком. Или его останками. Если это и впрямь был медведь, то страшно и представить судьбу моего велосипеда.

Прошло несколько минут, прежде чем я набрался храбрости и двинулся обратно в лес. Шелест травы, треск ветки — я подпрыгивал от каждого звука, шугаясь каждой тени, которые двигались, словно живые. Страх сковывал каждый мой шаг.

Вернувшись в палатку, я натянул шорты, футболку и со всей возможной быстротой стал собирать снаряжение. Батарейки на велосипедных фонарях, как назло, опять сели. Я схватил фонарик и быстро осмотрелся вокруг. Ничего. Я усадил Налу в переноску и взялся за палатку. Действуя на автопилоте, через считаные мгновения я уже выталкивал велосипед из чащи.

Добравшись до трассы, я испустил вопль облегчения.

Я ни секунды не сомневался, что наверняка что-то да позабыл в лесу! Если уж днем, когда жизни моей ничего не угрожало, я умудрился оставить самые важные для меня вещи, то теперь — посреди ночи да с медведем на хвосте! Хорошо хоть голову не забыл! В общем, се ля ви!

Размышлять и беспокоиться не было времени: медведи — охотники хоть куда и выследить нас ему ничего не стоит. Если рассуждать здраво, то на трассу медведь вряд ли полезет, верить здравым рассуждениям что-то внутри меня упорно отказывалось.

Несмотря на визжавшую от боли ногу, я вскочил в седло и пулей взлетел на холм. Я крутил педали и постоянно оборачивался. Мое сердце бешено колотилось — не бежит ли за нами по пятам, неуклюже карабкаясь по холму, тот огромный гризли?

Забравшись на вершину холма, я чуть не заплакал от радости: впереди мерцал тусклый свет. Подобравшись ближе, я различил здоровенные металлические трубы, нагромождённые друг на друга. Они лежали большущими связками по пять труб в каждой. «Наверное, эти трубы для дорожных работ, — подумал я, все еще не веря своей удаче. — Если забраться в самую верхнюю, то никакой медведь меня не достанет! Как-никак, десять метров от земли!»

Усадив Налу на шею и захватив спальный мешок вместе с ковриком, я вскарабкался на самый верх, и вскоре мы улеглись. Все, что я мог в те минуты, так это только лежать и слушать, как затихает мое бешено стучащее сердце. Успокоившись, я взялся за телефон. Связь была хорошая, и я немножко пообщался с родными. Рассказал о том, как мне чудом удалось сбежать от медведя. К моему изумлению, мама расхохоталась. Не прекращая хихикать, она сказала:

— Пару ночей назад твоему отцу приснился сон, что тебя преследует медведь! Ну и ну! А папаша-то провидец!

На мать я не обиделся. Здесь действительно было над чем посмеяться. А медведь ли мне повстречался? Этот вопрос оставался открытым. Я читал, что медведи в Турции водятся, но где именно, понятия не имел. Водились ли они в здешних лесах, я выяснять в любом случае желанием не горел.

Мне даже удалось несколько часов поспать. Я заставил себя сосредоточиться на сложностях дня грядущего, а не переживать вновь и вновь драмы прошлого. К рассвету я уже был в седле и вовсю рассекал прохладный утренний воздух.

Чтобы попасть в Каппадокию, нужно преодолеть сложнейший для велосипедиста горный участок трассы. И действительно, сложнее на своем пути я ничего еще не встречал. Проложенный маршрут шел через каньон — национальный парк Кёпрюлю. За один день мне предстояло преодолеть подъем на тысячу пятьсот метров.

Начал я бодро. Рана на ноге не так уж и болела, как я боялся сперва, и вроде бы даже заживала. В общем, ехалось мне вольготно! Чуть погодя я выбрал красивейшее местечко у порога реки Кёпрючай, и мы сделали привал. Перекусили, а затем я намазал себя и Налу солнцезащитным кремом — тюбик ушел весь! Пренебрегать защитой от солнца ни в коем случае было нельзя: нас ожидал долгий подъем на солнцепеке. Я наполнил бутылочку Налы водой, и мы двинулись дальше. Впереди показалась вершина, на которую нам предстояло взобраться. Ровное асфальтированное покрытие сменилось гравийно-сланцевой колеей. Самый крутой подъем, какой мне приходилось преодолевать в жизни — восемь градусов, а тут были все десять! Круто, даже чересчур! Ничего не оставалось, как слезть с велосипеда и толкать. Велосипед, обвешанный снаряжением и бутылями с водой, вел себя совершенно непредсказуемо, а я то и дело оскальзывался на гравии. Я хоть и крупный малый, но мне изрядно пришлось попотеть, чтобы велосипед не полетел с горы.

Проезжали тут и машины. Для них дорога была тоже не подарок: колеса пробуксовывали, особенно на крутых поворотах. Жарища к тому времени установилась просто невыносимая! Ни один солнцезащитный крем, похоже, не в силах был справиться с беспощадным турецким солнцем. Я чувствовал, что мои плечи и шея начинают подгорать.

К моему ужасу, после очередного привала у горного потока за нами увязался рой пчел! Только мы от них оторвались — причем обошлось без укусов, — как тут же к нам пристали две дикие, агрессивно настроенные собаки. Что это за порода, понять решительно было невозможно, но выглядели они как гиены. Слава богу, вскоре собаки нашли мертвого зайца и отстали. Нала все это представление благополучно проспала в спасительной тени своего нового зонтика.

Попадались мне убийственные подъемы и в Швейцарии, и в Боснии, и в Албании, и в Греции, но ничего похожего на эту гору я, признаюсь честно, еще не встречал. К середине дня я готов был выбросить на этот гравийно-сланцевый ринг белое полотенце и признать поражение.

Какие-то молодые парни проехали мимо и помахали мне. Я поднял большой палец кверху, но они не остановились: в салоне их автомобиля для моего велосипеда со всем снаряжением банально не хватило бы места. Но вдруг, откуда ни возьмись, со мной поравнялся старый пикап, с трудом вспахивавший колесами гравий. Двигатель ревел так, будто дорога доставляла ему физическую боль. Не теряя надежды, я опять оттопырил большой палец.

В кабине пикапе сидело целое семейство: отец, мать и два подростка — сын и дочь. Мать, посмотрев на меня, лишь с сожалением покачала головой. «А как насчет кузова, ну? — подумал я, провожая их взглядом. — Как раз накрыт брезентовой крышей, чтобы солнце окончательно нас не испепелило!» Я прекрасно понимал, что они просто-напросто побоялись останавливаться: тронуться с места им вряд ли удастся, пикап забуксует.

Продолжая взбираться на гору, я сверялся с картой на телефоне и задавался единственным вопросом: когда уже вершина? Казалось, я плыву против течения. Точка, отмечавшая мою геопозицию на карте, не двигалась.

Прошло еще немного времени, и все стало только хуже. Сначала я проколол колесо. Камера начала спускать, когда я повстречал диких собак. Тогда о замене камеры и речи быть не могло. Теперь же, когда покрышка стала плоской, как блин, откладывать было нельзя.

Я сошел с дороги и скинул снаряжение с велосипеда. С нами поравнялась еще одна машина. В ней сидели мужчина и девушка. Сжалившись надо мной, мужчина начал было притормаживать, но в последнее мгновение передумал и поддал газу.

Когда я заканчивал менять камеру, вдруг повеяло прохладой. Мне бы обрадоваться, но я знал — это ничего хорошего не сулит. Я поднял голову и увидел над долиной армаду чернейших туч. Из них уже во все стороны летели трезубцы молний. Надвигалась гроза. Нас ждали большие неприятности. Весь подъем являл собой пустошь с высохшими и подозрительно обугленными деревьями, которые словно намекали, что их участи и нам не избежать.

Я бросился штудировать Интернет. Мне было интересно, что произойдет с человеком, если в него вдруг ударит молния. Конечно же, я совершал свою давнюю ошибку. Никакого облегчения от прочитанного я не испытал, а только почувствовал себя уязвимее, чем прежде: оказывается, удар молнии смертельно опасен в радиусе десяти метров!

Пока мой кошмар наяву набирал силу, Нала безмятежно спала в переноске. Как ни загляну к ней, все лежит, свернувшись клубком, и в ус не дует.

— Хотел бы я быть на твоем месте! — сказал я и сделал последний рывок к вершине горы навстречу грозе.

Я вымок до нитки, но до вершины добрался. Одно утешало — обратный путь лежал под гору. Хотя город был не так уж и близко — часа два, не меньше.

Похоже, не только у меня дурная голова не давала покоя ногам: на автостоянке у площадки обозрения стояло несколько машин, и тот пикап, кстати, среди прочих. Раз уж забрался, грех было не насладиться видом! От панорамы дух захватывала. Тучи, нависавшие над долиной, сместились в сторону. Я обернулся и глянул на видневшееся вдали побережье: сто пятьдесят километров! Тут, скажу я вам, было чем гордиться!

Завязался разговор с одним из туристов. Я попытался объяснить ему, что еду через Конью в Каппадокию. На ломаном английском он извинился: помочь не сможет. Оказалось, почти все возвращаются тем же маршрутом, что и приехали. Оставив все надежды избегнуть страданий, я принялся кормить

Налу перед грядущим спуском. Вдруг подошла та женщина из пикапа и что-то сказала. К сожалению, я ни слова не понял. Но тут я заметил, что задний борт пикапа открыт, а двое мужчин, по всей видимости муж и сын женщины, прибираются в кузове. Они помахали мне, а я стоял и не верил, что вниз поеду с ветерком!

Расчищенного от гравия места в кузове как раз хватило, чтобы влезли я, Нала и велосипед. Велосипед поставили к задней стенке кабины, под брезентовый навес. Нала, вырванная из сладкого сна, поначалу капризничала, но вскоре успокоилась. Глава семейства завел машину, и мы покатили под гору. Изрытая колеями извилистая дорога выглядела такой крутой и опасной, что я дивился хладнокровию водителя. Ко всему еще и пыль столбом стояла — и это несмотря на недавний дождь! Пикап то и дело мотало из сторону в сторону, но мы неуклонно продвигались вперед. Каждый раз, ухая колесом в яму или налетая дном машины на булыжник, водитель, сверкая беззубой улыбкой, вскидывал большой палец и приговаривал:

— Все в порядке! С этим я разберусь, приятель!

Рулил он будто бы уверенно, и мне ничего не оставалось, кроме как довериться ему. Когда через час мы спустились к подножию горы, уже сияло солнце. Проехали еще около пятидесяти километров, и впереди показался городок. Водитель остановил пикап и откинул борт кузова: похоже, здесь наши пути расходились. Я поблагодарил их на турецком языке от всего сердца. В свою очередь, глава семейства, как фокусник, вытащил из ниоткуда бутылку ракии и пару стаканчиков — выпить за наше знакомство и маленькое совместное путешествие.

Отказывать я не посмел — неприлично. В конце концов, они избавили меня от сложнейшего спуска. Я поднял стаканчик, салютуя семейству, и одним глотком расправился с ракией.

Солнце было еще высоко, и я вполне успевал доехать до соседнего города, побольше. Простившись с семейством, я налег на педали: все мои кости и мускулы выли от боли. Икры агонизировали, а бедра сводило судорогой. Боль в трицепсах просто убивала меня: упражнение «затолкай велосипед в гору» не прошло бесследно. Ну, по крайней мере, хоть сейчас дорога шла не в гору!

В город я добрался через полтора часа, уже на закате. Я ожидал увидеть тихий и спокойный городок, но, как назло, гуляла свадьба: люди ели, пили, пели и танцевали.

Подыскав место для велосипеда, я набрал из источника воды, чтобы напоить Налу, а ее уже и след простыл! Нала убежала на свадьбу. Несколько детишек в белоснежных рубашках и платьишках тут же ее заметили и устроили возню. Тем временем гости у входа в кафе, отчаянно жестикулируя, уже подзывали меня к себе. Я подошел. Оказалось, что они немножко понимают по-английски. Я рассказал им, куда и откуда держу путь. Прежде чем я успел что-либо сообразить, в моей руке оказался бокал «Бакарди». Мы немного выпили, наблюдая за Налой и детьми, но засиживаться я не стал. Я не из тех, кто упускает возможность оттянуться на вечеринке, но в тот день здоровье мне не позволяло. Я был разбит. Сил хватило только на то, чтобы откатить велосипед с центральных улочек. Но достойного места для лагеря найти не удалось, да и от самой мысли возводить палатку в таком состоянии становилось невыносимо тошно. Поэтому я нашел в тихом местечке под сенью деревьев удобную с виду скамейку, подложил под голову рюкзак и улегся. Нала, немного поерзав у меня на груди, наконец-то устроилась и притихла. На этот раз я уснул даже раньше Налы.

16

Группа поддержки

Прошло три недели, а язвочка на губе Налы до сих пор мозолила мне глаза.

В один день язвочка будто бы заживала,
а на другой выглядела хуже некуда: саднила
и сводила Налу с ума пуще прежнего.

Я подозревал, что Нала сама бередила
ранку, когда та чесалась. Глаз да глаз нужен
был за ее лапкой, то и дело норовившей дотянуться до мордочки! Ей-богу, я чувствовал
себя точно мамочка, трясущаяся над грызу-
щим ногти чадом. Представляю, что она думала про меня: «Хозяин-то совсем сбрендил!»

Я опять взялся за старое и принялся искать в Интернете информацию про кошачьи
язвочки.

Некоторые ветеринары утверждали, будто бы во всем виноваты пластиковые миски.

Ни на что особо не рассчитывая, я тут же заменил их металлическими, когда проезжал Анталию.

Переговорив с Шемом и парочкой других ветеринаров, подписанных на мой «Инстаграм», я выяснил, что единого мнения нет. Один уверял, что беспокоиться не о чем, второй, ссылаясь на незаживающую язвочку, настаивал на срочном визите в клинику.

В одном они сходились: Нале нужен покой, причем продолжительный. Сон — лучшее лекарство.

Я снова почувствовал себя кругом виноватым. Последние несколько дней в горах даже с натяжкой спокойными назвать было трудно.

К концу августа моя совесть немножко угомонилась. Мы добрались до Гереме в Каппадокии. Там я хотел погостить недельку-другую и сделать дела, отложенные некогда в долгий ящик, а Нала тем временем могла спать, сколько ей заблагорассудится.

Для почина я наконец-то запустил видеоблог на «Ютьюбе». Если оценивать трезво, то первое мое видео было не очень: кривой коллаж из снятых на Санторини фотографий и роликов с чересчур громким музыкальным сопровождением. Я мог сделать и лучше. И действительно, следующие два десятиминутных видео о нашем путешествии по

Турции получились одно лучше другого. Блог я решил обновлять каждое воскресенье. Так было удобнее всего: за неделю копится достаточно материала, а в выходные, сидя в каком-нибудь хостеле, я монтирую записи и загружаю их в Сеть. Со временем поднатарею, и мой блог будет просто супер!

Конечно же, все мою неопытность возмещало обаяние актрисы от бога — Налы. Без нее ничего бы не получилось! Нала была не только красива, но и чертовски фотогенична, и я почти не сомневался, что она специально играет на камеру. Например, на прошлой неделе, пока мы пережидали полуденную жару в теньке придорожного кафе, я поставил включенную камеру на пол. Нала валялась среди сухой листвы и камней, а затем, словно для большей зрелищности, вскочила и покатила камень прямо на объектив. Когда я смонтировал этот видеоролик, получилось бесподобно! Еще Нала любила прижаться мордочкой к линзе, но делала это так мило-премило! Собственно, что бы Нала ни делала, это всегда было чертовски мило. Со стороны все это походило на заранее подготовленное выступление.

Подписчики по достоинству оценили ее актерское мастерство: вскоре их набралось уже около десяти тысяч.

Судя по комментариям, больше всего подписчикам понравились съемки от лица, точнее — мордочки Налы. Когда зрители «Ютьюба» подписались и на «Инстаграм», набравший к тому времени более шестисот тысяч человек, общая цифра получилась просто умопомрачительной. Я все гадал, чем же людей привлекает моя страничка? Кто они?

«Вероятно, для них это что-то мимолетное. Так они отвлекаются от тяжелых трудовых будней, — думал я. — Увидели новую фотографию миленькой Налы, поставили эмодзи и дальше работать!»

Но было немало и тех, кто всерьез следил за нашими передвижениями, давал советы и предлагал помощь. Группа поддержки Налы — по-другому и не назовешь!

И конечно же, у каждого из них имелось свое мнение. Многие давали полезные советы, начиная с диеты и заканчивая коготками — подстригать или нет? Не обошлось и без тех, кто любил командовать. Их приказы должны были исполняться немедленно и беспрекословно. Всем угодить я не мог, да и не собирался: такие подписчики воображали, будто могут решать за меня, куда мне ехать, а куда нет. Некоторые считали, что я вообще не должен никуда ехать. Если бы я прислушивался к таким подписчикам-перестраховщикам, то Нала, обернутая ватой, уже давным-давно бы улетела самолетом в Шотландию.

Больше всего брала за душу искренняя, но порой слишком настойчивая щедрость. Слава богу, поток подарков я остановил еще тогда, на Санторини. Тем не менее предложения с новым велосипедным оборудованием и одеждой для Налы поступали мне постоянно. Иногда я принимал их. Особенно когда это касалось снаряжения для перевозки Налы. Согласился я и на немецкие износостойкие покрышки «Швальбе», которые должны были облегчить мне перемещение по дорогам Центральной Азии и Индии. Но в большинстве случаев я вежливо отказывался либо не отвечал совсем, поскольку прочитать все сообщения не мог физически.

Странными казались мне сообщения от людей, предлагавших остановиться у них на ночлег, «если я вдруг буду проезжать мимо». Это забавляло и наводило на размышления. А какова вероятность, что я когда-нибудь проеду мимо того, кто нашел меня в «Инстаграме»? Надо думать, мизерная.

Ну а больше всего я удивлялся готовности моих подписчиков жертвовать свои кровные денежки на те предприятия, которые я считал достойными.

Все началось еще тогда, в Албании, когда я попросил помочь Балу. Затем помощь понадобилась приюту на Санторини. Эти два события открыли мне глаза: я и правда мог менять мир к лучшему. Джини, сказав, что Нала — моя уникальная возможность помочь нуждающимся в деньгах благотворительным организациям, оказалась права.

Эта мысль прочно засела у меня в голове, и я провел не один час, обдумывая, как бы сделать этот мир еще лучше.

Первым делом, казня себя за склонность все откладывать в долгий ящик, я наконец-то решил провести лотерею, объявленную еще на Санторини. По правде говоря, для розыгрыша у меня банально не хватало времени.

Тринадцать тысяч — вот сколько людей купили билетики ценой по одному фунту стерлингов. Невероятно, но факт!

Определив победителей, я сообщил Галатее адреса, куда отправлять миски с отпечатками лап Налы. После этого я занялся распределением собранных денег. План был прост: по тысяче фунтов на каждую благотворительную организацию. Оставалось только составить список достойных кандидатов.

Воодушевленный успехом лотереи, я начал продумывать более смелый проект для сбора средств на благотворительность: календарь с Налой. Первое время я побаивался поставленной перед собой задачи, поскольку ни черта не смыслил в верстке календарей. Да, я уверенно пользовался ноутбуком, но в такие дебри еще не залезал. К счастью, группа поддержки Налы оказалась тут как тут, и я познакомился с дизайнером из Нью-Йорка — Кэт Макдональд, которая меня и спасла.

Приятно было думать, что я на правильном пути и делаю что-то полезное.

Из тысячи тысяч прочих только два сообщения оказались от злопыхателей. Другие болели за нашу с Налой команду и с удовольствием следили за путешествием. Так здорово делать жизнь людей, а может, даже и мир чуточку лучше и светлее! Но я не зазнавался — ей-богу, нет! Все-таки мой канал на «Ютьюбе» был далеко не «Нэшнл джиографик» или Би-би-си. Хотя недооценивать свое путешествие я не собирался. Оно обрело концепцию, пренебрегать которой было бы просто преступлением. Правда была в том, что теперь я не мог не двигаться дальше.

«В конце концов, раз назвал канал „1bike-1world“, — говорил я себе, — так будь добр, закончи кругосветку как положено!»

Встреча с Налой изменила мое путешествие. Мне пришлось изучить все тонкости кошачьего туризма. Каждый раз, пересекая границу, я должен был предъявить справку о здоровье Налы, полученную накануне у ветеринара из страны, которую покидал. Даже если бы язвочка Налы зажила, то я все равно обязан был получить заключение врача. Каждый раз без исключения: будь то граница Турции с Грузией или граница Грузии с Азербайджаном.

Что ж, правил я нарушать не собирался. Тем более процедура никаких сложностей не представляла: проверка документов, быстрый осмотр — и готово! Единственной неприятной процедурой для Налы было ректальное измерение температуры.

Если формальности кошачьей жизни меня беспокоили мало, то вот обдумывание маршрута сводило с ума. Чем дольше я вглядывался в карту, тем больше страшился поджидавших меня трудностей.

За несколько дней до этого по дороге на Аксарай я остановился на бензоколонке, чтобы пополнить запасы еды и воды. Так получилось, что я познакомился с парой велосипедистов, Дэвидом и Линдой. Они тоже вели страничку в «Инстаграме», и называлась она «zwei_radler».

Мы выпили по кружечке кофе и решили какое-то время ехать дальше вместе.

Все-таки путешествовать в компании было здорово. Как бы там Нала меня ни развлекала, как бы ни радовала мой глаз, человеческое общение, увы, заменить она не могла.

В конце дня мы разбили лагерь в красивом месте под названием Султанханы. Мы исследовали город, осмотрели древнюю мечеть, обнесенную крепостными стенами и рвом, а затем, не забыв и про Налу, отправились на ужин. Поговорили задушевно. Мы были примерно одного возраста, и интересы у нас во многом совпадали.

Дэвид и Линда недавно поженились. Свадьбу сыграли несколько месяцев назад в Баварии. Вместо обычного медового месяца молодожены оседлали велосипеды и отправились в Азию.

— Это самый экологичный способ посмотреть мир, — пояснила Линда.

С этим не поспоришь.

— Мы стартовали из Баварии, пересекли Австрию, Венгрию, Болгарию и наконец оказались здесь, в Турции, — рассказывал Дэвид. — Куда поедем дальше? Одному Богу известно! Мы стараемся не загадывать. Открыты для любых предложений!

— Но в марте следующего года как штык должны быть на работе, — усмехнулась Линда.

Сперва я обрадовался, что наши маршруты совпадают. Но радость моя была недолгой. Дэвид и Линда собирались в Грузию и Азербайджан. Затем через Северный Иран в Туркменистан и Узбекистан. А оттуда на

Памирский тракт, пролегающий по Великому шелковому пути. По тому самому пути, по которому из Европы в Китай путешествовали Марко Поло и многие другие купцы.

Дэвид и Линда задумали посетить красивейшие города мира: Бухару, Самарканд и Хиву. А после Гималаев их поджидала Индия. Как и я, они мечтали оказаться на Памирском тракте, считая его кульминацией всего путешествия. Но вскоре выяснилось, что от Памирского тракта они отказались!

— Уже середина августа. Погода меняется, причем в худшую сторону. Нам не успеть, — объяснял Дэвид. — На больших высотах погода коварна. Того и гляди все снегом занесет. А Памирский тракт — не лучшее место для зимовки.

Новости потрясли меня. Я и сам понимал — времени в обрез, но никак не мог предположить, что его, оказывается, нет совсем! Я наивно полагал, что Памирский тракт будет дожидаться меня аж до ноября. Как бы не так! Дэвид и Линда изменили маршрут и после Азербайджана собирались на юг через Иран, Пакистан, Бирму и Таиланд.

— Такой вот новый план. Пока что! — улыбнулась Линда. — Сам знаешь, как все может резко измениться, когда путешествуешь на велосипеде!

— Это вы еще с кошкой не пробовали! — отозвался я.

Наутро мы, пообещав оставаться на связи, попрощались. Возможно, когда-нибудь наши дороги вновь пересекутся, ну а пока мне было над чем поразмышлять: встреча дала много пищи для ума. То, что я прочитал про Иран, мне не понравилось. Конечно, я слышал, что Иран богатая на достопримечательности страна, ко всему еще и мусульманская — Налу на руках носить будут! Но вот политическая обстановка в Иране оставляла желать лучшего. Я открыл сайт Министерства иностранных дел и обнаружил, что в Иран можно попасть только в составе туристической группы. Наверняка существовали готовые помочь фирмы, но все это казалось мне той еще морокой! По такой путевке мне свободно передвигаться не дадут. А самое главное, с кошкой в туристическую гостиницу не пустят: либо оставляй снаружи, либо отдавай в питомник.

Такой расклад меня не устраивал. Не зная, что и предпринять, я надумал спросить совета в «Инстаграме». Наверняка среди армии подписчиков найдется парочка-другая бывалых путешественников с ценными советами наготове!

В скором времени мне и впрямь подкинули несколько интересных идей. Со мной даже связались из «Туркиш эйрлайнс» и спросили, как я смотрю на то, чтобы отправиться на прямом рейсе в Индию. Смотрел я на это отрицательно: пихать животных в багажник самолета — это не про меня. Но даже когда меня заверили, что Нала может лететь в салоне самолета, я все равно решил отказаться. Слишком уж много бумажной волокиты! Головная боль, да и только! Возможностей для путешествия на юг континента представится мне еще много: будь то велосипед, поезд, самолет или судно. Помня об этом, я решил пока придерживаться плана и двигаться в сторону Грузии и Азербайджана. До столицы Азербайджана Баку, на побережье Каспийского моря, оставалось ни много ни мало одна тысяча восемьсот километров. «Как-нибудь доберусь!» — подбадривал я себя.

Каппадокия славится потрясающими воображение вулканическими пейзажами, напоминающими кадры из «Звездных Войн». Вся долина усеяна высоченными конусовидными столбами, как будто сделанными из сахара.

Самый верный способ оценить всю красоту Каппадокии — увидеть ее с высоты птичьего полета. Именно поэтому подъем на воздушном шаре там популярный вид туризма. Каждое утро на рассвете над долиной поднимается и проплывает множество шаров с туристами. Быть в Каппадокии и не увидеть такие красоты — сожалеть всю оставшуюся жизнь! Я нашел контакты какой-то местной турфирмы и связался с ними. К моему изумлению, они оказались среди моих подписчиков и предложили бесплатную прогулку, при условии, что Нала полетит со мной. Идея мне не понравилась: громкие звуки пугали Налу до чертиков. Как она перепугалась тогда на пароме в Санторини! А эти гигантские, оглушительно ревущие горелки на шарах точно сведут ее с ума! К разочарованию сотрудников турфирмы, я отказался от их предложения. Хоть они и пытались меня переубедить, я остался тверд в своем намерении. Ну уж нет! Такому страху Налу ни за что не подвергну! Лучше уж полечу, как все, — за деньги.

Спустя несколько дней я поднялся ни свет ни заря — в 4:30 утра — и отправился на площадку с воздушными шарами. По пути нервничал: как я там буду на такой высоте? Да еще и среди толпы!

Мои опасения оказались напрасны: прогулка на воздушном шаре была незабываемой. Сотни разноцветных шаров в предрассветном небе, одновременно голубом и розовом, выглядели невероятно. В очередной раз я убедился, что не зря покинул Данбар.

Через неделю я поймал себя на мысли, что в Каппадокии засиделся, и поехал дальше — к берегам Черного моря в Грузии. Двигаться с черепашьей скоростью, конечно, здорово, но иногда не мешает ускориться и побыть немного зайцем! Не внять предостережениям Дэвида и Линды было бы верхом глупости.

Перед тем как пересечь границу с Грузией, Нале нужно было показать ветеринару. В клинике меня ждали хорошие новости. Похоже, неделя отдыха пошла Нале на пользу. Когда я попросил врача осмотреть язвочку, он ловко приподнял ей губу, пожал плечами и сказал:

— Ничего не вижу.

— Да ладно! — воскликнул я, не веря своим ушам.

Наклонившись поближе, я не обнаружил и намека на язвочку.

Затем ветеринар обследовал Налу и сказал:

— С ней все в порядке. Видно, что вы ревностно печетесь о ее здоровье.

Я с облегчением выдохнул: ничто не омрачало моего дальнейшего путешествия. Но рисковать Налой я больше не собирался. Впереди нас поджидал еще один горный участок, и я задумал преодолеть его на автобусе. Хватит с нас солнечных ударов.

Автобус отходил с вокзала города Сивас в десять утра. Накануне ночью, преодолев несколько километров, я добрался до места и уселся на остановке дожидаться отправления. Нала спала, а я тем временем развлекал себя как мог. Наконец часы показали десять утра. Автобус не появился. Через полчаса, через час — тоже ничего. Я огляделся: людей нет, двери закрыты, только окошко маленькой будки кассира, открывшейся около девяти, распахнуто настежь. Я подошел и поинтересовался, где автобус. Оказалось, я невнимательно посмотрел в расписание: автобус отправлялся в десять вечера.

Ну приехали! Еще одиннадцать часов ждать!

Что ж, бывало и хуже. Ничего не оставалось, как идти и фотографировать Сивас. А если утомлюсь, то вздремну в том маленьком сквере!

Нагулявшись, к вечеру мы вернулись на уже знакомую нам скамейку вокзала. Вскоре показался и видавший виды автобус. «Идеально было бы проснуться на Черном море», — подумал я, предвкушая крепкий сон на мягком сиденье.

Водитель выбрался из кабины и открыл багажный отсек в нижней части автобуса. Помимо меня, была пара пассажиров, но только у одного из них оказался чемодан. Почти весь багажный отсек принадлежал мне. Десяти часов еще не было, поэтому времени разобрать велосипед у меня хватало. Я начал заталкивать тележку и сумки со снаряжением, но водитель моего рвения не оценил. Из криков я уловил, что автобус его и он сделает все сам. «Что ж, своя рука владыка», — подумал я и пошел занимать место, как вдруг услышал очередные вопли:

— Кеди! Кеди!

Нала тихо-мирно спала у меня в рюкзаке-переноске, и я никак не думал, что водитель заметит ее. Я вернулся к нему с немым вопросом на лице. Тот показывал на часть багажного отсека, огороженную сеткой, и настойчиво покрикивал: «Кеди! Кеди!»

Я и без словаря понял, чего хочет водитель. Черта с два соглашусь на это! Я принялся доказывать водителю, что никакой надобности ехать Нале в багажнике нет.

— Она спит, — сказал я, демонстрируя водителю рюкзак. — С-п-и-т! Крепко!

Но водитель ничего не хотел слышать. Тем временем подошел еще один пассажир. Он немного говорил по-английски. Выслушав меня, он объяснился с водителем и передал его слова:

— Кошка будет мяукать всю дорогу и донимать пассажиров, мешая спать.

Мне ничего не оставалось, кроме как бросить затею ехать на автобусе. Я принялся вытаскивать велосипед и снаряжение, а водитель, глянув на меня, лишь сказал:

— Твой выбор, приятель.

Как же я был зол! Я не поленился дважды проверить информацию, что Налу можно взять с собой в салон. И на вокзале, и в кассе мне сказали: «Можно, если кошка в переноске».

Ехать куда-то своим ходом было уже поздно. И опасно. Неосвещенные дороги, до сих пор запруженные машинами, доверия не внушали.

Устанавливать палатку мне не захотелось, поэтому я просто улегся на ту скамейку, на которой недавно дожидался автобуса. «Решать, что делать дальше, буду завтра», — подумал я, открывая «Инстаграм». Какое-то время я обновлял страничку, переписывался с людьми из Великобритании, а затем к полуночи вдруг понял, что озяб. Забравшись в спальный мешок, я вскоре задремал.

Но спал я всего лишь несколько минут. Кто-то ткнул меня под ребра.

«Ну, супер! — еще не открыв глаз, подумал я. — Сейчас изобьют и ограбят. Где же, черт возьми, носит моего ангела-хранителя?»

Я резко сел, распахнул глаза и увидел два улыбающихся девичьих лица.

— Приветик! — сказала одна из них с акцентом. — Я тебя видела в «Инстаграме». Давай-ка вставай, нечего тут валяться! Сегодня спишь у меня.

Я потерял дар речи. Неужели у меня есть подписчики и в этом маленьком турецком городке? Всего полчаса назад я написал, что

284

собираюсь заночевать на скамейке в Сивасе, а меня уже нашли и предлагают кров! Как? Как такое возможно? Я точно недооценивал группу поддержки Налы. И я был ой как не прав, когда думал, что вероятность оказаться в гостях у подписчиков стремится к нулю. Я попытался слабо возразить, что спал в местах и похуже, но девушки даже слушать не хотели и только поторапливали.

Толкая велосипед, я пошел следом за ними по закоулкам, и вскоре мы оказались возле небольшого дома. Хозяйку звали Ария, а вот имя подруги, к своему стыду, я даже выговорить не сумел.

Девушки закатили пир горой. Для меня, привыкшего питаться в дороге чем попало, это было по-настоящему королевское угощение. Благодарности моей не было предела. Накормив от пуза, меня уложили спать. И уложили, конечно же, как короля!

На следующий день Ария повела меня смотреть Сивас. Она с гордостью показывала достопримечательности. Больше всего запомнились медресе — мусульманское училище, и турецкие бани. Между делом удалось навязаться в попутчики к одному парню. На этот раз бесплатно меня везти никто не собирался, но я не возражал: умирать в горах под палящим солнцем — удовольствие не из приятных. Да и Грузия станет ближе.

После полудня мы загрузили все мои пожитки в современный белый фургончик с удобными сиденьями, кондиционером и отправились навстречу черноморскому побережью. Ария махала нам вслед, посылая воздушные поцелуи Нале. Я пребывал в смешанных чувствах. Мы знали друг друга не больше двадцати четырех часов, а расставались, будто старые друзья. Прощаясь с Арией, я прощался и с Турцией: фургон забрался на самую высокую точку горы и перед нами открылся вид на Черное море.

«Если повезет, то через несколько дней, — думал я, вглядываясь в восточную часть побережья, — будем уже в Грузии».

Я покидал Турцию, но я не собирался забывать ни страну, ни людей: они навсегда останутся в моем сердце.

Я еще раз убедился, что мир надо познавать самому. «Ни газетам, ни телевидению верить нельзя: у них все выглядит либо черным, либо белым, — размышлял я. — Им ничего не стоит настроить людей друг против друга, будь то вероисповедание, раса или мировоззрение». Разумеется, я не настолько наивен, чтобы полагать, будто все дело лишь в недобросовестности средств массовой информации. В этом мире все смешалось: разрешить политические и социальные споры — задача очень трудная. А когда вмешиваются злодеи — куда без них? — задача усложняется и становится практически неразрешимой.

Несмотря на различия между народами, в глубине души я верил, что все мы одинаковые. Так или иначе человек всегда тянется к добру. И турки продемонстрировали мне это не раз и не два. Джейсон, Ария, семейство на пикапе и многие, многие другие следовали естественному инстинкту — протянуть руку помощи человеку в беде. Без сомнения, эти люди отныне будут занимать почетные места в группе поддержки Налы!

Даже объехав вокруг мира дважды, я вряд ли мог получить урок более ценный!

17

Такой разный мир

Вильнув рулем, я увернулся от выскочившего на дорогу горного козла. Нала навострила уши и вцепилась в ручки переноски. Козла мы уже оставили позади, а Нала все продолжала всматриваться в дорогу, быстро поглядывая по сторонам. Вскоре я увидел, что привлек Налу совсем не козел, а старушка в черном платье и чепце, загонявшая прутом двух белых коров в домик на опушке леса. Но рогатый скот — не самая послушная животина на этой планете! Коровы встали как вкопанные в каких-то метрах от жилища старушки и протестующе мычали. Женщине ничего не оставалось, как завопить что было мочи и начать хлестать коров прутом по крупу. Животин проняло, и спустя несколько мгновений, пригибая головы, они уже пролезали в домик. Старушка юркнула за ними и затворила за собой дверь. Я чуть живот не надорвал!

— Наверное, она пригласила их выпить чая! — сказал я Нале и потрепал ее по загривку.

Вот уже несколько дней я ехал по дорогам Грузии. Меня не покидало ощущение, что я въехал не только в другую страну, но и в совершенно другую эпоху. А может, даже в другой мир.

Впечатление это проявилось у меня за много километров до границы с Грузией. К грузинским пограничным постам тянулась нескончаемая стена фур, стоявших на обочине дороги. Несмотря на то что многие из них я миновал без очереди, добираться до будки пограничника мне пришлось долго. Когда наконец-то настал мой звездный час, я обнаружил военизированный блокпост с целой армией по флангам. Пограничники досматривали документы чуть ли не под микроскопом.

Нала, устав сидеть в переноске, забралась мне на руку и попыталась очаровать молодого пограничника. На этот раз ее сверхспособность дала осечку: мужчина отвернулся и отошел в сторону. Минут пятнадцать, не меньше, пограничники вертели наши документы в руках и так и этак. Они долго что-то оживленно обсуждали, а затем один из них заворчал и махнул рукой, чтобы мы проезжали.

Меня не покидало ощущение, что я вновь оказался в Албании. Тут и там мне попадались потихоньку разрушавшиеся вот уже какой год суровые бетонные здания времен Советского Союза. Дома в деревнях выглядели не лучше. Вид их покосившихся крылечек и обшарпанных фасадов вызывал лишь жалость. Дорога же, по которой я пробирался, отчаянно работая рулем, была как после бомбежки.

Усугубляли мое положение и водители: для них разделительной полосы словно не существовало. Чудом только не сбили! Машины проносились так близко, что даже Нала бросала испепеляющие взгляды на их водителей. Не желая испытывать судьбу, я старался, где это было возможно, ехать проселочными дорогами. Сельская местность Грузии впечатляла: живописные долины с реками, бегущими среди пышно цветущих холмов, и горы на горизонте равнодушными не оставили бы никого. Чем дальше мы забирались вглубь Грузии, тем сильнее крепло во мне ощущение, что я либо переместился во времени, либо оказался в какой-то фантастической стране из сказки. Та старушка с коровами служила ярким тому доказательством. Животные, казалось, были повсюду и жили вместе с хозяевами бок о бок: старушка с коровами — случай не единичный. Собаки, кошки, гуси, свиньи, куры — кого тут только не было! По дорогам постоянно бродили козы, коровы и костлявые клячи. Все это напоминало один огромный зоопарк или ферму. Только вот о животных тут никто и не думал заботиться: они выглядели хуже некуда.

Кто-то возразит мне, что у этих людей и так хлопот полон рот, чтобы еще над скотом трястись. Кто-то скажет, что я никогда не был на их месте, чтобы судить. На это я могу ответить: чтобы быть добрым, деньги не нужны. Увиденное расстроило меня, а первоначальная радость от живописных пейзажей поугасла.

Первую остановку я задумал сделать в курортном городе Батуми. Прибыли мы ранним вечером и успели как раз перед ливнем. Хоть Грузия страна и бедная, но люди здесь щедрые. Дают больше те, у кого почти ничего нет, — это я усвоил давно. Я заселился в маленький хостел со включенным ужином, и меня приняли, как брата, вернувшегося из долгих скитаний. Не успел я и глазом моргнуть, как в руках у меня оказалась стопка водки. «Начало конца», — подумал я и выпил. Затем выпил еще, и еще, и еще... В итоге я налакался до такой степени, что с утра едва встал с постели. К концу недели я должен был добраться до Тбилиси и получить новые покрышки «Швальбе», но похмелье мигом перекроило все мои планы — от выпитого я отходил целые сутки.

В Грузии даже похмеляться не надо: стоит только забраться на велосипед и отправиться в путь, как новые впечатления тут же все затмят.

Так, например, в одной деревеньке я увидел маленький автомобиль, надрывавшийся, чтобы вытащить застрявший грузовик. Грузовик был в пять, а то и в шесть раз больше тянувшей его малютки. Чем думал водитель автомобиля, мне неведомо. Такого я в жизни не видел! Неподалеку играли в мяч дети. Баскетбольный мяч являл собой жалкое зрелище, но детей это нисколечко не волновало. Они ликовали и смеялись, когда кто-нибудь забрасывал мяч в ржавое ведро, висевшее на ветке дерева. «Как в лагере беженцев, — вдруг вспомнил я. — Грузинским детям, как и детям беженцев, для хорошего настроения нужно немного».

Нельзя было и шагу ступить, чтобы не повстречать какую-нибудь животину. Каждый дом, казалось, имел стандартный набор животных: козы, куры и ослы. О собаках даже и говорить нечего — их было пруд пруди: любого размера, окраса и породы. Многие из них — бродячие. Они трусили по дорогам и полям в поисках еды или ночлега. У меня сердце кровью обливалось! Не прошло и пары часов, как за нами увязался один такой лопоухий приятель с коричневой в белых пятнах шерстью. Я вспомнил своего давно усопшего пойнтера Тила, который такого отчаяния, как этот приятель, даже не нюхивал. Сказать, что лопоухий пес был кожа да кости, значило ничего не сказать. Низко пригнув голову, он семенил за нами в двадцати-тридцати метрах и не сводил с нас грустного взгляда. Я притормозил, чтобы поздороваться с ним и угостить. Угощение пес проглотил одним махом. «Похоже, давненько не ел!» — подумал я и двинулся дальше с мыслью, что пес повернет вскоре домой. Но дома у пса, вероятно, не было. Лопоухий бежал за нами несколько километров и отстал, только когда мы выбрались на трассу, ведущую в Тбилиси.

Влившись в поток машин, я постоянно оборачивался: лопоухий одиноко стоял на обочине и смотрел нам вслед. Так мы и расстались. Следующие тридцать километров мои мысли кружились вокруг этого пса.

Долгие дни меня мучили угрызения совести, что я не вернулся и не помог бедняге!

———

Все эти несчастные животные только пробудили во мне еще более трепетное отношение к Нале, которая побывала с этими горемыками в одной лодке. Слава богу, что я нашел ее и смог подарить ей новую, лучшую жизнь!

От проблем со здоровьем Нала избавилась еще в Турции, все они остались в прошлом. Заключение ветеринара радовало меня несказанно: язвочки как не бывало, а со здоровьем полный порядок. А вот про себя и свой велосипед я так сказать не мог.

Не знаю, где я подхватил эту заразу: то ли по дороге, то ли в грязном номере дешевого хостела, но глаза чесались как проклятые! Не тереть их было невозможно. Но если я их тер, то зудели они еще страшнее. На полпути к Тбилиси я едва мог разлепить веки. Управление велосипедом с закрытыми глазами не рекомендуется, особенно на грузинских дорогах. Через тридцать километров я оставил все попытки и сделал привал до следующего дня.

Что касается велосипеда, то на камерах колес живого места не было от заплат! Ничего удивительного, учитывая, в каком состоянии пребывали дороги Грузии. Но дело было не только в дорогах: частые проколы обычно сигнализируют о сильном износе покрышек. Осматривая колеса, я обнаружил на тормозах еще и трещину, образовавшуюся, похоже, от какого-то сильного удара. К счастью, в Тбилиси оказался сервисный центр, занимавшийся ремонтами велосипедов «Трек». Первым делом я решил направиться туда. Эй ли техосмотр точно не помешает!

Погода испортилась, а до Тбилиси оставалось еще несколько дней пути. Вдоль трассы бежала железная дорога, и оставшийся путь до столицы я решил проехать на поезде. К тому времени как мы добрались до железнодорожной станции, небо уже заволокло черными тучами и громыхнуло так, как в жизни я еще не слыхивал.

Только мы запрыгнули в поезд, как небеса разверзлись и дождь полил как из ведра. Вода низвергалась с такой мощью, что я едва мог различить проплывающий мимо сельский пейзаж. В отличие от меня Налу непогода веселила: она тщетно пыталась поймать лапкой стекавшие по окну капли.

В Тбилиси мы прибыли ранним вечером и сразу направились в квартиру, которую я заранее арендовал. Квартира находилась на холме. Из нее открывался замечательный вид на город. Нале помещение сразу пришлось по душе. Здесь было достаточно места, чтобы отвести душу и как следует порезвиться. Мне нравилось, что мы могли играть там часами, не привлекая ничьего внимания и никому не мешая. А еще тут было безопасно. То, что нужно, чтобы переделать все дела в городе.

Первые два дня я посвятил велосипеду: отдал его в сервисный центр и получил новые покрышки. Это оказались необычные покрышки. У них имелся дополнительный защитный слой резины, который, в теории, спасал колеса от проколов гвоздями, стеклами и другими острыми предметами. Казалось, будто я заменил не покрышки, а сам велосипед!

Пока велосипед был в ремонте, я сидел в квартирке и наверстывал упущенное в Интернете. Наконец-то я приступил к распределению лотерейных денег среди благотворительных организаций. Оказалось, это не так-то уж и просто! Если честно, то у меня голова шла кругом! Достойных организаций было гораздо больше, чем я предполагал. Поэтому, когда настал миг определить первую, я старался руководствоваться не только сердцем, но и головой.

Мне было шесть, когда мы с дедом посадили саженец остролиста неподалеку от нашего дома в Данбаре. До сих пор у меня в голове звучит голос деда, рассказывающего мне, как важны деревья на планете, как они поглощают углекислый газ и вырабатывают кислород, укрепляют почву и даже служат домом животным. Когда дед умер, мы с отцом пересадили остролист в сад перед домом, где он растет и по сей день.

В память о дедушке первую тысячу фунтов я пожертвовал некоммерческой организации под названием «УанТри плэнтид», восстанавливающей леса по всей планете. За каждый полученный доллар организация сажала дерево. Я думаю, дед обрадовался бы, если бы узнал, что в его честь будет посажено больше тысячи деревьев.

Первую тысячу распределить было сложнее всего, дальше — легче. Не задумываясь, я пожертвовал по тысяче фунтов Джини, Люции и Кристине, так выручавшим меня в свое время! Я ни секунды не сомневался, что этим деньгам они найдут достойное применение. Часть денег я распределил среди организаций, занимающихся проблемами окружающей среды. Например, тысячу фунтов получил австралийский фонд, собиравший средства на сохранение коралловых рифов.

Если бы не Нала, не видать мне денег как своих ушей. В знак благодарности в первую неделю октября я разыскал в Грузии самого лучшего тунца и устроил Нале праздничный завтрак. Был и другой повод для праздника — день рождения Налы. Если верить дате, поставленной черногорским ветеринаром в паспорте, то Нале исполнялся один год. Выдался славный осенний денек, чем мы и воспользовались, чтобы осмотреть столицу Грузии. Воздух прогрелся до двадцати градусов, и гулять было одно удовольствие. Нала, то сидевшая у меня на плече, то трусившая на поводке, неизменно притягивала восхищенные взоры окружающих.

В одном из многочисленных парков Тбилиси, поражавших своей красотой, мы провели целый час. Наблюдая за Налой, гонявшей мячик по клумбам и лазавшей по деревьям, я невольно призадумался. Как же она вымахала! Казалось, еще вчера она была котенком, а сегодня целая кошка! Но больше всего меня изумляло то, как она повзрослела. Как изменился ее характер! Где-то я читал, что первый год кошачьей жизни равен пятнадцати годам жизни человеческой. Похоже, так оно и есть. Может, она и не вела себя так, как я в свои пятнадцать, но подростковые черты были определенно налицо.

В какой-то миг она вдруг рванула к стае голубей, кормившихся у ног пожилой пары. Слава богу, поводок не дал ей добраться до птиц. Я потащил вырывавшуюся Налу к выходу. Верещала она так, что слышали, наверное, даже в Москве.

После беготни в парке Нала утомилась, поэтому мы отправились в приятный ресторанчик в старой части Тбилиси. Нала тут же облюбовала большой цветочный горшок посреди зала и задремала под сенью листвы, чем немало позабавила посетителей. Про себя я усмехнулся: даже спящей Нала очаровывает окружающих. Когда к вечеру мы взобрались на холм и добрались до своего пристанища, Нала была без задних лап. Праздничный вечер я проводил уже в одиночестве — Нала уснула.

Потягивая пиво и принимая поздравления от наших подписчиков, я весь расчувствовался. Эта лавина сообщений в очередной раз напомнила мне, как много в моей жизни поменялось с момента встречи с Налой. И Нала изменила не только мою жизнь! А что, если бы наши пути никогда не пересеклись? Где я был бы сейчас? Бездельничал на пляже Таиланда или Австралии? Или вернулся бы в Данбар с разбитыми надеждами на светлое будущее? К счастью, все эти вопросы были чисто гипотетическими. Нала лежала рядом и делала каждое мгновение путешествия незабываемым. Я гордился нашими подвигами и ни на секунду не сомневался, что мы сможем достичь большего.

Закончив с сентиментальной частью вечера, я перешел к обдумыванию вопросов насущных. Иран по-прежнему манил меня, но как преодолеть все трудности, я не представлял. Политическая ситуация в Иране была напряженная. Нарушить закон и загреметь в тюрьму мне совсем не хотелось, не о такой судьбе я мечтал.

Мои мысли вновь обратились к Памирскому тракту. Если я не прокачусь по Шелковому пути, то буду сожалеть об этом всю оставшуюся жизнь. Надо переждать зиму и ехать, когда сойдут снега на перевалах. Вот только где мне торчать целых пять месяцев?

Тбилиси — классный город, но что тут делать столько времени — ума не приложу. Если вернуться в Стамбул, то возможностей прибавится. Можно побыть немного там, затем отправиться по черноморскому побережью в Болгарию и Румынию, а дальше, чем черт не шутит, заглянуть и в Северную Европу. Тут я вспомнил про обещанный перелет в Индию, и мои мысли окончательно смешались. Переварить все это было непросто. В итоге я решил не забегать вперед и сосредоточился на делах. Буду присматривать за Налой, подыскивать работу, а дальше время покажет.

Пережив несколько взлетов и падений, проект с календарем Налы пока заглох. Компания, взявшаяся за рассылку календарей по всему миру, с этой масштабной задачей попросту не справилась. Я попросил помощи у группы поддержки Налы, друзей и родственников из Шотландии и ждал какого-нибудь дельного предложения. С тревогой я наблюдал, как день ото дня растет список благотворительных организаций, нуждающихся в помощи, но не падал духом. Рано или поздно все образуется.

Мой видеоблог на «Ютьюбе» процветал и даже начал приносить кое-какую прибыль, что не могло не радовать. Интересно было наблюдать за реакцией людей на мои публикации. Больше всего подписчикам пришлись по вкусу две короткометражки. В первом фильме я ехал на велосипеде и сражался с Налой. А во втором, снятом еще на Санторини, мы лежали в гамаке, а Нала нянчилась с моей больной ногой. Второй фильм набрал аж десять тысяч просмотров. Замедленные съемки проносившихся мимо меня красот Грузии зрители также оценили по достоинству. Не каждый решится отправиться в такую даль. Виртуальное путешествие определенно лучше никакого! Продумывая дальнейшие планы, я питал надежды, что Азербайджан пленит подписчиков не меньше Грузии.

В конце октября я отправился в путь. Граница с Азербайджаном находилась примерно в шестидесяти километрах от столицы Грузии. На дороги в этой части страны я нарадоваться не мог. Почти весь путь лежал по скоростной трассе с неким подобием велосипедной дорожки по центру. На новых покрышках я двигался заметно быстрее и к середине дня уже добрался до пограничного поста.

Мысленно поздравив себя с новым достижением, я притормозил, чтобы подготовить документы. Краем глаза я вдруг заметил что-то на обочине. Поначалу я не сообразил, что бы это могло быть, но интуиция уже безошибочно подсказывала — щенок. Даже на расстоянии я чувствовал, что щенку, то и дело странно подергивавшемуся, как-то совсем не хорошо. Я спрыгнул с велосипеда и подошел поближе, чтобы разглядеть беднягу получше.

Всяких собак я навидался в Грузии, но этот крохотный белый щенок был просто чемпионом по безнадеге! Несколько недель от роду, не больше, а до чего тощий! Обезвожен, хвостом еле виляет, а глаз и вовсе открыть не может. Похоже, на белом свете он не жилец!

Я решил, что умирать щенка не оставлю. «Где-то я уже это видел! — воскликнул я и тут же сам себе ответил. — Где-где, на границе с Черногорией, каких-то десять месяцев назад!» Мысли теснили одна другую. Что с ним делать? Куда везти?

Повторять тот фокус, что с Налой на боснийско-черногорской границе, я не собирался. Причин тому было множество, но главная — я уже минут десять маячил в пятистах метрах от пограничного поста и наверняка привлек чье-нибудь внимание. Памятуя о целой армии на границе с Турцией, особых надежд проехать с щенком без документов я не питал. Нет, это никуда не годится. Щенка отнимут, и все пропало.

Не раздумывая больше ни секунды, я наклонился и с великой осторожность поднял щенка с земли. Он взвизгнул от боли, дернулся, слабо пытаясь вырваться, но я тут же успокоил его и уложил в рюкзак-переноску.

Нала тем временем недовольно стреляла глазками: «Ну? Кого там еще принесла нелегкая?»

— Прости, но нам нужно вернуться. — Я потрепал Налу по загривку и поехал назад в Тбилиси.

День перевалил на вторую половину. Я изо всех сил спешил, надеясь вернуться в Тбилиси до закрытия ветеринарной клиники. Что-то мне подсказывало: если щенку не оказать неотложную помощь, ночь он не протянет. Продвигался я, как назло, очень медленно. Словно из ниоткуда возникали холмы. С утра, я поклясться готов, их и в помине не было!

К тому времени как я въехал в пригород Тбилиси, с меня градом катился пот.

Пошерстив в Интернете, я нашел круглосуточную клинику и заранее туда позвонил. Когда я привез щенка, персоналу клиники хватило одного взгляда на него — все сразу засуетились.

Через несколько минут щенок уже лежал под капельницей, набираясь живительной влаги. Затем ветеринар и медсестра сделали щенку рентген. Глянув на черно-белые снимки на экране монитора, врач что-то сказал.

— Кости выглядят плохо, — перевела мне медсестра его слова. — Возможно, что-то с суставами. Это не точно, но, кажется, щенок съел что-то не то. Врач хочет, чтобы вы оставили щенка. Анализы будут готовы через несколько дней.

— А дальше что?

— Зависит от того, есть ли щенку где восстановиться.

Прозвучало это так, словно она заранее знала, что ответ будет отрицательный.

Но сдаваться я не собирался.

— Я найду, куда пристроить щенка, но мне нужно в Баку. Сможете подержать его у себя?

— Как долго? — с сомнением спросила медсестра.

— Десять дней.

— На десять еще можно. Но если вы не вернетесь, мы будем вынуждены отдать его в приют. Хотя приютов в Тбилиси — по пальцам пересчитать.

— Вернусь. Обещаю, — заверил я медсестру, и мы обменялись телефонами.

Перед уходом я глянул на щенка и сказал:

— Держись, я скоро!

У меня появилась еще одна цель: спасти щенка любой ценой. Ну а пока щенок восстанавливался, я отправился в Баку.

18

Чаепития

Eсли верить карте, то от грузинской границы до Баку на побережье Каспийского моря было километров пятьсот, не меньше. Я хотел обернуться по маршруту Тбилиси — Баку — Тбилиси за семь дней или самое позднее девять. При таком раскладе я как раз успевал на поезд до Тбилиси, чтобы вовремя забрать щенка из клиники. Опаздывать ни в коем случае было нельзя, вряд ли в клинике согласятся держать щенка дольше. Времени было в обрез. Я очень надеялся, что все будет тип-топ: здоровье не подведет, погода будет благоволить, а в дороге не случится никаких неприятностей. И действительно, начали мы за здравие. Радушного приема, вспоминая пограничные посты Албании и Грузии, я от азербайджанских пограничников не ждал. К моему удивлению, они оказались добродушными малыми: болтали, гладили Налу и фотографировались с ней. Когда мы поехали дальше, пограничники прощались с нами, как с родными. Доброе предзнаменование!

Если ясное небо и невероятно теплая для октября погода радовали, то остальное — никак. По сторонам дороги, насколько хватало глаз, простирались выжженные солнцем бесплодные земли. Только величественные горы, виднеющиеся на горизонте, хоть как-то поднимали мой боевой дух.

Преодолев уже порядочное расстояние, я увидел лишь множество огромных заводов да промышленных машин. Судя по всему, вся страна работала на добычу газа и нефти. Отдушиной у азербайджанцев был чай. Наверное, именно чай мне больше всего запомнился в путешествии по Азербайджану.

Мое чайное приключение началось еще в Турции, затем эстафету подхватила Грузия, а теперь и Азербайджан: по темно-красному напитку здесь просто с ума сходили. Во всех этих странах чай подавали в армудах — маленьких грушевидных стеклянных стаканах. На мой вкус, чай был терпкий и горький, поэтому обычно я подслащивал его.

Где бы я ни останавливался, люди уговаривали меня присесть и попить чая. Порой,

МИР НАЛЫ

не дожидаясь моего согласия, они исчезали на кухне и через мгновение возвращались с подносом, заставленным армудами. К чаю приносили либо сладкие пироги, либо хлеб с вареньем. Гостеприимство у азербайджанцев было в крови — жаль только, что времени уважить их традиции у меня не хватало. За первые два дня путешествия я останавливался попить чая аж четыре раза. «Если каждый раз так соглашаться, то в Баку я приеду не через десять дней, а через десять недель!» — подумал я и от пятого приглашения на чай вежливо отказался.

К третьей ночи, в воскресенье, я добился хороших результатов и побаловал себя ночевкой в гостинице города Гянджа. Свободное время я посвятил обновлению видеоблога. Я попробовал новый формат и снял несколько длинных видеороликов, по двадцать-тридцать минут. «Почему бы и нет?» — подумал я и выложил эти видеоролики в Сеть. На этих записях было на что посмотреть, и, судя по многочисленным «лайкам», эти видео действительно нашли своего зрителя.

Не забыл я и про свою новую еженедельную традицию: жертвовать по тысяче фунтов стерлингов на благотворительность. Последние дни я постоянно поддерживал связь с ветеринарной клиникой в Тбилиси, и мне показалось естественным пожертвовать тысячу фунтов в фонд защиты животных. Поэтому на той неделе выбор пал на «Стрит кэтс оф Оман», которой управляла англичанка Лесли Льюинс. В Оман она переехала вместе с мужем, которому там предложили работу. Лесли занималась тем же, чем Люция в Греции и Джини в Турции, — спасала бродячих котов и кошек.

В этот раз я выбрал индийскую организацию «Энимал эйд»: они пропагандировали заботу о животных, в основном среди детей. Я, не задумываясь, отдал бы тысячу фунтов такой организации в Грузии. Если и была на карте мира страна, отчаянно нуждавшаяся в просвещении своих жителей, так это была, без сомнения, Грузия.

Я заметил, что пожертвования приносили свои плоды: жизнь благотворительных организаций улучшалась. Дела с календарем Налы сдвинулись наконец-то с мертвой точки: я уже вовсю подбирал фотографии. А еще была серия карикатур, сделанных талантливой канадской художницей Келли Ульрих. Она ежедневно рисовала картинки, освещавшие наше с Налой путешествие, и выбрать лучшие из них оказалось не так-то просто! Если бы только удалось продать десять или двадцать тысяч календарей, это изменило бы все. Мы вышли бы на совершенно новый уровень!

В понедельник я снова выехал на трассу. До столицы Азербайджана оставалось около половины пути, а дней становилось все меньше. Я сделал остановку на бензоколонке, чтобы пополнить запасы воды, и вдруг увидел два знакомых велосипеда.

Заходя в магазинчик, я ни секунды не сомневался, что увижу Дэвида и Линду. Оказывается, попрощавшись со мной в Турции, они отправились на север Грузии — в Кавказские горы близ Батуми. Они пересекли границу с Россией, подобрались к самой высокой вершине Европы — горе Эльбрус, а затем спустились вдоль горных хребтов в Азербайджан и теперь направлялись в Иран. К моей радости, нам оказалось по пути в Баку. Дорожки наши разбегались только в пятидесяти километрах от Баку: там Дэвид и Линда поворачивали на юг — к границе с Ираном.

Нала, увидев Дэвида и Линду, обрадовалась не меньше моего. Особенно Нала ластилась к Линде. Она прикипела к ней еще с прошлой нашей встречи. Не успели тем вечером разбить лагерь, как Нала и Линда затеяли игрища.

Прикинув расстояние до Баку, я отметил про себя, что не так уж плохо и справляюсь. Если буду продолжать в том же духе, то время останется и Баку посмотреть, и Дэвида с Линдой поближе узнать. Тем более что чай с пирогами нам предлагали на каждом углу.

———

Перед тем как расстаться, мы остановились в придорожном кафе. Не самое чистое место, скажу я вам, но есть хотелось страшно. Я заказал омлет, и вскоре мне принесли серую водянистую массу подозрительного вида. С той мыслью, что омлет испортить невозможно, я уплел его за обе щеки, закусил хлебом, запил неизменным чаем. Подкрепившись, мы двинулись в путь.

Наступило время прощаться. Когда мы прощались и обнимались, меня уже жутко мутило. Как же я ошибался, думая, что омлет испортить невозможно! Омлет был главным в списке моих подозреваемых. Как же я не прислушался к внутреннему голосу?

Наверное, я позеленел, потому что Дэвид и Линда тут же насторожились. Они наперебой спрашивали меня, как я себя чувствую, и предлагали остаться.

Чтобы лишний раз не волновать своих новых друзей, усилием воли я включил режим «терминатор» и заверил их, что со мной все в порядке. В душе же я знал — ничего хорошего меня не ждет.

Это самое «ничего хорошего» обрушилось незамедлительно: через три километра мне стало дурно. Да так, что о дальнейшем путешествии не могло быть и речи. Голова кружилась, ноги налились свинцом, а пот катился градом. Я попытался было ехать, но вскоре снова остановился. Как назло, кругом ни души, только поросшие травой холмы. Попытки перебороть организм и ехать вперед каждый раз оканчивались неудачей. Я останавливался, жадно пил воду и мечтал, чтобы меня уже вырвало.

От Налы не укрылось бедственное положение моих дел. Она с тревогой выглядывала из переноски, наблюдая, как я, согнувшись в три погибели над ручьем или канавой, мучительно пытаюсь освободить желудок. Я так ослаб, что едва крутил педали. Пару раз чуть не свалился с велосипеда.

«Неужели так все и закончится? — думал я, представляя заголовки газет. — Дин Николсон, начинающий филантроп, найден мертвым в азербайджанской канаве...»

Не раз по дороге мне попадались пустынные участки страны, но теперь, кажется, я ехал по какой-то зоне отчуждения. Будто все и вся кругом вымерло. Я заглянул в навигатор: ближайшая гостиница в шестидесяти с лишним километрах. Это меня просто убило. Как дальше двигаться, я понятия не имел. Чудом преодолев еще несколько километров, я свалился на пол какого-то заброшенного здания.

Слава богу, Нала не отходила от меня ни на шаг, даже несмотря на то, что поводок позволял ей убегать на двадцать метров. Кроме меня, Налу ничего не интересовало. Она с тихим урчанием легла у моей головы и время от времени лизала мне лоб.

Проспав около часа, я разлепил глаза, коекак собрался с силами и залез на велосипед. Наверное, то были самые трудные шестьдесят километров в моей жизни! Заселившись наконец-то в гостиницу, я с ходу, даже не снимая кроксы, залез в душ. Я пребывал в полнейшем раздрае. Так плохо я себя давненько не чувствовал!

Я выбрался из душа и рухнул на кровать. И тут началась свистопляска: комната поплыла, бешено завращалась, сознание помутилось, а тело бросило в жар. Мне казалось, что ночь будет длиться вечно, — чуть богу душу в бреду не отдал! Кого я только не видел! И белого щенка, выброшенного на обочину. И Налу, в отчаянии пытавшуюся угнаться за моим велосипедом. И родителей в Данбаре. И бесконечную трассу, где огромные фуры так и норовили отправить меня на тот свет. И тот мост в Мостаре, откуда я прыгнул и полетел в бесконечность.

Временами было ну очень страшно. Просыпаясь в холодном поту, я видел уткнувшуюся в меня носом Налу, и мне становилось легче. Она тихонько мурчала, словно баюкая меня. В ту ночь Нала была моим маяком, на свет которого я раз за разом выплывал из очередного кошмара. Если на Санторини эмпатия Налы мне казалась приятной выдумкой, то теперь не было никаких сомнений в том, что она мой маленький пушистый ангел-хранитель. Я не знал, как и благодарить ее!

Казалось, этой ночи не будет ни конца ни края. Я то и дело подскакивал с кровати и засовывал голову под душ: приятного мало, но помогает! К утру стало чуть лучше. Я немного попил и даже пару раз откусил от куска хлеба. Определенно я шел на поправку.

Поведение Налы служило тому доказательством. Она уже не ластилась, а прыгала по комнате, намекая, что пора бы уже и в прятки поиграть.

— Не сейчас, — сказал я, накладывая ей завтрак. — Нам пора в путь.

К полудню мы кое-как выползли на дорогу и отправились в Баку. Ноги не слушались, дыхание перехватывало, но тем не менее я продвигался вперед. «Самая кошмарная ночка за все путешествие!» — подумал я и мысленно поблагодарил судьбу, что все еще могу крутить педали.

Болезнь, кажется, высосала из меня все силы. Весь следующий день я ехал в Баку сам не свой. Это был какой-то странный коктейль из чувств: я недомогал и к этому примешивалось глубокое разочарование — на столицу Азербайджана у меня оставались лишь сутки. Это противоречило всей сути моего путешествия. Из Данбара я отправлялся познавать мир, а что в итоге? В итоге я едва познакомлюсь с их культурой, стыд и позор. А ведь Баку — необыкновенный город! Город контрастов на побережье Каспийского моря. Тут тебе архитектура как современная, яркая, так и историческая, древняя!

Номер я забронировал в одной из высоченных башен, откуда открывалась захватывающая панорама Баку. К вечеру все небоскребы столицы вспыхнули разноцветными огнями. Все это напоминало какой-то фантастический фильм, что-то вроде «Бегущего по лезвию». Мы с Налой стояли на балконе и жадно пожирали глазами все это великолепие.

Я пребывал в замешательстве. С одной стороны, я был в тысячах километров от родного Данбара, на пороге ворот в Центральную Азию, Индию и Дальний Восток. С другой стороны, я не собирался перешагивать этот самый порог, потому что мои планы изменились.

Странное ощущение. Совершенно новая, неизведанная часть мира лежала у моих ног, но я не мог сделать шаг вперед. Надо-то было всего ничего: пробраться на борт какого-нибудь корабля, а на следующее утро, переправившись через Каспийское море, мы уже ступили бы на берег Туркменистана и... Без визы меня тотчас арестовали бы. А что сталось бы с Налой, даже и думать не хочется!

В порту стояли нефтетанкеры и газовозы, отправлявшиеся, вероятно, к северному побережью Ирана. Но и там, на юго-востоке, меня ожидало все то же самое, что и в Туркменистане. Даже если бы у меня в кармане лежала виза, то ничего бы не изменилось. В такой стране, как Иран, опасности подстерегают на каждом углу. Однажды я как-то читал про англичанина и австралийца, путешествовавших на велосипедах из Лондона в Сидней. Они записывали видеоролики и выкладывали их на «Ютьюбе». Закончили они в самой суровой тюрьме Тегерана. Стоило им только запустить дрон — совершенно безобидный поступок! — как их тут же повязали. Оказалось, что неподалеку находилась военная база. Без суда и следствия велосипедистов бросили за решетку — одному Богу известно, сколько их там еще продержат!

Надо было тщательно продумывать каждый свой следующий шаг. Десять дней уже на исходе. Щенок заждался меня в Тбилиси! Баку манил своими красотами, а времени было в обрез. Прибыв в город вечером, я галопом промчался по столице Азербайджана, а наутро как ошпаренный ворвался в клинику, чтобы привести в порядок документы Налы для Грузии. Нала, уже давно намотавшая на ус все тонкости этой процедуры, ни разу не мяукнув, дала себя осмотреть.

— Какая послушная девочка! — воскликнула очаровательная девушка-врач и проштамповала Нале паспорт.

На все про все ушло не более получаса. Не теряя времени даром, я рванул в старый город полюбоваться красотами Ичери-Шехера и набережной.

Ранним вечером мы с Налой уже были на современном, сверкавшем чистотой вокзале Баку. Поезд с пульмановскими вагонами поражал своим великолепием. Он прибыл сюда точно со страниц «Убийства в Восточном экспрессе». У вагона нас встречала проводница в униформе сливового цвета. Суровое лицо не предвещало ничего хорошего. Зыркая по сторонам, она будто выискивала нарушителей.

Я переживал, что у проводницы возникнут вопросы по поводу снаряжения — очень уж много всего! — но все ее внимание захватила Нала. Проводница, оживленно размахивая руками, что-то с жаром принялась мне доказывать на азербайджанском.

«Ну нет! — взмолился я. — Только не это! Своим ходом до Тбилиси я не доберусь вовремя!»

К счастью, к нам подоспели еще два контролера. Один из них, тот, что помоложе, сносно владел английским и быстро все уладил.

— Все нормально, — успокоив раскрасневшуюся женщину, наконец обратился он ко мне. — Просто она еще никогда не сажала на поезд путешествующих кошек! Но вы купили билет, поэтому имеете полное право везти свою кошку: проходите и располагайтесь.

— Спасибо, приятель! — Я похлопал его по плечу.

Проводник наклонился к моему уху и заговорщически прошептал:

— Но будь осторожен, она поедет в вашем вагоне. Не буди лихо и не разгуливай с кошкой по коридорам — это запрещено.

Несколько мгновений спустя мы с Налой уже обустраивались в уютном двухместном купе — нашем новом доме на ближайшие двенадцать часов. На закате поезд тронулся, покинул Баку, и вскоре монотонный перестук колес убаюкал Налу.

В сгущающихся сумерках я вглядывался в дорогу, бежавшую вдоль рельс. Подумать только, всего сутки назад я ехал этой дорогой в Баку! В другое время и при других обстоятельствах я бы терзался мыслью, что вынужден возвращаться обратно, но не теперь. Мое путешествие за последние месяцы коренным образом изменилось. На обыкновенную кругосветку оно уже не походило, хотя бы потому, что двигался я не проторенной дорожкой. Я путешествовал дорогами мира Налы, и другого, честно говоря, уже не желал. Мы присматривали друг за другом, и это было прекрасно.

Ко всему прочему не вернуться в Грузию я просто не мог. У меня был мощнейший стимул. От меня зависела судьба щенка, и я не мог его подвести. Я был при исполнении. Когда поезд набрал скорость, я еще раз глянул в кромешную тьму над высушенными просторами Азербайджана, и все сомнения отпали. Возвращаться сюда у меня не возникало никакого желания. Я двигался в единственно правильном направлении.

ЧАСТЬ ТРЕТЬЯ

Из Тбилиси, Грузия, в Будапешт, Венгрия

Карта 3

А. Тбилиси, Грузия

1. Карс, Турция

2. Анкара, Турция

3. Сакарья, Турция

4. Стамбул, Турция

5. Свиленград, Болгария

6. Пловдив, Болгария

7. София, Болгария

8. Ниш, Сербия

9. Велика-Плана, Сербия

10. Белград, Сербия

Б. Будапешт, Венгрия

ЧАСТЬ ТРЕТЬЯ

ПЕРСПЕКТИВЫ

Грузия — Турция — Болгария — Сербия — Венгрия

19

Призрак

Вскоре после того, как мы сели в поезд, я получил сообщение от ветеринарной клиники: нас уже ждали. Наутро, прибыв на вокзал Тбилиси, я без промедления помчался в квартиру, арендованную в Старом городе.

Скинув снаряжение и наполнив миски едой, я оставил Налу хозяйничать и метнулся в клинку.

Персонал встретил меня как-то по-особенному тепло.

— А мы следили за вами! — сказала уже знакомая мне медсестра.

Она показала мне экран телефона. Я увидел фотографию, которую сам же и выложил пару часов назад в «Инстаграме»: Нала выглядывает из окна вагона, прибывающего на вокзал Тбилиси.

Затем медсестра поманила меня за стойку регистрации, где находилась дверь в заднюю комнату операционного кабинета.

— Сейчас я принесу его. На втором этаже мы устроили ему конуру.

Спустя несколько минут медсестра принесла щенка, тыкавшегося носом ей в ладони. Щенок определенно чувствовал себя лучше. Шерстка переливалась, а колтунов почти не осталось. Глазки прояснились и игриво блестели.

— Да его не узнать!

— Лекарства подошли ему сразу, — кивнула медсестра и прибавила: — Но еще не все проблемы разрешились. Он до сих пор подволакивает правую лапу, а суставы задних лап по-прежнему очень слабые.

Медсестра опустила щенка на пол, и какое-то время мы любовались, как он пританцовывает, виляя хвостиком. Щенок старался изо всех сил, будто боялся лишиться нашего внимания.

— Ну и каков ваш дальнейший план? — поинтересовалась медсестра.

Я только-только переговорил с Холли, моей сестрой в Данбаре. На мое счастье, и она, и Стюарт, ее парень, согласились взять щенка в придачу к первому псу. «Максу не помешает компания», — сказала Холли. Дело оставалось за малым: переправить щенка в Шотландию.

— Надо придумать, как перевезти щенка в Шотландию, — отозвался я. — Насколько я понимаю, нам нужен паспорт?

— Да, но не раньше, чем мы сделаем первые прививки. Через десять дней — примерно столько ему понадобится, чтобы достаточно окрепнуть для инъекций. Ну а потом можно и чипировать.

С этим щенком меня преследовало постоянное чувство дежавю.

— А, ну да, точно. А затем, три месяца спустя — прививка от бешенства, верно?

— Так вы и сами все знаете! Вы ведь через это прошли вместе с Налой! — воскликнула медсестра. — Только для собак прививка от бешенства делается спустя четыре месяца, а не три. Поэтому отправить щенка в Шотландию вам удастся не раньше Нового года.

Медсестра вручила мне документы, и я принялся их заполнять — без них щенка бы не выписали. С именем на этот раз трудностей не возникло. Когда я нашел щенка, в наушниках у меня играл «Yelawolf». Сценический псевдоним рэпера всегда напоминал мне о лютоволках из «Игры престолов». Долго я не думал и назвал щенка в честь лютоволка, принадлежавшего Джону Сноу.

— Ну что, Призрак? Едем домой? — сказал я, подхватил щенка и опустил его в рюкзак-переноску Налы.

По пути домой я заехал в зоомагазин и купил резиновых игрушек, коврик, две миски и еды.

Обычно, когда я появляюсь на пороге, Нала тут же принимается тереться о мою ногу и требует ласки. Но в этот раз ей было не до меня: все ее внимание приковал Призрак. Она тщательно его обнюхивала, словно пытаясь припомнить, где же она видела этого пса? Неужели это тот самый доходяга, повстречавшийся нам полторы недели назад на обочине дороги?

Призраку было не до формальностей, ему хотелось веселья. Только я выпустил щенка из переноски, как он, подвывая и зазывая Налу, понесся резвиться. Сперва Нала отнеслась к затее Призрака холодно, но к полудню лед недоверия треснул, и вечером они уже барахтались на полу, покусывая друг друга и катаясь, точно дети в песочнице. Неделька выдалась та еще! Но тем не менее трудности стоили того, чтобы увидеть эту счастливую парочку.

К следующей неделе я нацелился приспособить Призрака к жизни вне клиники и подыскать ему жилье на ближайшие три-четыре месяца, перед тем как отправить его в Шотландию. После я собирался в Стамбул, а оттуда на самолете в Индию: этот вариант оказался для меня наиболее подходящим и, наверное, единственно возможным.

Ну а пока я надеялся дать щенку как можно больше любви и заботы — самое малое, чего он заслуживал. Передняя лапа у щенка до сих пор болела. Припадая на нее, он взвизгивал и вздрагивал. Задние тоже оставляли желать лучшего. Щенок ковылял по скользкому блестящему полу, а лапы норовили разъехаться в разные стороны, словно на катке. Я искренне верил, что Призраку надо лишь набраться сил и тогда дела у него пойдут на лад. Чтобы щенок хоть как-то окреп, я кидал ему игрушки на пол, а он как мог старался их настигнуть. Не отставала и Нала, сломя голову бросавшаяся за игрушками вместе со щенком.

Призрак оказался беззлобным, но, как и Нала в первые дни, иногда вел себя странно. Он мог вдруг задрожать и застыть на месте, испуганно озираясь. «Ничего удивительного, — думал я. — Наверняка щенок понюхал пороху!» Призрака пугали даже резиновые игрушки. Схватит было игрушку зубами, а она как запищит! Призрак испуганно отпрыгивал назад да так и стоял ни жив ни мертв.

Мне не раз приходилось иметь дело с собаками, и я знал, что первая кормежка — большое испытание. Какой бы добродушной собака ни была, она запросто могла стать агрессивной, защищая свою еду. Когда настало время кормить моих подопечных, я рисковать не стал и поставил миски для Налы на подоконник, а миски для Призрака в дальнем углу гостиной.

Я разложил еду, и Призрак, не веря своим глазам, воззрился на миски. Осознав наконец, что еда для него, он зарычал.

— Не трожь! Мое! — читалось в глазах щенка.

Ровно через две секунды миска Призрака блестела чистотой.

Я облегченно выдохнул. Если бы Призрак увидел Налу за едой, их дружба угасла бы так же быстро, как и вспыхнула. Но к счастью, все обошлось. Дружественные узы только крепчали.

Вечером я уселся на диван и включил кино. Нала и Призрак лежали в другом конце комнаты и не сводили друг с друга глаз. Повиливая хвостиком, Призрак, казалось, гипнотизировал Налу.

Когда пришло время укладываться спать, друзей я разделил. Для Призрака я устроил спаленку в нише комнаты. Чтобы за ночь Призрак не погрыз чего в квартире, спаленку я отгородил стульями и сушилкой для белья. Ну а мы с Налой заняли бельэтаж.

Но оказалось, что мой план пришелся Нале не по нутру. Проснувшись посреди ночи, я обнаружил, что Налы и след простыл. В недоумении выглянув с лестницы, я увидел Налу, мирно посапывавшую на стуле у спаленки Призрака. Признаюсь, я даже приревновал!

Если с моим планом путешествия все было более-менее ясно, то вопрос, куда пристроить Призрака, пока оформляются его документы, оставался открытым.

Приютов в Грузии, как меня и предупреждали в клинике, было раз-два и обчелся. Пока я ломал голову, мне в «Инстаграме» написал испанец по имени Пабло, или «bikecanine». Предложение звучало настолько хорошо, что поначалу я даже не поверил своему счастью. Пабло ехал с запада на восток с двумя друзьями и псом по кличке Хиппи. В Грузии они подобрали двух щенят. Добравшись до Тбилиси, они решили остановиться на зимовку, пока дорога в Центральную Азию не освободится от снегов. Они сняли квартиру с лужайкой под окном и устроили маленький приют.

«Как по мне, так лучшего места и не придумаешь! Призрак отлично впишется в их компанию. Можно даже подумать, что они одного помета!» — размышлял я, разглядывая белых щенят, и без дальнейших колебаний решил оставить Призрака у Пабло.

Пабло согласился присмотреть за Призраком до Нового года. За документы, необходимые для того, чтобы перевезти Призрака к Холли и Стюарту в Шотландию, я собирался заплатить из собранных когда-то для Балу денег, но Пабло от помощи наотрез отказался. У него была собственная страничка по сбору средств на благотворительность.

«У этих ребят все схвачено!» — подумал я, в очередной раз убеждаясь в правильности сделанного выбора. Щенки, спасенные Пабло и друзьями, выглядели не так ужасно, как Призрак, хотя у одного из них на боку было какое-то воспаление. Щенков еще не прививали, поэтому мы решили отвезти их всех скопом к ветеринару, чтобы и другие прививки им дальше делали одновременно.

На следующий день мы встретились у ветеринара, но нас ждало разочарование: щенку с инфекцией требовалось дополнительное лечение. У Призрака взяли кровь на анализы и соскоб кожи — в общем, домой Пабло и друзья вернулись, озадаченные на несколько недель вперед. «Если мои новые приятели не подкачают, — думал я, направляясь домой, — то Призрак в скором времени обязательно поправится».

Призрака и весь его незатейливый скарб я обещал привезти на следующий день. Я хотел как следует проститься с Призраком в наш последний вечер. «Прощание будет не из легких», — думал я, глядя, как он гоняется за новыми игрушками на веревочке и играет со мной в «перетягивание каната». Нала прикипела к Призраку еще больше меня: все эти дни она неизменно спала на стуле у ниши Призрака.

«Мы оба будем по тебе скучать, приятель», — с тоской думал я.

Несмотря на всю снедавшую меня грусть, я знал, что поступаю правильно. То же самое я чувствовал, когда отдавал Балу. Кто бы мог подумать, что такой здоровый пес, бегающий теперь по паркам Лондона, еще год назад представлял собой такое жалкое зрелище!

— В следующий раз, дружище, увидимся уже на пляже Данбара, — сказал я Призраку, когда тот запрыгнул к нам с Налой на диван.

Вот и настало утро. Напоминая себе, что с Призраком все будет в порядке, я отдавал щенка с легким сердцем. Хотя, чего уж скрывать, скупая слеза скатилась-таки по моей бородатой щеке.

Обратное путешествие в Турцию оказалось настоящим испытанием. Добравшись наконец до границы, я повстречал, наверное, самого сурового пограничника Турции. Он скрупулезно изучал в паспорте Налы каждый штамп и засыпал меня вопросами. Хотя с документами все было в порядке — комар носа не подточит! — пограничник все равно напирал. Закончив с документами, он попросил открыть сумки, но и там придраться было не к чему.

А этот пост казался мне таким безобидным! Этот пограничник, похоже, тут на стену лезет со скуки. Как же хорошо, что я обновил паспорт Налы! А ведь если бы я поддался соблазну, то запросто мог бы ее лишиться!

Следующее испытание приготовила погода. Давненько я не спал в такой холодрыге! За те две ночевки в низкогорьях по дороге в Карс я только чудом не околел!

Из Карса в Анкару, не желая больше рисковать жизнью, я купил билеты на поезд. Нам предстояло двадцатидевятичасовое путешествие через всю Центральную Турцию, едва не сорвавшееся из-за одного несведущего контролера. В очередной раз пришлось прибегнуть к помощи со стороны более подкованных коллег. Ретивый контролер успокоился только после того, как ему продемонстрировали правила перевозки животных: на кошек запреты не распространялись. В такие моменты я радовался, что путешествую на велосипеде и распоряжаюсь своей судьбой самостоятельно. «Как же они все мне дороги!» — подумал я, забираясь в поезд.

В Анкару я решил ехать по нескольким причинам. Во-первых, Анкара — столица Турции. Во-вторых, там полно достопримечательностей. В-третьих, я хотел заранее подготовиться к перелету в Индию. Я знал наверняка, что все это предприятие обернется бюрократическим кошмаром, но альтернатив у меня, похоже, не было. Одному Богу известно, сколько бумажек придется заполнить, прежде чем мне разрешат лететь! Прилететь в Дели или Мумбаи, а затем отправиться на велосипеде к Гималаям — таков был мой замысел.

Вопреки беспокойству из-за бумажной волокиты я предвкушал приключения в Индии. Я всегда мечтал зависнуть в Индии на годик-другой, чтобы как следует ее изучить. Тем более посмотреть там есть на что! К тому времени со мной связались из благотворительной организация «Пипл фо энималс», которой я уже успел пожертвовать деньги. Управлял ею Манека Ганди из прославленной политической семьи. Манека собирался послать в аэропорт ветеринара с медикаментами на случай, если Нала плохо перенесет перелет или не сразу адаптируется. «Да и мне после такого перелета поддержка не помешала бы!» — подумал я.

После Индии я хотел ехать в Камбоджу, Вьетнам, Таиланд, а затем, если повезет, — в Малайзию и Сингапур. Была в планах и Австралия, но как туда попасть, я пока не знал. Кое-кто, правда, уже прислал мне приглашение из Сиднея. И этот кое-кто обладал достаточной властью, чтобы обойти строгие карантинные правила для животных. К моему приезду этот человек обещал тщательно подготовиться и получить результаты анализов Налы как можно скорее. Иначе сидеть нам с Налой в изоляции долгие-долгие месяцы! Мне уже не терпелось повидать дикую жизнь Австралии и нагрянуть в знаменитый туристический город Голд-Кост. После ворот в Центральную Азию, что захлопнулись в Азербайджане у меня перед самым носом, я, как никогда, жаждал от жизни новых впечатлений!

Но сначала надо было привести в порядок документы. С визой в Индию могли возникнуть трудности не только у Налы, но и у меня.

Я задумал обратиться в посольство Великобритании и даже добрался до Анкары, но обнаружил, что прием посетителей строго по договоренности.

Получив от ворот поворот, я ушел все-таки не с пустыми руками: мне посоветовали обратиться в посольство Индии. Но и там меня ждала неудача. Мой вопрос привел сотрудника в полное замешательство, и меня снова отправили в посольство Великобритании.

Я уже оставил все надежды, как на помощь вдруг подоспела группа поддержки Налы: двое подписчиков всерьез занялись этим вопросом и через пару дней, похоже, дело сдвинулось с мертвой точки. Усилиями турецкого туристического оператора мне предварительно одобрили вылет в первую неделю декабря, но относительно Налы я уверен не был. Тут уж как карта ляжет — либо возьмут на борт, либо нет.

Перед вылетом оставалось показать Налу ветеринару и сделать пару прививок — этим я намеревался заняться в Стамбуле. К приезжим, будь то человек или животное, в Индии были особые требования.

К концу ноября у меня уже голова шла кругом. Как же было приятно на фоне забот, связанных с перелетом, узнать, что календари с Налой наконец-то готовы!

Художница Кэт, проделав и так невероятную работу, на достигнутом не остановилась и договорилась с онлайн-зоомагазином «Супакит» о распространении календарей на очень выгодных условиях.

Первый тираж составлял четыре тысячи экземпляров. По мне, чересчур много! Когда мы анонсировали календари, я испытывал смешанные чувства: и радость, и страх. Кому они нужны? А вдруг все кончится тем, что я останусь среди груды коробок с устаревшими календарями?

Но долго этими мыслями я не мучился. Через несколько часов я узнал, что все календари распроданы. Вот так просто!

Календари заказывали со всего мира, а иногда даже по несколько штук. К такому ажиотажу я готов не был. Не откладывая в долгий ящик, я заказал дополнительный тираж почти на все деньги.

Как я ликовал!

Подсчитав расходы на печать и распространение, я обнаружил, что выручу тысяч восемьдесят, а может, даже и больше. Невероятно! «С такими деньжищами я помогу целой армии бродячих животных, — думал я, уже прикидывая в голове организации, помочь которым нужно будет в первую очередь. — Я определенно на верном пути!» Это событие так меня воодушевило, что за подготовку к перелету в Индию я взялся с удвоенной силой.

Встал вопрос, как загрузить велосипед и снаряжение на самолет. Самым разумным мне казалось разобрать велосипед, а затем упаковать все вместе с тележкой и сумками в специальный контейнер. В таком случае на борт самолета я взойду налегке: с рюкзаком и Налой в переноске.

Декабрь неумолимо приближался. Чтобы утрясти вопрос с багажом, я отправился в Стамбул. Заранее договорившись, я встретился со специалистом по перевозке крупных и негабаритных грузов. Кажется, картина начала складываться. Анкару я покидал с ощущением, что план наконец-то встал на нужные рельсы.

После стольких фальстартов и поворотов не туда следующий этап путешествия был не за горами. Если ничего серьезного не случится, то Рождество мы будем встречать уже в Индии.

20

Местная знаменитость

На полпути в Стамбул, когда я пробирался по загруженной трассе мимо городка Сакарья, пришло сообщение от Пабло.

Пабло писал редко, поэтому, почуяв неладное, я тут же притормозил и прочитал сообщение. Мои опасения подтвердились.

«Дин, плохие новости. Щенки заболели».

Я тут же перезвонил. Пабло чуть не плакал.

— Пришли анализы. У всех щенят парвовирус. Эта фигня очень заразная и опасная. Хиппи, возможно, тоже подхватил.

Про парвовирус мне доводилось слышать: мерзкая дрянь поражала кишки, вызывала рвоту, понос и могла даже привести к смерти.

— Им назначили уже лечение?

— Нет. Для щенков лекарства от инфекции нет. Тут надежда только на иммунитет. Но если щенок и так через раз дышит, то... — запнулся Пабло.

Заканчивать мысль не требовалось, я и так все понял.

Я чувствовал вину и полную беспомощность. Мне не следовало оставлять Призрака. Я пробормотал что-то про деньги: соберу сколько угодно, но Пабло возразил мне.

— Деньгами делу не поможешь. Мы все сделаем, чтобы их спасти.

Пообещав поддерживать связь, мы попрощались. Я сел на велосипед, как в тумане, и поехал дальше в Стамбул. Все мои мысли кружились вокруг Призрака.

Справится ли он с инфекцией? Интересно, где он подхватил ее? Где я недосмотрел? Или инфекция привязалась, когда он играл с другими щенятами? А может, Призрак был болен с самого начала? На все эти вопросы ответа не существовало.

«А что с Налой? — как громом поразила меня мысль. — Неужели она тоже заразилась? Может, ее надо срочно везти к ветеринару?»

Тем вечером я заночевал в маленькой гостинице и допоздна переписывался с Пабло, Шемом и всеми, кто мне помогал ранее. По мнению Шема, вероятность, что Нала тоже заразилась парвовирусом, была ничтожно мала. «Парвовирус — собачья болячка, и кошкам она почти не страшна», — так сказал Шем.

Шем рассказал мне про вирус все без прикрас, и в его словах утешения я не обрел.

— Дин, мне очень жаль, но шансы у щенка невелики. Примерно пятьдесят на пятьдесят. И это еще оптимистичный прогноз.

В отчаянии я опубликовал заметку на страничке «Инстаграма» о том, что Призрак заболел. Подписчики откликнулись мгновенно: кто-то присылал ссылки на веб-сайты про парвовирус, а кто-то скидывал истории про излечившихся щенков, но Призраку от всего этого было ни жарко ни холодно. Вины подписчиков в том, конечно же, не было, я сам ошибся, когда, хватаясь за соломинку, полез в «Инстаграм». Призраку помочь не мог никто.

Спустя пару дней я добрался до пригорода Стамбула. Как это обычно и бывает в Турции во второй половине дня, на дорогах царил хаос: автомобили, автобусы и грузовики со свистом проносились мимо меня, постоянно отвлекая от экрана навигатора. В итоге на одном из важных перекрестков я повернул не туда.

«Нет, в таком состоянии ехать невозможно, — подумал я. — Так недолго угробить и себя, и Налу». Не желая больше искушать судьбу, я забронировал гостиницу и вызвал такси. На тот момент это было, наверное, самое лучшее решение.

Я впал в отчаяние. Я так мечтал исследовать Стамбул! Меня ждало столько новых знакомств и впечатлений! А сколько я получил приглашений от своих подписчиков! Но ни живописные улицы, ни великолепные мечети и дворцы не могли отвлечь меня от грустных дум. Я не знал, что и делать, разрываясь даже не на две, а на три части! С одной стороны, меня тянуло в Тбилиси к Призраку, с другой, казалось разумным не высовываться из Стамбула, чтобы, не дай бог, не заразить Налу парвовирусом.

Ну а с третьей стороны на меня давило обещание, нарушить которое никак было нельзя. Из-за этого обещания и Нала, и Призрак осиротели на трое суток. В общем, беда не приходит одна!

— Верните спинки сидений в вертикальное положение и пристегните ремни безопасности. Мы готовимся к посадке.

Сообщение вырвало меня из крепкого сна. Я пристегнулся и выглянул в иллюминатор: мы летели на высоте нескольких тысяч метров над плотными серыми облаками, скрывавшими городские джунгли Лондона. Впереди меня ждала пара напряженных деньков. Я одновременно и радовался, что скоро повидаюсь с бабушкой, которой на днях исполнялось девяносто лет, и нервничал, поскольку бросил Налу в Стамбуле с двумя турчанками. С Гоксу и ее сестрой Эксеназ я познакомился еще во время первого моего приезда в Турцию. Когда я проезжал Анталию, Гоксу написала мне в «Инстаграме» и предложила выпить. На встречу она пришла с Эксеназ. Сестры мгновенно поладили с Налой, и с тех самых пор мы оставались на связи. Стоило мне только заикнуться о сиделке в Стамбуле, как сестры тут же ухватились за этот шанс и прилетели. Они не раз уже присматривали за кошками, и посидеть несколько дней в арендованной квартире с Налой для них было сущим пустяком. «Ладно, не надо нервничать, — успокоил я себя. — Нала в надежных руках!»

Я в такой спешке уехал в аэропорт, что забыл даже переодеться. Так я и ехал белой вороной до самого Данбара: в жилетке и шортах. Сначала на самолете Стамбул — Эдинбург, а затем на поезде Эдинбург — Данбар. Не самое подходящее время года, скажу я вам, чтобы разгуливать по Шотландии в шортах! Прибыв в Данбар в начале двенадцатого ночи, я тут же направился в местный паб, чтобы повидаться со своим старым другом Рики, с которым мы когда-то затеяли все это предприятие.

После нашей ссоры мы обменялись за весь прошедший год едва лишь парой фраз. Как же я обрадовался, когда он ответил на мое сообщение! Все это время я переживал, что Рики затаил на меня обиду — а ведь имел полное право! В конце концов я в одиночку продолжил дело, начатое нами сообща, и преуспел! Тогда как Рики снова погряз в ненавистных ему трудовых буднях Данбара. Да, Рики имел полное право ненавидеть меня! Но стоило мне зайти в паб, как Рики подскочил и заключил меня в медвежьи объятия.

— Хэ-хей! Вы только посмотрите, кто тут у нас! Местная знаменитость! — восклицал Рики. — Пользуясь случаем, не дашь ли автограф?

Я в шутку послал его ко всем чертям, разумеется приправив это пожелание парочкой крепких шотландских словечек, и взял нам по пиву. Мы будто и не расставались! Вскоре мы шутили и подначивали друг друга, как в старые добрые времена. У меня точно гора с плеч свалилась!

Рики припас для меня пару козырей в рукаве и только спустя год решился их выкинуть.

Первый козырь. Оказывается, в ночь, когда мы расстались, Рики никуда не уезжал. Я-то думал, что Рики уже давным-давно за горизонтом, а он был всего в паре улиц от меня. Если бы я только знал! Мы еще тогда запросто могли перетереть за кружечкой пива и помириться!

Второй козырь. Рики задумал новое путешествие. Он собирался в Австралию, чтобы посмотреть, куда судьба закинет его на этот раз.

— Кто знает, может, я спасу коалу или кенгуренка по пути! — смеялся Рики.

— Мне кажется, бедные животные побоятся путешествовать с тобой! — пошутил я и про себя искренне порадовался за друга. Я поднял кружку. — Обязательно езжай! Ты не пожалеешь! Взглянешь на жизнь по-новому!

Мы ушли из паба и устроились в гараже, откуда открывался вид на море. Там мы и просидели до самого рассвета, болтая о былых деньках. Новость, что Рики не держит на меня зла, окрыляла. Но вскоре мне пришлось спуститься с небес на землю.

Свой приезд я держал в тайне от всех, кроме сестры Холли. Желая удивить маму, папу и бабулю, я остановился у Холли и Стюарта в их новом доме. От дома родителей они жили всего в пяти минутах ходьбы по набережной.

Наутро Холли и Стюарт первым делом спросили меня, как поживает Призрак. Они умилялись, глядя на последние фотографии Призрака, и даже не подозревали, в какой опасности находится щенок. Скрывать, что Призрак заболел смертельно опасным вирусом, было бы нечестно, и я все им рассказал.

Вскоре на телефон пришло сообщение от Пабло.

Вчера я интересовался, как там Призрак и остальные. Пабло отвечал туманно: «Хиппи и щенки справляются». Ничего конкретного про здоровье Призрака я так и не услышал.

Утром все прояснилось. Увидев «Прости», я сразу все понял. Читать сообщение полностью даже смысла не было.

Как я ни готовился к худшему, смерть Призрака все равно потрясла меня до глубины души. Телефон выпал из вдруг ослабевшей руки. Услышав грохот, на кухню вбежала Холли.

— Что стряслось?

Слова дались мне с большим трудом.

— Призрак не смог...

Сестра расстроилась не меньше меня. Планы Холли и Стюарта рухнули, как карточный домик. Эта грустная весть опустошила их.

Человеку, переживающему утрату, свойственно винить во всем себя. Я думаю, всем это свойственно. Люди винят себя, даже когда знают, что помочь погибающему невозможно. Вот так и я попался в эту ловушку. Разве что-то изменилось бы, если бы я не поехал в Азербайджан, а остался с Призраком в Грузии? А может, мне следовало перезимовать с Пабло и его друзьями? Получилось бы у меня выходить Призрака, а затем по весне найти ему дом и со спокойной совестью отправиться в Туркменистан?

Ответ на все эти вопросы был, конечно же, «нет».

Никто и ничто не могло спасти Призрака от смертоносного вируса. Парвовирус имел длительный инкубационный период, и не исключено, что щенок заразился задолго до нашей встречи. Но и эта мысль не утешала меня. Не облегчали мою боль и слова поддержки от подписчиков в «Инстаграме». Пожалуй, мне было бы проще, если бы Призрак погиб по моей вине.

Призраку уже ничем помочь было нельзя, и лучше мне было оставить эти грустные мысли и сосредоточиться на дне рождения бабули. Но в глубине души я чувствовал, что не смогу веселиться. Смерть Призрака изменила меня, и в моем путешествии наступил очередной поворотный момент.

346

Агнес и Билл, мои бабушка и дедушка по материнской линии, сыграли огромную роль в моей жизни. Их дом примыкал к школе, поэтому каждое утро я бросал велосипед у них на лужайке и перелезал через стену, чтобы не опоздать на уроки. Частенько я заскакивал к ним на обед или ужин, если родители допоздна задерживались на работе. Никогда не забуду бабушкины макароны с сыром!

Как никто другой, бабуля повлияла на мое становление. Она стала для меня второй матерью. Вечеринка в честь ее дня рождения была намечена на воскресенье. Встречались же мы в «Маке» — самой известной гостинице Данбара, славившейся своим баром. Родня съезжалась со всей Шотландии. Обещались быть и родственники отца из Ньюкасла. Одним словом, намечался пир на весь мир. Желание устроить бабуле сюрприз было велико, однако я боялся, как бы с ней не случился сердечный приступ. Не желая рисковать ее жизнью, я взял Холли, и мы отправились в полдень к родителям.

Я был бы не я, если бы совсем отказался от веселья. Розыгрыши — мой конек с раннего детства. Однажды, когда мы отдыхали на острове Фуэртевентура, я сбрил спящему отцу правую бровь! А узнал он об этом, только когда увидел в баре на грифельной доске надпись мелом: «Вознаграждение 20 евро тому, кто найдет пропавшую бровь Нила Николсона». Но не я один в нашей семье отличался остроумием. Немного погодя родители сумели отплатить мне той же монетой. Однажды я притворился, будто нашел зуб в бабулиных макаронах с сыром. Тогда мама, не растерявшись, якобы написала письмо на макаронную фабрику. Каково же было мое удивление, когда я получил от фабрики письмо с извинениями и пачку купонов на бесплатные макароны. Короче говоря, я проглотил наживку, крючок и грузило.

Мы с Холли добрались до дома родителей и заявились к ним на кухню. Мама и папа так и разинули рты от удивления. Первая часть плана прошла успешно, и мы с сестрой начали думать, как бы изумить еще и бабулю — но чтобы без жертв! Вскоре план созрел, и мы принялись дожидаться бабулю, пропадавшую в тот день в парикмахерской. Когда она вернулась, папа с сестрой сказали, что мама переволновалась из-за грядущей вечеринки и улеглась в постель. Бабуля не могла не проверить свою дочку — на то и был наш расчет. Как вы думаете, кого она увидела, когда приоткрыла уголок стеганого одеяла? Хоть мама и переживала за бабушку, все получилось как нельзя лучше. Бабушка отреагировала как надо — влепила мне звонкий поцелуй. Она была на седьмом небе от счастья и весь оставшийся день тискала меня.

Как же здорово сидеть и перемывать кости родственничкам, которые вот-вот съедутся на праздник! Вскоре добрались и до меня. У каждого нашлась история про трудного ребенка по имени Дин.

Бабуля на злобу дня вдруг вспомнила, как я, катаясь однажды на велосипеде по набережной, перелетел через руль и сломал оба запястья.

— Мы думали, ты ни за что на свете не сядешь больше на велосипед! — засмеялась она.

Мама в свою очередь припомнила, как я сбежал из-под домашнего ареста на детскую дискотеку.

— Помнишь, ты еще спрятал сумку с одеждой в хижине, что в саду? А удрал через кухонное окно! Ни одной дискотеки не пропускал!

К ужину мы перешли к путешествию. Я поведал родным, какие сложности меня поджидали в Центральной Азии и как, оказывается, непросто попасть на Дальний Восток или в Индию. Но мама и папа, к моему удивлению, совсем не волновались за меня.

— Сынок, я всегда знал, что ты борец. Может, ты не всегда принимаешь правильные решения, но ты их принимаешь, и это самое главное, — сказал отец. — Я тебе очень завидую! Сам бы так хотел!

Больше всего меня удивила мать.

— Когда ты здесь, в Данбаре, ты просто сводишь меня с ума своим безрассудством. А вот когда ты в пути, то я за тебя спокойна!

Наступило воскресенье. На вечеринке яблоку негде было упасть. Людей понаехало, наверное, не меньше сотни. Здорово вот так иногда повидать всю свою многочисленную родню! Только на то, чтобы поздороваться со всеми братьями, сестрами, тетями и дядями, я потратил целый час. Я не переставал удивляться: к кому ни подойду — все знают о моем путешествии.

— О! Вы только гляньте, кого кошка на хвосте принесла! — воскликнул один из моих двоюродных братьев.

— Кошка осталась в Турции, юморист, — парировал я.

— Жаль-жаль, а то мы ведь ждали ее величество, а не лакея! — не унимался брат.

Шутки и остроты — это то, к чему я привык в нашей семье еще с пеленок. Они звучали для меня точно музыка! Благодаря им я чувствовал, что вернулся домой. Все было как прежде, за исключением одного.

Раньше, до того, как я отправился в кругосветку, мало кто интересовался моей жизнью, где я работаю и чем живу. Наверное, потому, что ответ был очевиден: у меня все как у всех. Всерьез меня никто не воспринимал и мнения по важным вопросам не спрашивал. В их глазах я был заядлым тусовщиком и раздолбаем.

Теперь же все изменилось. Меня засыпали вопросами, расспрашивая о местах, где я уже побывал и куда собираюсь дальше. Похоже, я для них переродился и больше не выглядел деревенским дурачком — скорее наоборот, стал примером для подражания, что ли.

Один друг сказал мне, что они с подругой увидели фото Призрака в «Инстаграме» и вдохновились примером Холли и Стюарта. Они очень расчувствовались и тоже хотели бы помогать бездомным собакам по всему миру.

— Ни в коем случае не сдавайся, — сказал он. — То, что ты делаешь, достойно уважения!

Виду я, конечно, не подал, но как же много значили его слова для меня! Сотни тысяч человек со всего мира восхищались мной в комментариях «Инстаграма» и «Ютьюба», но все это не сравнится с похвалой от кого-то, кто знал тебя с самого детства! Слышать

351

одобрение и даже восхищение от самых близких значило для меня чертовски много. Наверное, впервые за всю свою жизнь я почувствовал гордость за самого себя. Но об этом узнаете только вы, потому что в Данбаре про таких говорят: зазнался, сам черт ему не брат!

Веселились мы до поздней ночи. Когда я отправился домой по набережной, знакомые пляж и море, мерцавшие в лунном свете, соленый воздух и суровый северный ветер будоражили мне кровь. Я вовсе не ностальгировал и не скучал по прежней жизни. Совсем наоборот. Меня обуревала еще большая жажда приключений. Жить не могу без Шотландии, Данбара и родных — но, повидавшись с ними, я вновь грезил путешествием.

Самое главное, что все мои родные здоровы и счастливы, а жизнь в Данбаре идет своим чередом. Приятно было знать, что есть на Земле место, где тебя любят и ждут, пускай вернусь я туда еще не скоро.

Ну а пока мое место рядом с Налой. Мы не можем сдаться на полпути. Наше приключение только началось!

На следующий день, оклемавшись после вечеринки, я поехал в аэропорт Глазго с мыслью о том, что надо бы как следует продумать следующий шаг.

Разумеется, после смерти Призрака мой мозг работал как заведенный, но вся эта суматоха в Данбаре совсем не располагала к размышлениям: все время что-то отвлекало. Многочасовой перелет в Стамбул оказался именно тем, что мне нужно. Разложив для себя все по полочкам, я четко осознал, где нахожусь сейчас и куда мне следует двигаться в ближайшем будущем.

Я изменил план, и этому немало способствовало мнение тех людей, с кем я общался перед вылетом в Шотландию.

Первое зерно сомнения забросил блогер, тоже путешествовавший с кошкой по Индии. Мы добавили друг друга в друзья на «Ютьюбе» и завели переписку. Он рассказал мне много о дорогах в Индии. Путешествуя на мотоцикле, он побывал много где, но такого безумия ему видеть еще не доводилось. Водители автомобилей, грузовиков, мотоциклов, мотороллеров и моторикш носились как угорелые. Правил дорожного движения для них не существовало. Пару раз он даже чуть не слетел с мотоцикла на полном ходу!

Еще через два дня я поговорил с ветеринаром, который должен был на днях привить Налу. Он переживал, что Нала в Индии может заболеть.

— Если у людей от резкой смены климата и условий обитания возникают проблемы со здоровьем, то у кошки и подавно! Вам придется денно и нощно следить за ее здоровьем.

Увидев мое удивление и замешательство, ветеринар переспросил:

— Вы точно уверены, что хотите именно в Индию? Земной шар большой: наверняка есть страны с более благоприятным климатом, где вы еще не бывали.

Тем же вечером, глядя на уменьшающиеся огни города в набиравшем высоту самолете, я мысленно согласился, что Индия может представлять угрозу как для Налы, так и для меня. Может, и в самом деле не стоит кидаться туда очертя голову?

Эти опасения заставили меня еще раз внимательно изучить дорожную карту и почитать советы бывалых велосипедистов, уже совершивших свое кругосветное путешествие.

«Варианты определенно есть, — думал я. — Например, Восточная Европа. Оттуда на север, в Россию. Добраться до Москвы, а затем во Владивосток. Ну а дальше либо в Корею, либо в Японию».

В общем, альтернативный вариант, чтобы не лететь в Индию, существовал. Россия — страна огромная, с запада на восток — шесть тысяч километров: катись — не хочу! Тем более я никуда не торопился и расстановкой приоритетов, где побывать сначала, а где потом, не занимался. Настоящим испытанием, даже для такого крепкого орешка, как я, могла стать невероятно суровая русская зима. Но испытания, как и расстояния, меня не пугали.

Тем временем вспыхнула лампочка «Пристегните ремни», и самолет начал снижаться. В Стамбул я прилетел уже с новым планом. Решив, что здоровье Налы важнее всего прочего, от Индии я отказался. Я потерял Призрака — не хватало лишиться еще и Налы!

21

Человек и кошка

До Рождества оставалась неделя, но так сразу и не скажешь: ни тебе праздничной ели, ни гирлянд, ни песнопений, ни перезвона церковных колоколов кругом!

Вот уже третий день, как мы с Налой окопались в подтопленных дождями полях на юге Болгарии. Ехать дальше не представлялось возможным. На Болгарию опустился туман — холодный, липкий, плотный, хоть ножом режь! Время от времени я выглядывал наружу и натыкался взглядом на белесую стену тумана в трех шагах от палатки. Кругом стояла тишина, только изредка по трассе проезжали автомобили да грузовики. Даже птица и та не вскрикнет, а если вдруг и сядет рядом, то совсем бесшумно.

Из Стамбула мы выехали неделю назад, как только справили годовщину своего знакомства. Двенадцать месяцев назад, воскресным утром десятого декабря я повстречался с Налой в боснийских горах. Поразительно, сколько всего произошло за это время! Где мы только не побывали! А сколько знакомств завели! С тех пор мы оба повзрослели, каждый по-своему. За год я узнал о жизни больше, чем за тридцать с небольшим лет! Меня не покидало ощущение, будто я экстерном окончил университет житейской мудрости.

Перед самым отъездом из Стамбула я узнал, что из печати вышел второй тираж календарей. Все восемь тысяч экземпляров разошлись почти мгновенно. Подсчитав прибыль, я обнаружил, что заработал больше, чем планировал! Девяносто тысяч фунтов стерлингов на благотворительность! Сидеть на этих деньгах, как собака на сене, я не собирался. «Чем раньше пожертвую деньги, тем скорее они принесут пользу», — подумал я и начал прорабатывать список нуждающихся в деньгах организаций. Я задумал распределить деньги между тридцатью малоизвестными благотворительными организациями в надежде изменить их судьбу.

В общем, в путь я отправился с большими надеждами на светлое будущее.

Отказавшись от перелета в Индию, я испытал невероятное облегчение. Буквально гора свалилась с моих плеч: все трудности, связанные с перелетом через половину земного шара, испарились и позволили мне сосредоточиться на самом главном. На путешествии с Налой.

Первый день в седле дался мне тяжело. Отправившись из Стамбула на север, я преодолел около восьмидесяти километров и тем же вечером поплатился за каждый пройденный метр. Задница болела — не сказать словами! Все эти путешествия на поездах определенно меня разбаловали. Я лежал в гамаке и мечтал лишь о том, чтобы боль поскорее ушла.

А еще я забыл, как может быть непредсказуема в этих краях погода. Но погода мне быстро о себе напомнила. Двигаясь к болгарской границе, я предвкушал ночевку в каком-нибудь неожиданном месте, например заброшенном здании. По дороге мне уже попадались интересные варианты. Но на третью ночь все-таки пришлось спать под открытым небом. С поиском укрытия заморачиваться я не стал: прогноз погоды обещал ясную ночь. «Зима близко. Когда еще представится возможность заночевать под звездами?» — думал я. Только мы улеглись, как через пару часов на нас обрушился ливень. Пришлось срочно искать убежища в маленькой гостинице, оказавшейся, на счастье, неподалеку. Когда я уже перестану верить прогнозам?

Выехать из Турции тоже оказалось непросто. Пограничник сообщил, что я просрочил визу на три дня. Пришлось платить штраф в 30 евро, иначе мне запретили бы въезд в Турцию на пять лет. Учитывая, какое непредсказуемое у меня путешествие, рисковать было не в моих интересах. Я не исключал, что через неделю могу вновь оказаться в Турции. На турецкие власти я зла не держал. В конце концов, правила есть правила: сам виноват, что не проверил визу!

Быстро ухудшавшаяся погода мое скверное настроение улучшить не могла. Чем дальше мы ехали, тем более зловещим становилось небо Болгарии. Кругом царил полумрак, словно кто-то случайно задел регулятор яркости солнца. Если солнце вообще было за этими свинцовыми тучами! А затем опустился туман. Поначалу мы более-менее продвигались, но уже после первого городка, Свиленграда, погода испортилась окончательно и ехать стало невозможно. В один миг видимость на дороге снизилась со ста метров до двадцати, а может, и того меньше.

Продолжать путешествие было бы полнейшим безрассудством. Автомобили, фургоны и грузовики выскакивали откуда ни возьмись. Дважды нас едва не сбили, к счастью, оба раза водители вовремя среагировали. Холмистая местность с извилистыми дорогами усугубляла тяжесть обстановки. Я все боялся, что из-за резкого поворота или с вершины крутого холма на нас внезапно вылетит автомобиль. Единственным правильным решением было разбить лагерь. Подходящее для палатки место, на безопасном расстоянии от дороги, нашлось в поле среди густого кустарника. Если верить прогнозу погоды, которому я больше не верил, туман должен был рассеяться на следующий день. «Может, рассеется уже утром, — думал я, — а может, продержится и всю неделю!»

Я поставил палатку, вытряхнул все пожитки и начал обустраивать нашу с Налой берлогу. Съестных припасов оказалось достаточно — на несколько дней. «Провизия — это хорошо!» — воскликнул я, и настроение мое улучшилось. Я тут же припомнил первую неделю, проведенную с Налой в Будве. Мы были предоставлены сами себе в этом огромном мире, и нас никто не знал. Никому и дела до нас не было! Человек и кошка, бросившие вызов природе. Вот это я понимаю, было золотое времечко! Теперь я с любовью припоминал такие простые радости, как ночевки с Налой в палатке.

Трагедия с Призраком, поездка в Шотландию — последние несколько недель я совсем не уделял Нале внимания. Ну ничего! Теперь-то она была в моем полном распоряжении! Я устроил ей незабываемый вечер игрищ. Никто и никогда столько не тискал Налу и не боролся с ней, как я в тот день! Проносившись остаток вечера за игрушкой на веревочке, Нала поужинала и свалилась спать без задних лап.

Пока она посапывала, я полеживал и слушал музыку. К счастью, портативные аккумуляторы были полностью заряжены, поэтому я включил ноутбук, чтобы разобраться с электронной почтой. Затем я посмотрел какое-то странное видео на «Ютьюбе» и на том остановился. Еще свежи были воспоминания о встрече с медведем в Турции, и сильно расходовать аккумуляторы я не стал — пригодится для подзарядки фонарика. На всякий случай фонарик я держал под рукой: вдруг придется опять спасаться бегством посреди ночи?

Наутро я проснулся полный надежд, что туман рассеялся достаточно, чтобы мы смогли добраться до ближайшего городка — в десяти километрах отсюда. Но, выглянув из палатки, я обнаружил, что белесые стены тумана обступили нас еще плотнее, чем прежде.

Я выпустил Налу совершить утренний туалет. Чтобы размять кости, следом вышел и сам, но дальше кустарника идти не осмелился. Во второй половине дня свет быстро померк, а вместе с ним угасли и мои надежды отправиться в путь. На следующий день все повторилось.

На третий вечер меня всерьез обеспокоили запасы провизии. Для Налы припасов хватало, а вот для меня остались несколько банок фасоли да кокосовый сок. Еще ночь-другая, и мне бы плохо пришлось, но панике я поддаваться не стал. Бывали ситуации похуже. Ну, поголодаю денек — не помру же!

Если снаружи туман рассеиваться не спешил, то, по крайней мере, прояснилось мое затуманенное сознание. Мой новый план путешествия требовал детальной проработки. Я хотел все как следует обмозговать, руководствуясь одним принципом: «Не навреди». Теперь во главу угла я всегда ставил Налу и ее здоровье. Если новый замысел подвергал Налу хоть малейшей опасности, то он отвергался. Так, например, я решил отказаться на какое-то время от самолетов. В путешествии по России я рассчитывал на Транссибирскую магистраль. В случае крайней необходимости можно будет переезжать из города в город на поездах, от которых Нала, кстати, была без ума. Ну а так большую часть пути я надеялся преодолеть за весну и лето на велосипеде.

Разумеется, я понимал, что объехать весь мир, не слезая с велосипеда, у меня не получится. Добравшись до Дальнего Востока, придется садиться на корабль, чтобы повидать Корею или Японию. К тому времени как Нале исполнится два года, она уже достаточно поколесит по миру, чтобы суметь акклиматизироваться где угодно. «Сейчас же резкая смена климата ей точно ни к чему», — думал я, не забывая о том, каким хрупким оказалось здоровье Призрака.

Высунувшись из палатки на четвертый день, я обнаружил, что туман отступил достаточно, чтобы попробовать доехать до города. Я замахнулся добраться до второго по величине города Болгарии, Пловдива, в канун Рождества. Календарь показывал двадцатое декабря. Если мне хоть капельку повезет, то я все успею!

Плохая видимость и сильный поток машин вынудили меня сделать себе первый рождественский подарок. Добравшись до бензоколонки, я подарил себе ярко-желтую куртку. Невероятно полезная вещь на зимних дорогах Болгарии!

В Пловдив я прибыл в канун Рождества, как и планировал. Арендовав замечательную квартиру, я решил остаться в городе на пару недель. «Пловдив — культурная столица Европы, грех не отдохнуть! Тем более на Рождество! Все отдыхают, чем я хуже?

Пожелав подписчикам счастливого Рождества, я предупредил всех, что ухожу в мини-отпуск и закрываю онлайн-магазин на праздничные каникулы. По этому случаю я загрузил в «Инстаграм» чудное фото, а на «Ютьюбе» объявил, что вернусь только в новом году. Эти две недели я планировал отдыхать, набираться сил и мотивации. Мои подписчики возражать не стали и тепло со мной попрощались до следующего года.

Рождество отпраздновали тихо и по-домашнему. Закупившись вкусной едой в ближайшем супермаркете, мы с Налой как следует поужинали, а затем я усладил свой взор просмотром фильмов и видеороликов на «Ютьюбе». Разумеется, перед этим я созвонился с Шотландией и поздравил родных. Болтая с мамой и папой, я затосковал по дому. В прошлое Рождество я испытывал нечто похожее, но в этот год расставание, казалось, далось мне еще тяжелее. Наверное, причиной тому был ураган эмоций, круживший меня последние несколько недель. Столько событий! Душа устала от пережитого.

Я восхищался умением Налы жить красиво. Наша новая квартира пришлась Нале по вкусу, и особенно ей приглянулся маленький балкон, выходивший на украшенную к праздникам улочку. Нала могла часами созерцать, как бурлит внизу жизнь. Лежит-лежит, а в следующее мгновение уже спит. У Налы определенно было чему поучиться. Отключиться от всей этой суеты и наслаждаться жизнью, вот что мне было нужно. Что ж, сказано — сделано!

Спустя несколько дней после Рождества на экране телефона высветилось имя, которое я никак не ожидал увидеть. Звонил Тони — тот самый Тони из школы каякинга на Санторини.

— Тони! Привет! — воскликнул я.

— Здорова, Дин! Ни за что не угадаешь, где я!

Я смутно припомнил, что Тони учится где-то в Болгарии. Он даже говорил что-то про квартиру, но я и думать не думал, что речь идет про Пловдив. Неужели такие совпадения возможны?

Оказывается, Тони купил машину в Пловдиве и приехал за ней из Афин. Тони решил остаться в Болгарии до Нового года. А позвонил мне потому, что увидел мою геолокацию в «Инстаграме».

Звонил он не просто поздороваться, а объявить мне, что теперь женат. Тони женился на своей девушке Лие, которую я пару раз видел на Санторини. Но это были не все новости: они ждали ребенка.

— В общем, мы хотим как следует отпраздновать все это дело, — подытожил Тони.

Так один звонок перевернул мое тихое и безмятежное существование с ног на голову.

Вроде бы Болгария, вроде бы Новый год, но по ощущениям я снова вернулся на Санторини. Мы поднимали бокалы за уходящий год, новобрачных и их будущего ребенка.

Новый год я встречал на шумной вечеринке у друга Тони. Отправляясь на праздник, я оставил Нале кучу всяких кошачьих вкусностей. К счастью, друг Тони жил неподалеку, поэтому Нала оставалась под моим неусыпным контролем.

— Ну, ты уже запланировал что-нибудь на следующий год? — спросил Тони, озорно улыбаясь. — Еще виток вокруг земного шара?

— По крайней мере, это намного увлекательнее, чем наматывать круги на каяке вокруг одного и того же острова.

Дождавшись, пока Тони просмеется, я посвятил его в новые планы.

366

— Если я попаду в Россию, то весь мир будет мой. К весне, если повезет, мы будем в Японии, к лету переместимся в Таиланд, а затем и во Вьетнам.

— Будь осторожен, на российских дорогах очень опасно!

Тони не первый, кто предупреждал меня насчет России, но любое путешествие всегда подразумевает определенный риск, поэтому особо я не беспокоился.

В первую неделю января Тони уехал в Грецию, а я начал готовиться к следующему этапу путешествия. Во время каникул Пловдив занесло снегом. Я не сомневался, что в Восточной Европе осадков будет не меньше, поэтому надо было как следует утепляться.

Люлька Налы этим летом сослужила хорошую службу, но для зимы требовалось что-то посерьезнее. Чтобы не застудить Налу, я купил зимнюю переноску. Формой она напоминала ведро с крышкой на молнии. Теплая, водонепроницаемая, одним словом — идеальная, за исключением одной детали: на переноске красовалась нашивка с изображением собаки.

На мое счастье, эту оплошность Нала мне простила и не жаловалась. Для себя я заказал у «Швальбе» специальный комплект колес и шипастых покрышек для передвижения по льду и снегу. Я уже предвидел, что без них мне вскоре придется туго.

Все мои мысли занимало предстоящее путешествие по России. В середине месяца я связался с управлением по туризму в российском посольстве в Лондоне, а также переговорил с фирмой, организовывавшей поездки в Россию и другие труднодоступные для путешественников страны. Пообщались продуктивно. Мне подсказали еще один интересный маршрут. Предполагалось, что я доеду до Сибири, а затем сяду на поезд и поеду через Китай прямиком до Сайгона во Вьетнаме. Я всегда мечтал поколесить по Юго-Восточной Азии, но бюрократическая машина Китая каждый раз охлаждала мой пыл. А с появлением Налы я и думать забыл о Китае: на бедняжке живого места от прививок не останется! Сотрудник фирмы предложил мне вариант без бумажных проволочек и прививок. Для этого я должен был выполнить два условия: получить российскую визу — в моем случае обыкновенная туристическая не подходила — и не сходить с поезда в Китае. «Почему бы и нет? — подумал я. — Китай из окна поезда — отличная задумка!»

На все про все у меня оставалось тридцать дней. Итого на велосипеде мне предстояло проехать около десяти тысяч километров, не считая перемещений на поездах. А еще меня прельщала гибкость построения маршрута: по пути в Сибирь я мог ехать как на велосипеде, так и на поезде. Мог сходить с поезда, когда мне заблагорассудится, например чтобы познакомиться с такими странами, как Казахстан и Монголия. Я настолько осмелел в своих мечтах, что подумывал еще и об Узбекистане, где мог наконец-то исполнить свою давнюю мечту — прокатиться по Памирскому тракту.

И посольство, и управление по туризму предлагали оформить деловую визу, для получения которой требовалось пригласительное письмо. Виктор, человек из посольства в Лондоне, заверил меня, что этот вопрос уладит. Я переслал ему всю нужную информацию о себе и Нале, ссылки на газетные статьи и названия моих страничек в «Инстаграме» и «Ютьюбе», насчитывавших по восемьсот тысяч подписчиков. Ко всему этому я написал мотивационное письмо, что хочу показать и рассказать своим подписчикам о самых неизведанных уголках России, забраться в которые им, возможно, будет не суждено. Не знаю, за кем там должно было быть последнее слово — наверное, за Кремлем, — скажу лишь, что информации для визы я предоставил более чем!

Январь подходил к концу. Если поначалу я и переживал, отказавшись от перелета в Индию, то теперь день ото дня во мне крепло ощущение, что мое решение было верным. Новый маршрут удовлетворял меня полностью. Я по-прежнему двигался вокруг земного шара, то есть путешествие все еще можно было назвать кругосветным, и, что самое главное, здоровью Налы ничего не угрожало. «Ничто так не окрыляет, как возможности!» — думал я, ощущая прилив жизненных сил.

Пловдив я покинул тридцать первого января. А уже в первых числах февраля, проснувшись однажды утром, испытал шок: подстилка смерзлась с землей, а моя щека прижималась к корке льда.

Выглянув из палатки, я обнаружил, что за ночь все замело снегом. Нала, в отличие от меня, чуть с ума от счастья не сошла: весь мир превратился в одну гигантскую площадку для игрищ. Она и раньше видела снег, в Пловдиве на новогодних каникулах, но не в таких количествах. В то утро Нала, казалось, заново открыла для себя снег. До чего уморительно было смотреть, как она осторожно погружает лапку в сугроб. Делая робкие шаги по снежной целине, она то и дело с тревогой оборачивалась на меня, словно хотела найти поддержку.

«Это что еще за новости? — недоумевал я, оглядывая снежные барханы. — Брр! А дубак-то какой!»

Вскоре все страхи Налы как ветром сдуло. Следующие десять минут она каталась по сугробам, время от времени окуная мордочку в снег, а затем любуясь оставленным отпечатком.

Пока Нала, словно пританцовывая, прыгала по краю сугроба, я не удержался и бросил в нее снежок. Видели бы вы мордочку Налы, когда снежок просвистел у нее над ухом и плюхнулся в снег. Сначала она удивилась, а затем возмутилась. Глаза превратились в узкие щелочки, а голова склонилась набок:

«Ты у меня за это поплатишься, мистер!»

В конце первой недели февраля я пересек границу Сербии. Дороги здесь оказались просто изумительными: асфальт и разметка — новые, внутренняя полоса — широкая, одним словом, праздник для велосипедиста! Благоприятные условия позволили мне набрать приличный темп, и на север я продвигался достаточно быстро.

«Если мои подсчеты верны, — думал я, — в Венгрии буду в конце месяца. Оттуда через Словакию в Польшу или, быть может, в Чехию. Вариант с Чехией казался мне предпочтительнее: местность не холмистая, а дорога бежит вдоль Дуная.

На День всех влюбленных я прибыл в город Ниш, где меня уже ждали две мои — а точнее, Налы — поклонницы: Катарина и Йована.

Они накормили нас вкуснейшим ужином, вручили Нале открытку-сердечко и подарок.

Никогда не перестану удивляться доброте незнакомцев!

Из Ниша я направился к венгерской границе. Все шло по плану: я опережал свой график, преодолевая в день по восемьдесят, а то и сто километров. С такими темпами я даже поверил, что к марту буду в Будапеште, а к июню — в Москве.

Но на горизонте вдруг стали сгущаться тучи: из Лондона поступали тревожные вести. Мерфи Ло, планировавший мое путешествие, сообщал о каком-то вирусе, поразившем Китай.

Краем уха я слышал что-то в новостях, но особого значения не придал. Когда ты в седле, один на один с природой, проблемы остального мира отходят на второй план: своих хлопот полон рот! Но тем не менее информация просачивалась не одним, так другим способом. Сообщал мне о растущей угрозе и Юрий из управления по туризму.

Как я понял, эпидемия вспыхнула в китайском городе Ухань. Умирали в основном люди с ослабленным иммунитетом и старики. Юрий писал, что в Ухане погибли восемьдесят человек и город закрыли на карантин. Из следующего письма я узнал, что ситуация усугубилась: вирус добрался до Гонконга, а власти Китая с каждым днем вводят все новые и новые ограничения для приезжих.

«Похоже, у нас трудности, — сообщал Юрий в очередном письме. — Китай закрывает свои границы для туристов».

«Как же так! Разве я смогу придумать маршрут лучше? — восклицал я в негодовании, мысленно уже примиряясь с суровой действительностью и настраиваясь на мозговой штурм. — Хотя сдался мне этот Китай! Полно ведь и других стран! Не закрытых на карантин!»

Зря, конечно, я так подумал...

22

Самая преданная поклонница

К концу февраля снег окончательно стаял и в воздухе запахло весной. Утренняя свежесть, ясное голубое небо и яркое солнце делали мое путешествие незабываемым — идеальная погода для ночевок под открытым небом! В восьмидесяти километрах к югу от Белграда мы остановились на ночлег в лесу, быстренько поужинали и улеглись в гамак. Всегда любил спать в лесу: запахи и звуки обволакивают, создают будто бы невидимый кокон. Даже здесь, в пригороде Велика-Плана, где леса не столь густые, я спал, как младенец.

Около пяти утра меня разбудил собачий лай. Нала тоже проснулась, настороженно покрутила головой и принюхалась — как близко опасность? Собаки вскоре затихли, но сон уже не шел. Проворочались до самого рассвета, но уснуть так и не смогли.

К восьми утра послышался чей-то голос. «Наверное, кто-то выгуливает собаку», — подумал я, припоминая, что накануне видел бегущую среди деревьев тропку.

Спустя несколько мгновений до меня дошло, что я слышу английскую речь. Голос приближался.

— Приветики!

Высунув голову из гамака, я глазам своим не поверил. В трех метрах от меня стояла опрятно одетая девушка двадцати лет и, улыбаясь, что-то мне протягивала. Я пригляделся — это был термос.

— Утренний кофе! — ответила девушка на мой немой вопрос, сунула руку в карман и достала консервную банку. — И тунец для Налы!

Я протер глаза. Что-то тут не сходилось.

Какого черта она здесь делает? Да еще таким ранним утром в лесу? А кофе с тунцом? Я случайно нажал на доставку в «Деливеру»? Нет, вряд ли... А откуда ей знать Налу?

Я вспомнил, что прошлым вечером загрузил в «Инстаграм» фотографию Налы, проверяющей только что натянутый гамак на прочность. Ладно, допустим, но как девушка нашла нас? Кругом одни деревья! Сотни одинаковых деревьев!

Может, она следопыт какой? Однако я решил отложить эти мысли на потом. Для человека, едва открывшего глаза, все это чересчур сложно!

Чтобы не показаться невежливым, я вылез из гамака.

— Спасибо! Мне очень приятно! — сказал я, наливая кофе в металлическую кружку.

— Кстати, могу угостить завтраком. Я живу неподалеку.

Смотреть дареному коню в зубы не в моих правилах, поэтому я согласился и быстро собрался. Мы вышли к дороге, девушка села в машину и медленно поехала вперед, а я следом. Через пять минут показался дом с хозяйственными постройками: вокруг бродили куры, утки, а также бегали коты и кошки.

Мы зашли в дом, девушка сварила еще кофе и положила Нале еды.

Две кошки, гулявшие по дому, принялись было шипеть на Налу, но вскоре конфликт себя исчерпал. Кошки разошлись по своим углам.

— Не бойся, девочка! Они тебя не обидят, — сказала девушка и потрепала Налу по голове.

Пока девушка колдовала у плиты, Нала терлась у нее в ногах — наша утренняя гостья пришлась ей по душе.

— Прости, я не спросил, а как тебя зовут?

376

— Зови меня Йованка.

— Нам очень приятно познакомиться, правда, Нала?

Йованка рассказала, что работает вместе с мужем в Швейцарии и на следующий день улетает к нему.

— А я то все гадаю, откуда такие познания в английском!

— Приятно слышать! Да, ты прав, без английского на работе никуда! — сказала Йованка. — Это невероятная удача, что мы с тобой встретились. Задержись ты в дороге, и я никогда бы тебя не увидела. Я бы очень опечалилась! Я ведь твоя самая преданная поклонница: слежу за твоим путешествием почти с первого дня!

Йованка побаловала меня вкуснейшим сербским завтраком: яйца, хлеб и томаты.

— Я все хотел спросить, — проговорил я, уминая за обе щеки. — Как, черт возьми, ты меня нашла в этом лесу?

— Точно так же, как и те две турчанки, что нашли тебя на автовокзале. Через «Инстаграм», как же еще?

Я и думать забыл об Арии и ее подруге с труднопроизносимым именем, а Йованка помнит!

— Но тут, согласись, совершенно иное. Все-таки там я ночевал на автобусной остановке большого города — найти не так уж и сложно! А ты умудрилась разыскать меня посреди леса!

— Ах вот оно что! — улыбнулась Йованка. — Над фотографией «Инстаграм» отмечает ближайший город, если ты не знал. Я показала мужу фотографию, и он тут же вычислил тебя!

— Но как?!

— Он исходил эти леса вдоль и поперек, знает каждое деревце! Но, признаюсь, я тоже ему не поверила и в пять утра пошла проверять.

— Так вот что за звуки я слышал ночью! Собачий лай и все такое!

— Вполне возможно! Судя по всему, это взбеленились волкодавы, что охраняют ферму неподалеку. Заслышали звук двигателя и подняли шум.

Все еще не веря своим ушам и глупо улыбаясь, я покачал головой. Йованку мое замешательство, похоже, насторожило, потому что в следующее мгновение она начала оправдываться.

— Ты только не подумай! Я не сумасшедшая фанатка там какая-нибудь! Вовсе нет! В первый раз я ушла, потому что просто не хотела будить тебя ни свет ни заря.

Я гнал эту мысль прочь, но она оказалась очень прилипчивой. Ситуация мне напоминала фильм «Мизери», где писатель попал в аварию и оказался в плену у «самой преданной поклонницы», которую сыграла Кэти Бейтс.

Учитывая все те трудности, что Йованка преодолела, чтобы найти меня, она вполне заслуженно могла называть себя самой преданной поклонницей. И чем дольше мы болтали, тем больше я удивлялся, как много она знает подробностей о нашем с Налой путешествии. Но назвать Йованку помешанной язык не поворачивался: милая, немного застенчивая — в общем, опасался я напрасно. Да и Нала не чувствовала угрозы — ластилась к ней!

На кухню забрел славный белый котенок. По-видимому, он учуял ароматы еды из миски Налы. Йованка, наполнив еще одну миску для котенка, поставила ее в другом углу кухни.

— Сколько у тебя кошек?

— Пять, не считая бродячих деревенских и тех, что заходят к нам с соседних ферм. У нас тут места всем хватает! Мои родители живут неподалеку. Пока мы с мужем в Швейцарии, они присматривают за всем этим хозяйством.

Насытившись, котенок запрыгнул на столешницу рядом с плитой и начал тереться мордочкой о щеку Йованки.

Йованка глянула на меня и улыбнулась.

— Вот она, безусловная любовь во всей красе. За это и люблю кошек! Ну разве не здорово, когда тебя любят не за что-то, а просто так?

— Не все кошки такие! Слышала бы ты Налу, если она вдруг не получит своего завтрака. Ни о какой безусловной любви там и речи нет!

Йованка рассмеялась.

Болтать с ней было одно удовольствие, чему я только порадовался: у самой преданной поклонницы, как и следовало ожидать, оказалось море вопросов. Время близилось к полудню, а мы все трещали без умолку.

Йованка предложила остаться на обед. На улице похолодало, собирался дождь, поэтому, недолго думая, я согласился.

— Великолепно! Испеку блинчиков! А как насчет выпить? — спросила Йованка, доставая большую бутылку шотландского джина «Хендрикс». — Джин с лимонадом пойдет?

— Только если ты составишь компанию.

— Не вижу причин отказываться!

Все мои планы крутить педали до самого заката полетели Йованкиным котам под хвост! Как и следовало ожидать, я согласился и на ужин, и на ночевку. Гостевая комната у Йованки оказалась в гараже. Как ценитель необычных мест для ночевок, я оценил эту берлогу по достоинству.

Наступил вечер, а мы все говорили и говорили, будто знали друг друга тысячу лет.

— А почему ты подписалась на мой «Инстаграм»?

— Конечно же, из-за нее, — Йованка кивнула на Налу, растянувшуюся на стуле. — Я без ума от тех видео, где Нала, сидя на руле, сама снимает мир вокруг.

— Нала-камера!

— Она самая! Тебе тоже надо отдать должное! Как вообще можно было догадаться ночевать в таких местах? Сорвиголова! А еще у тебя отличное чувство юмора!

В отличие от особо чувствительных подписчиков Йованка по достоинству оценила нарезку из видеороликов, что я выложил несколько недель назад, где Нала якобы улетала на дроне.

Я почувствовал, что настало время для самого главного вопроса, мучившего меня с тех пор, как я уехал из Стамбула.

— Скажи честно, разочаровало тебя мое решение не ехать в Индию?

— Разочаровало? Это еще с какой стати?

— Ну все-таки моя страничка про кругосветное путешествие! Предполагалось, что я поеду через весь земной шар. Но на деле получается, что я вернулся практически туда, откуда начал.

И это была чистой воды правда. Я проверил. Если провести на карте прямую линию от места моей последней ночевки в пригороде Велика-Плана до Требине в Боснии, откуда я выехал тем судьбоносным утром воскресенья, то расстояние составит всего двести семьдесят километров!

Йованка тем временем снова наполнила мой стакан джином.

— Пока вы с Налой живы и здоровы, никто не будет беспокоиться, сколько вы едете и каким маршрутом. Люди подписываются на вас, потому что им небезразлична ваша с Налой судьба, а еще потому, что с вами не заскучаешь!

Втайне я надеялся, что так оно на самом деле и было. Какое все-таки облегчение — слышать одобрение от постороннего человека! Да еще от такого, кто заочно знаком с нами с самого начала путешествия. Потягивая джин и болтая обо всем на свете, мы засиделись допоздна.

Временами я поглядывал в новостную ленту в телефоне. На круизном лайнере в порту Японии объявили карантин — у одного из четырехсот пассажиров обнаружилась инфекция, которой уже успели дать название «коронавирус». Люди, комментировавшие новость, переживали, что вирус дойдет и до Европы.

— Представляешь вот так оказаться запертой на лайнере? — спросил я Йованку. —

Я бы точно с катушек съехал. Помнишь фотки тумана в Болгарии? За те три дня я чуть не умер в том палаточном заточении!

— Похоже, какой-то опасный вирус, — отозвалась Йованка. — Я слышала, уже есть заболевшие во Франции и Италии.

— Хорошо, что я еду в другую сторону!

Вскоре мы с Налой отправились на боковую. Спали мы в том гараже как убитые. А проснулся я с диким похмельем. Голова болела, будто ее сжали в тисках. Йованка же держалась молодцом. Более того, она чувствовала себя превосходно! Она настояла, чтобы я остался, и приготовила обильный завтрак. А ведь Йованка еще даже не собрала чемодан в Швейцарию! Прошло всего несколько минут, а стол уже ломился от еды: сэндвичи, пироги, появившаяся из ниоткуда бутылка джина — чего тут только не было!

— Прости, но на джин, боюсь, у меня сил не осталось, — вежливо отказался я, отодвигая бутылку. — А даже если и осталось, то не думаю, что в ближайшее время я рискну его пить.

— Что ж, нам с мужем больше достанется! — засмеялась Йованка.

Вскоре, пообещав друг другу оставаться на связи (Йованка назвала свой никнейм в «Инстаграме»), мы попрощались. К вечеру я добрался до Белграда.

Только в гостинице у меня появилась минутка найти Йованку в «Инстаграме». Оказалось, что она не лгала, когда рассказывала о своей нелюбви к социальным сетям. Несмотря на то что в «Инстаграме» Йованка зарегистрировалась давно, первую публикацию она сделала только после нашего прощания. На фотографии были Йованка, я, Нала и велосипед, а под ней короткая, но милая заметка:

«Ни пуха ни пера вам, самый преданный поклонник джина „Хендрикс" и Королева Нала! Вы делаете мир лучше, а людей счастливее!»

Через пару дней я поехал к границе с Венгрией и пересек ее в начале марта. Ехать вдоль Дуная было легко и привольно, глаз радовали живописные пейзажи — я снова набрал хороший темп.

До Будапешта я добирался около недели. Город покорил меня мгновенно. Потрясающая архитектура, улицы, пестрящие вывесками кафе и баров, толпы туристов — тут определенно было на что посмотреть! Было бы преступлением не остаться тут хотя бы на несколько дней и не изучить все как следует. Когда я подъезжал к городу, со мной связалась Джулия из местной турфирмы и предложила экскурсию. Я не удержался и согла-

Привал в живописной
глубинке Турции

Ужин с Джейсоном и Сирем после
«адского денька», когда я потерял
паспорта

Вместе с Джини в ее
реабилитационном центре
под Мармарисом.
Турция

Ночлег на скамейке в Сивасе, Турция

Черепаха. В грузинской деревне

Нала любуется воздушными шарами Каппадокии

Первый день
рождения Налы.
*Тбилиси, Грузия,
2 октября
2019 года*

Полуденный
сон в цветочном
горшке
в ресторане
Тбилиси

С Дэвидом и Линдой.
*Азербайджан,
октябрь 2019 года*

Так близко и так далеко!
Вид на Каспийское
море.
Баку, Азербайджан

Реакция Налы на азербайджанский
пограничный пост

Готовимся к посадке на поезд «Баку — Тбилиси», чтобы забрать Призрака из клиники

Лучшие друзья: Нала и Призрак на передышке

Я, Пабло и спасенные щенки в Тбилиси

Игра в прятки.
Пригород Анкары, Турция

Сюрприз! Бабуле
девяносто лет!
*Данбар, Шотландия,
ноябрь 2019 года*

Прогулки по Пловдиву,
Болгария.
Новый 2020 год

Туман. Переживаем непогоду в полях Болгарии.
Январь 2020 года

Будайская крепость в Будапеште, Венгрия

Нала смотрит видеозаписи на «Youtube»

«Ку-ку!» — едем на поезде
через Турцию в Анкару

Нала укрывается от солнца
под зонтиком

Сладкие сны. Нала спит на любимом
месте — у меня на груди

сился. Как только мы встретились, у нас завязалась дружба. Отчасти потому, что Джулия приглянулась Нале, как когда-то Лидия из Афин. Нала и Джулия влюбились друг в друга с первого взгляда.

Не успел я обжиться на новом месте, как получил сообщение от друзей из Данбара: Фрейзер и Майя приехали в Будапешт отдохнуть на выходные. Я очень обрадовался возможности повидать старых друзей и узнать последние новости с родины. Когда Фрейзер добрался до моей гостиницы, выглядел он каким-то рассеянным.

Мы взяли по пиву, и, разумеется, разговор начали с коронавируса. Фрейзер рассказал, что правительство Великобритании порекомендовало воздержаться от путешествий.

— Дурдом какой-то! — воскликнул Фрейзер. — Мир точно с ума сошел!

И Фрейзер был прав. Я уже видел в новостях, что тысячи людей в Италии заразились новым вирусом, количество смертей день ото дня только росло. Итальянцам запрещали свободно передвигаться по улицам, а в некоторых городах — даже покидать дома!

Со слов Фрейзера, ситуация в Великобритании была ничем не лучше: ввели так называемое социальное дистанцирование, означавшее, что при встрече даже руку пожать было нельзя! По слухам, собирались закрывать пабы и рестораны. Похожие новости приходили отовсюду: из Америки, Канады, Индии и Австралии. Глянув последние новости Венгрии, я обнаружил, что там тоже готовятся к изоляции и планируют закрывать границы страны.

Я очень переживал за своих родных в Данбаре. Тем более мама была в группе риска: она ведь работала с пожилыми людьми! А они, как я слышал, наиболее беззащитны перед вирусом. «Ладно, пока мама, папа и бабуля присматривают друг за другом, — подумал я, — все будет хорошо!»

Меня уже стали одолевать мысли, что моему путешествию конец, как нежданно-негаданно написал Виктор: из России прислали пригласительное письмо. Оставалось вернуться в Великобританию, пройти интервью, и — вуаля — виза на год! Откинув все переживания, я решил получить визу во что бы то ни стало. «Это отличная возможность продолжать мое путешествие, — думал я. — Другой такой возможности может и не быть! Россия и Дальний Восток ждут меня!»

Получив визу, я, так или иначе, должен был ждать, потому что действовать она начинала только с апреля. Сидеть сложа руки, учитывая обстановку в мире, ни в коем случае было нельзя.

Я попросил Джулию остаться с Налой на пару ночей, и она с радостью согласилась. Я догадывался, что к моему возвращению Нала будет безбожно избалована, но ничего не поделаешь!

Я сразу купил билеты и приготовился вылетать тем же днем: спешно собрал сумку и отвез Налу со всем скарбом, едой и игрушками на квартиру к Джулии.

— Будь хорошей девочкой с Джулией! Папа скоро вернется! — сказал я, как следует приласкал Налу, поцеловал в нос, потрепал холку, а затем выскочил в дверь. Внизу уже поджидало такси в аэропорт.

Я и в самом деле наивно полагал, что все пройдет как по маслу!

23

Русская рулетка

Вроде бы то же самое сообщение по интеркому от пилота, те же невзрачные просторы Англии в иллюминаторе, но чувствовал я себя, пристегивая ремень безопасности, совершенно иначе. Три месяца назад, отправляясь к бабуле на день рождения, я переживал радостное возбуждение, а теперь нервничал и поглядывал на часы.

Все дела в Лондоне я задумал обстряпать за тридцать шесть часов: прилет, ночевка, посольство и возвращение в Будапешт. О встрече в посольстве я договорился еще из Будапешта и вылетел так, чтобы успеть вовремя. Любые проволочки в такой ситуации — непозволительная роскошь.

Прибыв в Лондон, я как следует подготовился к визиту в посольство: подстригся и сфотографировался. В Лондоне царила напряженная атмосфера. Отправившись в посольство на метро, я с удивлением смотрел на людей в масках, без конца протиравших руки влажными салфетками. Они чурались друг друга как чумные. За завтраком я уже успел почитать новости о грядущем режиме изоляции. Глянул я и репортаж, где люди как сумасшедшие сметали все подряд с полок магазинов. Пока еще ничего не произошло, но я кожей чувствовал — надвигается буря. Чего от нее ожидать, я думаю, известно никому не было.

Я выскочил на станции Ноттинг-Хилл-Гейт и направился к посольству по Бэйсуотер-Роуд. Старинное здание российского посольства в викторианском стиле неподалеку от Кенсингтонского дворца выглядело величественно, но меня пригласили не туда, а в современное офисное строение по соседству. Я пришел как раз к открытию.

Виктор уже ждал меня с пригласительным письмом. Он оказался вовсе не таким грозным, как я его представлял, — вполне себе дружелюбный молодой человек!

— Вам одобрили деловую поездку по России сроком на целый год, — улыбнулся Виктор. — С правом въезда и выезда.

Я передал ему паспорт, фотографии, и мы пробежались по бланку, который я заранее заполнил онлайн. По ходу обнаружилось, что есть недочеты: например, в одном из разделов требовалось указать точный маршрут. Этот раздел меня очень тревожил. От других путешественников я не раз слышал, что путешествовать по России ой как непросто: нужно отчитываться о каждом шаге, хранить чеки из ресторанов и гостиниц. Но тут меня Виктор быстро успокоил.

— У вас нет определенного плана, правильно я понимаю? — снова улыбнулся он.

— Ваша правда! Я надеюсь добраться до Москвы, а затем, быть может, немного проехаться на поезде по Транссибирской магистрали. По пути, если повезет, хочу посмотреть Казахстан и Монголию.

— Так, значит, я отмечаю все большие города, — сказал Виктор и начал тыкать пальцем по экрану. — Москва, Екатеринбург, Омск, Новосибирск, Иркутск и Владивосток.

— Мне нравится, — отозвался я.

— Рекомендую посетить самое глубокое озеро в мире — Байкал. Подходит для велосипедного туризма. И Монголия, кстати, рядом.

— Да, слышал, — кивнул я, чувствуя, что страх, сковывавший меня, потихоньку отпускает.

«Все, кажется, идет по плану, — подумал я, поглядывая на часы. — Времени, чтобы вернуться в аэропорт Гатвик, полно! К ночи уже буду с Налой».

— Можно ваш паспорт?

— Конечно, — отозвался я и передал документ.

Я думал, Виктор хочет проверить, правильно ли у меня заполнен бланк, но ошибся.

— Ваш паспорт останется у нас на несколько дней. Это необходимо, чтобы поставить визу.

— Что, простите? — переспросил я, как громом пораженный.

Я наивно полагал, что визу поставят сразу же или она будет в виде отдельного документа, который можно будет отправить ко мне с курьером.

— А несколько дней — это сколько?

— Есть вероятность, что виза будет готова к завтрашнему вечеру, но обещать этого я не могу. Поэтому рассчитывайте на четыре рабочих дня, то есть на следующую неделю.

Ругаться с Виктором никакого желания у меня не было. Тем более я сам виноват. Опять прочитал по диагонали или понял что-нибудь не так!

— А скорее никак? Мне надо срочно возвращаться в Будапешт.

— Мне очень жаль. Мы приложим все усилия, но я бы на вашем месте не ждал визы раньше следующей недели.

Неделю или две тому назад я бы даже не придал такой мелочи значения и с радостью бы подождал эти несчастные четыре дня, учитывая, какие горизонты открывались перед нами. Но теперь, с этим вирусом, события развивались стремительно — и даже слишком.

«Все это похоже на русскую рулетку, — думал я. — Стоит немного задержаться, и границы закроются. Я застряну в Лондоне, а Нала — в Будапеште, и тогда пиши пропало. Возможно, мы больше никогда не увидимся!»

Виктор, до сих пор сжимавший паспорт в руке, вопросительно посмотрел на меня.

Времени на размышления у меня не было: позади собралась уже целая толпа желающих получить визы. Несомненно, у каждого были свои проблемы.

Надо было срочно принимать решение.

— Виктор, извините, но я должен успеть в Венгрию, пока не поздно. Вернусь к вам, когда вирус перестанет бушевать.

— Я вас понимаю. Ситуация и в самом деле непростая, — сказал Виктор, возвращая паспорт. — Виза никуда не денется. Приезжайте, когда будет удобно, и мы закончим оформление. Всего хорошего.

Сказать, что я расстроился, не сказать ничего. Они подготовили для меня письмо, собрали все данные для оформления визы, но я струсил и не сыграл в русскую рулетку.

Я шел к станции метро и проклинал себя. «Ну какой же я глупец! Почему я этого не предвидел?» — в отчаянии думал я, пролистывая нашу с Виктором переписку и пытаясь найти хоть какой-то намек на то, что мой паспорт заберут. Никаких намеков, к успокоению моей измученной души, я не обнаружил.

«А может, они предполагали, что у меня есть еще один паспорт? — подумал я и стал столбом посреди улицы. — А что, если получить его сегодня же? Тогда я смогу оставить второй паспорт Виктору, а затем он отправит его курьером или почтой!»

Несколько мгновений мои мысли в радостном возбуждении играли в чехарду.

«Так-так, еще нет и двенадцати, у меня есть, есть время!» — думал я, набирая номер паспортного стола. Да и ехать было недалеко — до вокзала Виктория.

Я слышал, что за дополнительную плату можно получить паспорт в тот же день, но радость моя оказалась преждевременной — ближайшая запись была доступна только через три дня. Удача явно была не на моей стороне, и я приуныл.

Вдруг мой взгляд упал на газетную стойку. Заголовки кричали: «Европейские государства объявляют режим изоляции и закрывают границы».

«Да какого же черта ты натворил, Дин!» — воскликнул я и помчался в метро.

Я запрыгнул в поезд до Гатвика, пытаясь привести в порядок бешено метавшиеся мысли. «Сдалась тебе эта виза! — в отчаянии думал я и тут же сам себе возражал. — Ну а куда бы ты дальше без нее?» Как поступить? Где взять правильный ответ? Чем больше я читал новостей, тем меньше сомневался в том, что грядет конец света. Страны, все до одной, усиливали меры предосторожности, закрывая границы. Венгерская же пресса молчала, и узнать, что происходит в стране, не представлялось возможным. Может, венгерская граница уже закрыта, а все полеты отменены! Если так, то дело труба!

В Гатвик я приехал ранним вечером, за два с половиной часа до вылета. В воздухе чувствовалось необычное напряжение. В зале люди толпились вокруг информационных стоек и под гигантским табло вылетов. Два бизнесмена, уставившись в табло, оживленно говорили по телефону и покачивали головой, словно не желая верить своим глазам. Чуть в стороне, на сиденьях, какой-то парень утешал девушку азиатской внешности. Из телевизионных новостей вскоре стало ясно, почему она плакала.

Я глянул на табло в поисках своего рейса: некоторые уже отменили, некоторые пока задерживали. Затаив дыхание, я всматривался в экран. Напротив моего рейса горело сообщение: «Ожидайте информации».

Я побрел к ближайшему бару. Как тут не выпить после такого напряженного дня! Двое посетителей узнали меня и попросили сфотографироваться со мной. В такой угнетающей обстановке их просьба показалась мне очень странной. Интересно, как они узнали меня без Налы?

Пока я сидел в баре, по телевизору над барной стойкой передавали новости. На экране то и дело вспыхивали красные заголовки с обновленными данными по коронавирусу. Темой дня были отмененные рейсы в государства, закрывшие свои границы. Я решил не тешить себя надеждами, пока не сойду по трапу в Будапеште.

От лавины сообщений в «Инстаграме» голова шла кругом. Накануне я сообщил, что возвращаюсь в Лондон, и многие из моих подписчиков не на шутку встревожились. Они нагнетали обстановку и делали скоропалительные выводы, что в Венгрию мне больше не попасть.

Я написал Джулии и получил мгновенный ответ. Она тоже не находила себе места. Телеканалы Венгрии сообщали, что власти обсуждают вопрос, когда закрывать границы. Запретить въезд могли той же ночью.

— А что, если я буду в воздухе? — спросил я. — Нас развернут?

— Не знаю, да и никто, наверное, не знает.

Спустя несколько мгновений пришла фотография Налы, свернувшейся калачиком на диване Джулии. Нала выглядела как обычно — умиротворенно: пускай мир подождет. Джулия наверняка хотела этой фотографией успокоить меня, но эффект произошел обратный. Я почувствовал себя кругом виноватым. Как я осмелился бросить Налу? Зачем я все так глупо поставил на карту? Увидимся ли мы когда-нибудь?

Менее чем за час до вылета мои нервы были уже в плачевном состоянии. Я осознал, что как заведенный бегаю от барной стойки к табло вылетов. Но информация на табло упрямо не хотела обновляться. Я всеми фибрами души желал, чтобы эти ненавистные буквы уже сменились, но в то же время страшно боялся слова «Отменен». А слово это все чаще и чаще появлялось напротив других рейсов.

Где-то за полчаса до вылета информация на табло наконец-то обновилась. Загорелся номер выхода на посадку и одно-единственное слово: «Посадка».

Сломя голову я помчался по пустым коридорам терминала. Людей уже пропускали на посадку. Я спустился на перрон аэродрома, затем поднялся по трапу и обнаружил, что салон самолета почти пуст. Все пассажиры, а их вместе со мной было не больше пятнадцати человек, сидели на приличном расстоянии друг от друга, согласно новым правилам социального дистанцирования.

Полет отдавал каким-то сюрреализмом. Стюардессы обслуживали нас в масках и перчатках. Нам предложили спиртовые салфетки, чтобы протереть откидные столики, а затем раздали еду и питье. Все эти меры предосторожности меня чертовски нервировали, но я успокаивал себя тем, что все-таки лечу к Нале.

Пришла пора решать, как быть дальше.

Если границы все-таки закроют, то я бы хотел залечь на дно где-нибудь под Будапештом, желательно в диких условиях, чтобы поменьше народу. Буду, как персонаж из постапокалиптического фильма, где на планете в живых осталась лишь горстка людей. Только в моем случае будет еще и кошка! Звучало недурно!

Но когда я как следует обмозговал этот вариант, он показался мне слишком рискованным. Времена настали непростые, и какой-нибудь полицейский или солдат может неправильно истолковать мое желание жить в диких условиях, и проблем тогда не оберешься! Лучше найти какую-нибудь берлогу или укромное убежище. Как прилечу в Будапешт, надо будет хорошенько пораскинуть мозгами.

Самолет приземлился в аэропорту Будапешта ближе к полуночи. Я запрыгнул в такси и сразу поехал к Джулии. Сердце, пока я поднимался по лестнице, колотилось как бешеное. Ни по кому в жизни я так не скучал! Я забарабанил в дверь, и только она распахнулась, как Нала стрелой вылетела из рук Джулии.

Нала прильнула к моей щеке так тесно, что я ощутил ее тяжелое и глубокое дыхание: ребра, грудная клетка — все ходило ходуном, работая, как меха. У меня даже промелькнула мысль, будто она почуяла, что мы с ней были на волосок от беды.

Той ночью она не переставая мурчала мне на ухо и прижималась, как никогда прежде. «Как же она тонко все чувствует!» — не переставал я удивляться. Мы уже расставались не раз: я ездил в Албанию к Балу, в Шотландию к бабуле, но так ласкова Нала ко мне еще не была! Что же изменилось? Неужели она почуяла мой страх потерять ее? Но как? В моем дыхании?

Вернувшись под утро к себе в квартиру, я пролистал новостную ленту: конец света за эти часы стал еще ближе. Власти Венгрии закрывали границы страны для всех без исключения.

Чудом проскочил! Наверняка не обошлось без моего вездесущего ангела-хранителя!

24

Настоящий путешественник

Следующие несколько дней напряжение нарастало: каждый час что-нибудь да случалось. Венгерское правительство один за другим выпускало новые указы. Из дома разрешалось выходить только в магазин или аптеку, а также в экстренных случаях. Если сидеть запертым в четырех стенах в центре города для меня адская мука, то что чувствовала Нала — и представить страшно! В конце концов, она еще котенок, и ей нужен простор, чтобы как следует побегать.

Я присмотрелся к жилью, которое сдавали внаем через Интернет, но мне, к сожалению, ничего не приглянулось. Многие объявления квартир снимались из-за ужесточавшейся с каждой минутой изоляции.

Поначалу я прельстился идей улететь с На́-лой в Шотландию, но затем от этой идеи отказался. Причин на то было много, но главная — бессмысленность этого поступка.

К счастью, все образовалось само собой, причем наилучшим образом. Впрочем, так бывает всегда, когда перестаешь тревожиться и отпускаешь ситуацию.

Предложение погостить свалилось на меня как снег на голову. Ката, моя подписчица в «Инстаграме», застряла с мужем и детьми в Великобритании и просила об одолжении присмотреть за их домом в полутора часах пути от Будапешта.

На ее предложение я ответил молниеносно — это был идеальный вариант. Ката ввела меня в курс дела и рассказала, что ее родители живут на том же участке земли, но в другой части сада, в доме поменьше.

Вскоре, собрав снаряжение, я уже катил за город.

Никаких заграждений на дорогах пока не наблюдалось, а полиция, судя по всему, всех распоряжений правительства еще отработать не успела. До нужного дома я добрался за пару часов. Он располагался в маленьком и тихом селении на холме. Три этажа со всеми современными удобствами, какие только душа пожелать может! Был даже балкон с видом на восхитительный сельский пейзаж.

«Лучше места не найдешь!» — воскликнул я.

Потом выяснилось, что соседи мою радость не разделяли. Обитатели соседнего дома, только завидев меня, сразу же обратились к родителям Каты. Как я понял, они боялись посторонних — вирус мерещился им уже повсюду. Я, конечно, понимал их беспокойство, но мне все же казалось, что они слегка перегибают палку.

Я с радостью был готов помочь их общине: например, принести продукты тем, кому непросто передвигаться, или тем, у кого нет возможности выйти из дома.

Сообразив, что людям нужно дать немного времени привыкнуть ко мне, я эту идею отложил до лучших времен.

Люди не любят чужаков. Я и так выделяюсь из толпы, а если начну еще напрашиваться, так и вовсе белой вороной прослыву!

Поэтому скрепя сердце я решил с огнем не играть и принялся устраивать свою жизнь. Нала, как всегда, была моей верной помощницей.

Сад у дома оказался просто великолепным — для Налы настоящее раздолье!

Большую часть времени я сидел дома и переписывался с родными или играл с Налой. Иногда я выбирался в супермаркет в пяти километрах от дома или на озеро, чтобы хоть как-то размяться. На досуге мы с отцом поигрывали через Интернет в шахматы.

С каждой вылазкой мир вокруг становился все более и более пустынным. Те немногочисленные люди, что попадались мне на глаза, выглядели встревоженными, постоянно куда-то спешили и не желали разговаривать.

Незаметно подобрался конец марта, и наступил мой день рождения. Праздновать не хотелось, слишком уж в странной ситуации все мы оказались.

Я получил кучу поздравлений, поболтал с мамой, папой и сестрой, но все это имело лишь отдаленное сходство с настоящим общением. Отец Каты вечно возился в саду, и я мог бы с ним поговорить, но он моих попыток вступить в разговор не замечал или не хотел замечать. Молча приветствовал меня коротким взмахом руки, и только!

Но нет худа без добра. Пока мир вокруг нас сжимался, мы с Налой становились ближе.

Казалось бы, куда уж ближе? Но мы, часами играя то в доме, то в саду, действительно перешли на новый уровень.

Любимой игрушкой Налы в доме стала деревянная лестница: она прыгала со ступеньки на ступеньку, а я пытался ее поймать между прутьями перил. В саду же Нале нравилось патрулировать участок зеленой лужайки прямо перед входной дверью.

Эти два занятия никогда не утомляли Налу, чего я не мог сказать о себе. Долгая изоляция не на шутку вымотала меня.

Хорошо то, что занятий у меня было хоть отбавляй.

Так, например, я месяцами грозился разобраться с фотографиями. У меня накопились сотни, а то и тысячи снимков на телефоне и ноутбуке. Поэтому первым делом я бросился разбирать свои фотоархивы, сортируя снимки по папкам и делая к ним заметки, пока воспоминания в памяти еще были свежи. Однажды мне обязательно захочется взглянуть на них.

Многие события я помнил так ясно, будто пережил их только вчера.

Вот наша первая встреча с Налой в горах Боснии и первые дни вместе в Черногории и Албании. Вот поездка на Санторини и длинное путешествие через Турцию.

А вот и люди, повстречавшиеся нам по пути. Целая актерская труппа! И все благодаря харизме Налы! Беженец, с которым мы преломили апельсин. Семейство, помогавшее мне спуститься с той горы в Турции. Тони. Пабло. Джейсон и Сирем. Ник, Илиана и Лидия. Я познакомился с такими прекрасными людьми! Некоторые из них, уверен, не откажутся стать моими друзьями навсегда. Мне никогда не забыть, в каком долгу я перед ними!

Но больше всего мне запомнились, конечно же, мгновения, проведенные с Налой.

Мгновения как хорошие, так и плохие. Мгновения как веселые, так и страшные.

Сортируя фотографии, я поймал себя на мысли, что стал ценить Налу еще больше. Она многому меня научила. Своим примером показала, как следует наслаждаться драгоценными мгновениями, что посылает нам жизнь. Подсказала не только как любить себя и уметь оставаться собой, что бы ни случилось, но и быть полезным обществу.

Нала открыла мне глаза на то, как можно помогать людям, и я намеревался это делать и впредь.

И конечно, она научила меня дружить.

Верный друг не всегда рядом, но в трудную минуту он обязательно придет на выручку. Мне льстила мысль, что я вовремя подоспел на помощь Нале в боснийских горах. А она, в свою очередь, не позволила мне упасть духом ни на Санторини, ни в азербайджанской глуши. Никогда не забыть мне той ночи в Турции, когда Нала спасла нас от медведя, или что там бродило вокруг нашей палатки! Без Налы я бы точно пропал!

Чего ни коснись, Нала всюду положительно влияла на меня. Я чувствовал себя мудрее, спокойнее, взрослее, чем тот диковатый парень, год с лишним назад покинувший Данбар.

Нала меня образумила: я сделался вдумчивым и умудрялся оставаться спокойным даже в самых непростых ситуациях — как, например, здесь, в Венгрии.

Нала ластилась ко мне, всем своим видом показывая, что в изоляции нет ничего страшного — стоит только принять ее за данность. Она, как и всегда, вынесла мудрое решение — приспособиться. Я последовал ее примеру: отпустил ситуацию и залег на дно. А что еще было делать? Даже самые могущественные люди выглядели в эти дни беспомощными. Сложившиеся обстоятельства делали любые усилия бесполезными.

Время позволяло мне все как следует обдумать, увидеть картину целиком и понять, что действительно важно, а что нет. Однажды я покинул Шотландию, чтобы увидеть воочию этот многогранный мир. И к этому дню я успел посетить только восемнадцать стран, а это менее десяти процентов всех государств. Я увидел колоссальные различия между странами, но тем не менее было и сходство. Всех нас преследуют одинаковые проблемы, всеми нами движут одинаковые мотивы. И теперь, во время эпидемии коронавируса, это видно, как никогда.

Где бы я ни находился: в Венгрии или на Гавайях, в Данбаре или Дурбане — я, шотландец, всегда был в одной лодке со всеми остальными. Какие доказательства еще нужны, что все мы похожи? Я надеялся, что, победив коронавирус, мы оглянемся назад, сделаем выводы и усвоим одну простую, но важную истину: мы, люди, живущие на этой планете, — все братья и сестры. Если мы не научимся заботиться друг о друге, работать рука об руку, то, вероятнее всего, никакого будущего у нас нет и никогда не будет.

Что же касается нашего с Налой кругосветного путешествия, то я не унывал. У нас случались непредвиденные остановки и раньше: в Черногории, Албании, Греции, Болгарии и Грузии. Если мы преодолели те невзгоды, то обязательно преодолеем и другие. А пока, чтобы не терять времени даром, я собирался жертвовать собранные деньги на благотворительность. Уверен, что в эти непростые времена такие организации нуждались в поддержке, как никогда!

Я не сомневался, что мы найдем выход из сложившейся ситуации и продолжим наше кругосветное путешествие. Не важно, как мы это сделаем и сколько времени это займет, — еще никогда я не был так четко уверен в том, что важно, а что нет.

Один друг прислал мне на Рождество книжицу с афоризмами. Время от времени я заглядывал в нее и находил что-нибудь ценное. Особенно мне понравились вот эти два высказывания.

Первое принадлежит Лао-Цзы: «Настоящий путешественник не знает, где окажется завтра».

Подписываюсь под каждым словом!

Достаточно пропутешествовав, я могу с уверенностью сказать, что строить планы большого смысла нет. Один урок я усвоил хорошо: всегда жди неожиданного — и последние несколько месяцев служили живым тому доказательством.

Второе высказывание принадлежит Эрнесту Хемингуэю: «Не путешествуй с тем, кто тебе не по нутру».

И снова я не могу не согласиться!

Повстречав Налу, я обрел идеального компаньона. Я полюбил ее не только за ту радость, что она вызывала у меня в душе, стоило мне лишь бросить взгляд на нее. Не только за возможность увидеть мир ее глазами. Я полюбил Налу за то, что она изменила мою жизнь и наполнила ее новым смыслом. Я познал чувство ответственности, обрел цель и направление. Нала помогла мне ступить на путь истинный.

Сложно даже представить, куда дальше нас занесет судьба. Север, юг, восток или запад — кто знает?

Судьба распорядится. Но так и должно быть. Разве не так случилось в горах Боснии?

Чему быть, того не миновать. Планов строить не буду. Посмотрим, куда приведет дорога. Пока мы с Налой вместе, уверен, с нами все будет хорошо.

Благодарности

Написать эту книгу было почти так же непросто — но только почти! — как и преодолеть некоторые трудности моего путешествия. Несмотря на то что я и Нала — главные герои этой истории, не стоит забывать и о тех людях, которых мы повстречали в наших странствиях. Я по праву считаю их точно такими же героями, пускай и второго плана. Поэтому я от всей души благодарю тех, кто помогал мне на всем пути от Данбара до публикации этой книги.

Идея книги возникла вскоре после того, как видео, где я спасаю Налу в горах Боснии, попало на страничку «Dodo» в «Фейсбуке» и перевернуло мою жизнь с ног на голову. Даже в самых безумных мечтах я не представлял себя пишущим книгу, тем более автобиографию! Когда писатель Гарри Дженкинс приехал повидаться со мной на Санторини, я сразу загорелся этой идеей. Выпив пару кружек пива за просмотром церемонии зажжения Олимпийского огня в поселке Мегалохори, мы договорились сотрудничать. С той самой минуты наша команда увеличилась. У меня появился литературный агент Лесли Торн из агентства по работе с таланта-

410

БЛАГОДАРНОСТИ

ми «Aitken Alexander» и два издателя: Ровена Веб из «Hodder & Stoughton» в Лондоне и Элизабет Кулханек из «Grand Central Publishing» в Нью-Йорке. Без этих и многих других людей, работающих в этих издательствах, книга никогда не увидела бы свет. Спасибо вам!

Передаю огромное спасибо своей семье и друзьям по всему миру, неотрывно следившим за каждым моим шагом. Перечислять нет смысла — вы и так знаете, что эти благодарности адресованы вам.

Ну и наконец, я должен поблагодарить Налу, мою спутницу, о которой каждый путешественник может только мечтать! Вы не представляете, через что она прошла! Ей пришлось мириться с моим пением, с моей готовкой еды и ужасными привычками, о которых я, быть может, даже и не подозреваю. Какой же я все-таки счастливчик! Спасибо тебе, Нала, что дождалась меня тем утром в горах Боснии!

Дин Николсон
Европа, июль 2020 года

Фотографии

Мы выражаем благодарность всем, кто разрешил использовать их фотографии в этой книге.

Вставка 1, страница 1: сверху слева — Дин Николсон, посередине — Джил Ласт.

Страница 3: внизу — Арбер и Корнелия из «Dog Nalking and Coaching» в Тиране.

Страница 7: сверху справа — Мелина Катри.

Вставка 2, страница 5: внизу — Пабло Кальво.

Форзац: Нала на коврике (второй ряд, первое фото) — Катрин Морман.

Фоторедактор: «Jane Smith Media».

Все остальные фотографии сделаны Дином Николсоном и предоставлены из его фотоархивов.

Список благотворительных организаций, которые мы поддерживаем, можно найти на веб-сайте: «www.1bike1world.com/supported-charities/».

Новости и фотографии вы сможете найти на следующих ресурсах:

Веб-сайт: «www.1bike1world.com»;

«Инстаграм»: «@1bike1world»;

«Твиттер»: «@1bike1world_»;

«Фейсбук»: «/1bike1world».

СОДЕРЖАНИЕ

СОДЕРЖАНИЕ

Часть третья
ПЕРСПЕКТИВЫ

*Грузия — Турция — Болгария —
Сербия — Венгрия*

Николсон Д.

Н 63   Мир Налы : роман / Дин Николсон ; пер. с англ. А. Третьякова. — СПб. : Азбука, Азбука-Аттикус, 2021. — 416 с. : ил. + вкл. (16 с.) — (Азбука-бестселлер).

ISBN 978-5-389-19470-0

Отправляясь из родной Шотландии в кругосветное путешествие на велосипеде, тридцатилетний Дин Николсон поставил перед собой цель как можно больше узнать о жизни людей на нашей планете. Но он не мог даже вообразить, что самые важные уроки получит от той, с кем однажды случайно встретится на обочине горной дороги.

И вот уже за приключениями Николсона и его удивительной спутницы, юной кошки, которой он дал имя Нала, увлеченно следит гигантская аудитория. Видео их знакомства просмотрело сто тридцать шесть миллионов человек, а число подписчиков в «Инстаграме» превысило девятьсот пятьдесят тысяч — и продолжает расти! С изумлением Дин обнаружил, что Нала притягивает незнакомцев как магнит. И мир, прежде для него закрытый, мир, где он варился в собственном соку, внезапно распахнул перед ним все свои двери.

Впервые на русском!

УДК 821.111
ББК 84(4Вел)-44

Литературно-художественное издание

ДИН НИКОЛСОН

МИР НАЛЫ

Ответственный редактор Геннадий Корчагин
Редактор Елизавета Дворецкая
Художественный редактор Виктория Манацкова
Технический редактор Татьяна Раткевич
Компьютерная верстка Михаила Львова
Корректоры Антон Залозный, Лариса Ершова

Главный редактор Александр Жикаренцев

Подписано в печать 17.06.2021. Формат издания 84 × 100 $^1/_{32}$.
Печать офсетная. Тираж 5000 экз. Усл. печ. л. 21,06 (вкл. вклейку).
Заказ № 4001/21.

Знак информационной продукции
(Федеральный закон № 436-ФЗ от 29.12.2010 г.): **16+**

ООО «Издательская Группа „Азбука-Аттикус"» —
обладатель товарного знака АЗБУКА®
115093, г. Москва, ул. Павловская, д. 7, эт. 2, пом. III, ком. № 1

Филиал ООО «Издательская Группа „Азбука-Аттикус"» в Санкт-Петербурге
191123, г. Санкт-Петербург, Воскресенская наб., д. 12, лит. А

ЧП «Издательство „Махаон-Украина"»
Тел./факс (044) 490-99-01. E-mail: sale@machaon.kiev.ua

Отпечатано в соответствии с предоставленными материалами
в ООО «ИПК Парето-Принт». 170546, Тверская область,
Промышленная зона Боровлево-1, комплекс № 3А.
www.pareto-print.ru

ПО ВОПРОСАМ РАСПРОСТРАНЕНИЯ ОБРАЩАЙТЕСЬ:

В Москве: ООО «Издательская Группа „Азбука-Аттикус"»
Тел.: (495) 933-76-01, факс: (495) 933-76-19
E-mail: sales@atticus-group.ru; info@azbooka-m.ru

В Санкт-Петербурге: Филиал ООО «Издательская Группа „Азбука-Аттикус"»
Тел.: (812) 327-04-55, факс: (812) 327-01-60. E-mail: trade@azbooka.spb.ru

В Киеве: ЧП «Издательство „Махаон-Украина"»
Тел./факс: (044) 490-99-01. E-mail: sale@machaon.kiev.ua

Информация о новинках и планах на сайтах:
www.azbooka.ru, www.atticus-group.ru

Информация по вопросам приема рукописей и творческого сотрудничества
размещена по адресу: www.azbooka.ru/new_authors/

H-ABA-28227-01-R